O braço direito

O braço direito

Otto Lara Resende

Revisão final e posfácio
Ana Miranda

1ª reimpressão

COMPANHIA DAS LETRAS

Copyright © 2019 by herdeiros de Otto Lara Resende
Copyright do posfácio © 2019 by Ana Miranda

Todos os direitos reservados.

Grafia atualizada segundo o Acordo Ortográfico da Língua Portuguesa de 1990, que entrou em vigor no Brasil em 2009.

Capa e projeto gráfico
Mariana Jaguaribe Lara Resende

Foto de quarta capa
Fotógrafo não identificado/ Acervo Otto Lara Resende/ Instituto Moreira Salles

Preparação
Márcia Copola

Revisão
Isabel Cury
Adriana Bairrada

Os personagens e as situações desta obra são reais apenas no universo da ficção; não se referem a pessoas e fatos concretos, e não emitem opinião sobre eles.

Dados Internacionais de Catalogação na Publicação (CIP)
(Câmara Brasileira do Livro, SP, Brasil)

Resende, Otto Lara
  O braço direito / Otto Lara Resende ; revisão final e posfácio Ana Miranda — 2ª ed. — São Paulo : Companhia das Letras, 2019.

  ISBN 978-85-359-3293-5

  1. Ficção brasileira I. Miranda, Ana. II. Título.

19-30624   CDD-B869.3

Índice para catálogo sistemático:
1. Ficção : Literatura brasileira   B869.3

Cibele Maria Dias - Bibliotecária - CRB-8/9427

2022

Todos os direitos desta edição reservados à
EDITORA SCHWARCZ S.A.
Rua Bandeira Paulista, 702, cj. 32
04532-002 São Paulo SP
Telefone: 11.3707.3500
companhiadasletras.com.br
blogdacompanhia.com.br
facebook.com/companhiadasletras
instagram.com/companhiadasletras
twitter.com/cialetras

NO SE SI HAGO BIEN DE ESCRIBIR
TANTAS MENUDENCIAS.

Teresa de Jesus

Sumário

PG 9
Nota sobre a edição

PG 11
PARTE UM
O dia da caça

PG 83
PARTE DOIS
A cruz e o esquadro

PG 163
PARTE TRÊS
O apedrejador de vidraças

PG 243
PARTE QUATRO
O nó cego

PG 295
Posfácio
Enigmas de *O braço direito*, Ana Miranda

PG 309
Sobre *O braço direito*

Nota sobre a edição

O braço direito foi publicado pela primeira vez em 1963. Desde então, durante três décadas, Otto Lara Resende reescreveu seu precioso romance. Chegou a terminar três diferentes versões, dentre várias outras inacabadas. É comovente o exame desse material. São milhares de páginas datilografadas, rabiscadas, com anotações manuscritas de palavras a serem usadas no texto, ou um comentário a ser incluído; coisas que Otto Lara Resende leu em algum lugar ou vindas do recôndito de sua memória. Uma velha igreja mineira com altares de ouro, fantasmas de sua infância, seres que conheceu, histórias que ouviu contar, registros da maneira de falar de sua gente, o desenho de um crucifixo, um odor, um ruído, um raio de luz, o martírio de um santo; tudo que pudesse enriquecer o romance era anotado. Pode-se dizer que *O braço direito* é um livro de uma vida inteira.

Numa conversa com o editor Luiz Schwarcz, em 1991, Otto Lara Resende revelou estar disposto a publicar a última versão do *Braço direito*. Num gesto de confiança, entregou-me os originais para que eu fizesse a revisão final. Eram páginas datilografadas com observações feitas a lápis, numa letra delicada, quase invisível. Durante alguns meses discutimos questões referentes ao livro; uma vez decididas, as palavras eram passadas para o computador onde o texto final ia sendo depositado. Antes de terminarmos esse trabalho, com o último capítulo ainda por ser visto, Otto Lara Resende foi ao encontro de um dos enigmas que mais o desafiavam: a Morte.

Havia diferentes versões da última parte, "O nó cego". Uma delas era a que Otto Lara Resende havia dito ser o texto sobre o qual ele escreveria o final do livro. Esta foi a versão escolhida para fechar o romance. Embora se tratasse de um texto considerado, pelo autor, ainda inacabado, poucas mudanças se fizeram necessárias para adequá-lo ao corpo do livro. Assim foi concluída a edição de O braço direito, um romance único, perturbador, esplêndido, em que Otto Lara Resende, ao mostrar uma parte profunda de sua mente, nos leva ao mundo obscuro e silencioso da mais misteriosa de todas as Minas Gerais.

Rio, 3 de junho de 1993
A. M.

PARTE UM

O dia da caça

I

Como diz padre Bernardino, o hábito é uma segunda natureza. Não adianta me recolher antes da hora. Custei a arranjar no Asilo repleto de crianças órfãs de cabeças raspadas este cantinho para me esconder. Enquanto todo mundo dorme, posso ler e meditar. Ou nem ler, nem meditar. Posso escrever, o que é inconveniente, sobretudo se escrevo sobre mim, para mim mesmo. A menos que aproveite para fazer um exame de consciência, o que implica riscos que por enquanto não quero correr. Preciso muito mais esquecer do que lembrar.

O isolamento em que vivo me deixa inseguro e inquieto. Acordo no meio da noite e já nem sei quem sou. Tenho de me agarrar à beira do abismo para que a vertigem não me arrebate. Preciso pisar no chão, me ligar à realidade. Meu ser oculto entrego à misericórdia do *Deus absconditus*. O rumo da minha vida está traçado. A cidade de Lagedo foi uma opção definitiva, mas há momentos, como agora, em que me pergunto até onde escolhi ou fui escolhido. Sei que não há virtude onde não há escolha.

Indago até onde podemos escolher o que vivemos. No

meu itinerário até aqui, não consigo identificar o que de fato fiz por livre deliberação. Se este casarão desaba, ou se o põem abaixo, minha vida muda. A partir do medo, alguma coisa vem ruindo dentro de mim.

II

Absurdo, verdadeiro absurdo botar abaixo este sobrado do tempo do ouro. Mesmo que não tivesse valor histórico e artístico, é motivo de orgulho para Lagedo. Basta a memória do cônego Lopes, que aqui morreu em odor de santidade. Invocar o progresso é uma evasiva do esganado Provedor, que só pensa em dinheiro e dá a venda como favas contadas. Goela de ganso, como diz a Marieta do Riachinho.

Confio em Deus e conto com a proteção de santo Antônio. Se engana quem pensa que o padre Bernardino está pouco somando. Ninguém toca no Asilo da Misericórdia sem sua autorização. Confio também na dona Matilde; enquanto o sobrado estiver de pé, assim também estará a memória de sua linhagem. Dela nunca ouvi uma palavra que ponha em dúvida o usufruto. Não se trata apenas de uma cláusula legal, é uma questão de respeito à palavra empenhada. Está para nascer quem ouse passar por cima do seu brasão.

Meu receio é que o coronel Antônio Pio, nosso Benfeitor, venha a fraquejar. Dói dizer, mas depois de uma maldita cirurgia ficou lerdo até para falar e andar. Ainda hoje reparei nele, aéreo diante da galeria de retratos dos sócios beneméritos da Irmandade, cansado de conhecer um por um esses figurões, dependurados ali a fim de nos lembrar que foram para sempre esquecidos.

Além disso, o coronel está cada vez mais surdo; onde entra, acompanha-o o silêncio que o isola. O Provedor se aproveita da situação. Já tomava conta da fazenda do Morro Grande e acaba de deitar as garras na fazenda da Concórdia, que nem parece estar situada nestas escarpas de ferro, pedra, calcário. A fazenda tem boas aguadas. Pasto farto e cercado. Lavoura e criação.

Por um lado é até bom, porque ao menos ele nos deixa em paz. O Provedor não tem tempo a perder com o Asilo da Misericórdia. Quando aparece, entra de cara fechada e com maus modos. Veio correndo quando soube do desabamento do segundo andar, mas no fundo gostou. Não dá valor aos balcões e às sacadas. Não liga para as portas com folhas almofadadas, ou para os torneados. Não se interessa pelo sótão e é capaz de não saber da existência da água-furtada na parte de trás.

Como dizia o cônego Lopes, é um casarão que tem garbo. Merece entrar pelos séculos adentro, com este pé-direito de quase quatro metros, madeirame de lei. O bom carapina Neco Tatu certa vez me alertou para uns caibros ameaçados pelo cupim. Ainda hoje ponho em dúvida que fosse verdade. Não se tomou providência nenhuma. Se o Provedor sonha com a demolição, trate primeiro de demolir a autoridade moral do padre Bernardino.

Por mais atenção que dê ao Orfanato Santa Clara, estabelecimento leigo, sem tradição religiosa, o coronel Antônio Pio não vai relegar ao descaso o Asilo da Misericórdia. Aqui está a obra piedosa, que vem de longe e não pode desaparecer. Depois que ficou viúvo, o coronel tomou xodó pelo Santa Clara, antigo Recolhimento de Meninas Desamparadas que andou em certa época mal-afamado.

Se a parte do Asilo que desabou está escorada, temos de agradecer ao nosso Benfeitor: a reconstrução pode demorar, mas pelo menos a ruína não vai adiante. A obra no Santa Clara está nos arremates. Com duas coroas malfeitas e visíveis, o Provedor não me deu resposta quando lhe perguntei sobre o que fazer no segundo andar. São um símbolo essas duas presas de ouro. Nem precisa abrir a boca, basta rosnar e denunciam sua voracidade, sua ambição de mando.

Há horas em que quase acho que o doutor Altamiro tem razão. O mundo foi criado por Deus. Mas quem o administra é o Diabo, sem qualquer compromisso com o mérito ou com a virtude. Hoje é assim e assim foi no passado. Para o doutor Altamiro tanto faz, podem botar abaixo o sobrado, a cidade, o mundo. Este casarão, a cobiça o construiu e a mesma cobiça vai derrubá-lo.

Esbarrei com o médico na rua. Ele vinha sem pressa, mas não achei que fosse me parar. O doutor Altamiro queria fugir do sol por um momento e espairecer com um dedo de prosa. Sob a sombra da figueira tirou o chapéu, deixando a calva à mostra. Quando percebi que viu na minha mão o embrulho com que saí da papelaria, tive medo de sua sem-cerimônia. Se soubesse que era um grosso caderno, ia ficar mais curioso.

Para distraí-lo, falei do sobrado. Por ocasião do desabamento, não quis subir a fim de ver de perto o estrago. Apenas perguntou se a biblioteca do cônego Lopes tinha sido atingida, sem se dar conta de que a biblioteca ficava do outro lado. Mas é isso mesmo. Com ou sem chuva, no verão ou no inverno, um dia a casa desaba. Com seu jeito evasivo, o doutor Altamiro não se abala. Estava indo visitar a dona Matilde e perguntei como vai ela. Sempre de cama, não dá um passo com as próprias pernas, mas vai bem.

III

Não tinha a intenção de entrar na papelaria Santíssima Trindade. Comecei olhando a vitrine e senti um certo desconforto quando vi que continua lá, como sempre, a imagem de são Judas Tadeu, à espera de um freguês ou de um devoto. Em oração silenciosa, pedi sua intercessão para que afaste as ameaças que pesam sobre o Asilo.

A papelaria tem uns livros à venda. São poucos e sempre os mesmos. Não perdi tempo atrás de novidade, até porque livros em penca tem a biblioteca do cônego Lopes. Algumas raridades se extraviaram, devem ter sido passadas nos cobres, com uns tantos objetos de valor. Nem sei como não somem os móveis de mogno, de jacarandá, de cedro. Se fosse em proveito do Asilo da Misericórdia, para o conserto do segundo andar, eu próprio não teria dúvida em vender essas preciosidades ao primeiro belchior que aparecesse.

O Provedor não vem hoje à cidade. O carrasco está tocando um serviço grande na Concórdia. Os camaradas trabalham para ele como asnos. Pelo jeito, abandonou mesmo a família. A mulher pegou os filhos e tomou rumo, foi viver com o pai, que tem posses. Se tivesse juízo, o Antoninho Pio, filho único do coronel, não abandonava as propriedades na mão de um estranho. Nem ia se meter em estripulias longe de Lagedo.

Para ter certeza de que o Provedor estava ausente, bastava observar o caixeiro no seu à vontade dentro da papelaria. Logo que me viu, não me largou, dando notícia de tudo. É parente ou contraparente do Provedor e poderia estar a par da venda do sobrado. Não gosto de futricas, mas tenho interesse na preservação da obra do cônego Lopes. Sigo o estrito conselho de são João da Cruz: falar pouco e não me meter em coisas sobre as quais não sou perguntado.

O sobrado não veio à baila. Em compensação, o caixeiro me contou a briga do doutor Lobato com o padre Bernardino. Não consegui saber de que lado está. Não sabia que era briga assim tão grave. Rusgas e pequenas desavenças fazem parte do dia a dia do vigário, são os detritos do seu ministério sacerdotal. Sua missão de conselheiro e árbitro exige que acompanhe de perto a vida social e política de Lagedo.

Se o Cunha diz a verdade, a guerra está declarada. O Cunha é o caixeiro. Artur Cunha, como está no cartão pedante que me deu. Num só lance, o doutor Lobato contesta a autoridade moral do padre Bernardino e desafia o coronel Antônio Pio. Se não ficou doido, ele que não se meta a sebo. Só tem a perder com essa empreitada. A chefia política de toda a região é do coronel Antônio Pio. Só se afasta se quiser, ou quando quiser. Se algum dia vier a faltar, ele, só ele indicará o seu substituto.

O Cunha falava e arrumava o material que tinha descido da prateleira para atender um freguês antes de mim. Foi quando vi este caderno. Capa dura, papel de boa qualidade. Não é coisa que se encontre no material escolar corriqueiro. O Cunha ostenta no cartão seu cargo de gerente da papelaria. Aproveitou para provar sua autoridade, ao perceber meu interesse no caderno, e insistiu para que eu o levasse. Pagava depois.

Um caderno assim todo branco, com papel dessa qualidade, me renova a promessa que vem de longe, a tentação de escrever. Simples fantasia que alimento desde rapaz. Apalpei a capa, aspirei o perfume do papel encorpado, examinei a costura da encadernação. Preciso pôr em prática o projeto de escrever a vida do cônego Lopes. De muitos de seus feitos já se vai perdendo a memória. Só falta lhe tomarem a casa.

Assim que os órfãos se recolheram, vim para o quarto e preparei a caneta, a pena, o tinteiro, o mata-borrão. Não faço a menor ideia de como vou escrever, mas sinto nessa iniciativa qualquer coisa de inaugural em minha vida. Se o coronel Antônio Pio estivesse mais alerta, eu iria agora mesmo lhe dar uma palavra sobre os perigos que nos ameaçam. Ouvi quando ele entrou aqui no Asilo. Não sei por que tanto revira seus papéis, seu cofre misterioso, até tão tarde.

IV

Preciso retomar com método a leitura da Bíblia, reler por inteiro o Livro dos Livros. Tenho comigo o exemplar que retirei da biblioteca do cônego Lopes. Há nas suas páginas uma aura de santidade. Pensar que muitas vezes o Pai Fundador teve em suas mãos este volume, e o leu, e o interpretou, com todo o fervor da sua fé, isto, que antes eu entendia como estímulo, agora me inibe. Uma honra que não mereço, sobretudo quando vejo à minha frente o mesmo Crucifixo diante do qual o cônego rezou e estudou, viveu e morreu.

Não sei até onde foi legítimo retirar o Crucificado do andar de cima e fechá-lo aqui comigo, nesta cela solitária. Mais numerosas do que minhas dúvidas são as histórias que este Crucifixo faz recordar, ou os episódios de que foi silenciosa testemunha. Não fazia sentido deixá-lo relegado a um abandono que depõe contra os nossos sentimentos cristãos. Natural seria que eu conversasse a respeito com o padre Bernardino, mas não houve oportunidade.

Num dia como hoje nem a Bíblia consegue prender minha atenção. Comecei pelos Profetas e entrei pelos Salmos, mas meu espírito andava longe. Com a idade, a insônia tende a se agravar. Lembro os velhos que no meu tempo de menino acordavam com o cantar dos galos. Andavam pela idade que hoje tenho. Nunca fui de dormir muito, mas tenho fases em que a vigilância é teimosa e me arrasa os nervos. A simples suspeita de que estou numa fase assim me impede de dormir. Vou para a cama cada vez mais tarde e me levanto com o sol, meu despertador.

Deveria me ocupar mais. Tempo livre é tempo oferecido ao Demônio. Um dia, comecei a dar aulas de caligrafia aos órfãos do Asilo mas logo desisti, diante de seus garranchos e borrões. Alguns nem sabem ler, outros leem soletrando. A maioria não sabe cantar a tabuada. O ócio é mau conselheiro, e nessa idade tenra em que se encontram, nem é bom falar.

V

Surgiu na cidade um surto de gripe. Começa com vômitos e suor frio. Se chegar ao Asilo, será uma devastação. Perguntei ao doutor Altamiro o que se pode fazer para prevenir e ele recomendou cuidados com a alimentação. Como se dependesse de mim. Também nisto vamos mal. Época ingrata, esta. Com o calor, o apetite diminui. Os órfãos somem da minha vista. A Marieta do Riachinho ainda vem me profetizar que a política vai ferver. Entrou e saiu de olhos arregalados. Mas o que ferve é o verão. A brasa do sol começa a queimar cedo, estica o dia, paralisa a virtude, derrete as boas intenções.

Frustrou-se o passeio que eu tinha programado à Bateia Rasa. Queria parar no Alto da Cruz e rezar com os meninos ao menos um Mistério. Pedir a proteção para o Asilo da Misericórdia, a que estão confiados estes pobres órfãos. De lá iríamos até a cachoeira, que deve estar bonita, mas choveu. Anos atrás, levei um susto com um menino que foi beber água e quase sumiu no sorvedouro. Pouco tempo antes eu tinha lido num almanaque como se faz ginástica respiratória. Comentei a coincidência providencial com o padre Bernardino, ele riu e disse que Deus tem mais o que fazer.

De outra feita, surpreendi um garoto pelado dentro

d'água. Jurou que tinha sido brincadeira de dois dos mais taludos, que à força lhe arrancaram o calção. Castiguei os três sem piedade. Conspurcaram a pureza da água. Passei um bom tempo sem ir à Bateia Rasa. Pensando nisso, concluí que foi melhor ter ficado em casa hoje. Além do perigo na água, há o risco no céu. A chicotada de uma faísca não dá tempo ao cristão de elevar o pensamento a Deus. Gosto da promessa de santo Antônio. Nenhum devoto seu morrerá sem assistência espiritual.

Me lembro da história de são João da Cruz. O frade carmelita ia se afogando quando Nossa Senhora apareceu e lhe estendeu a mão. Ele tinha a mão suja e se sentiu indigno de aceitar aquele socorro. Preferia morrer. Foi quando apareceu um velho que lhe atirou uma vara. Era são José.

Lembro-me também do Poço Fundo, no Divino. Éramos três meninos dentro d'água. O Beto e o Guto me chamavam de medroso e queriam ir mais longe, mais fundo, até que perderam o pé. O Guto conseguiu sair. O Beto se enrolou no rodamoinho. Na tentativa de ajudá-lo, cheguei bem perto e ele me pôs a mão fria no ombro esquerdo. Mas o que deve ser, tem força, como diz a minha mãe.

No velório o caixão não foi aberto. O Guto jurou que já estava fora do Poço, quando aconteceu a tragédia. Murmuraram que eu podia ter puxado o Beto para a vida. Naquelas noites, acordei com a mão fria do defunto no meu ombro esquerdo. Adormecia de novo, e era a minha vez de me afogar. Acordava em pânico, os olhos estatelados. Não sei dizer quantas pessoas daquele tempo ainda se lembram do Beto. Sei que nunca me esqueci dele.

Choveu hoje o dia inteiro e à noite o dilúvio voltou a engrossar. Bom será se não vem por aí uma cheia. O córrego do Monjolo transborda e os pobres ficam ao desabrigo. A Idalina veio bater à minha porta, com medo de novo desabamento. Há goteiras pela casa toda. Goteira não me preocupa. As paredes do sobrado são grossas e aguentam o pé-d'água; o canto lá em cima está escorado. O que me dá medo é a gripe.

VI

Quando chega o Advento, sinto vontade de renascer. Vem o Natal e não renasço. Este ano, mais do que nunca, pensei em ir ao Divino rever Sá Jesusa. Acabei não indo. Não tenho quem me substitua no Asilo da Misericórdia e essa história de venda do sobrado não me dá sossego. Aqui me aflijo, mas estou vigilante. A verdade é que o Natal me entristece. Festa da família, dele guardo reminiscências pouco festivas e nada familiares.

Passou-se o Dia de Ano-Novo, o Dia de Reis ficou para trás e ninguém veio aqui tirar reis. Todos sabem que dinheiro nesta casa só se do céu choverem moedas sobre nós. Ou se der na horta. Vejamos os órfãos: são poucos, cada vez em menor número e nem assim têm uma roupa para o domingo. Na missa da matriz, três meninos tinham um pé calçado e o outro descalço. As botinas estão cambaias. Vestem paletó e calça desencontrados. Os uniformes não têm sido renovados e passam de um menino a outro como se tivessem o dom de ser eternos.

Não peguei o tempo em que a missa era celebrada aqui no Asilo. De batina e sobrepeliz, um órfão servia de coroinha. Hoje nenhum deles sabe a resposta do Introito. *Ad Deum qui laetificat juventutem meam.* Deus não lhes alegra a juventude. De ano para ano, diminui o fervor com que se ouve o santo sacrifício. Vai longe o tempo em que a missa atraía até gente de fora. As irmãs Santiago entravam e saíam sem cumprimentar ninguém. A prática era uma espécie de conversa entre amigos.

Na matriz, o sermão se dirige aos notáveis de Lagedo, que nem por isto deixam de se retirar para o adro. Vão fumar e conversar lá fora. Nem todos os fiéis que ficam no interior da igreja se interessam por histórias de pastores e ovelhas, por parábolas de escribas e fariseus. Escondido atrás de uma coluna, procurei fugir dos olhares. E procurei não olhar.

Mas é difícil suportar o lorgnon da dona Dolores. Basta ela se virar para o meu lado que fico vermelho. O mal foi admiti-la no coro. Ela foi se insinuando e tomou o lugar da Calu, a melhor voz da cidade. O rosto rebocado, sem o recato de uma esposa cristã, não sei como a dona Dolores casou com o doutor Januário. Pode ter dotes, como tocar piano e saber música. Sabe até cantar. Mas tem um olhar ferino. Veio de fora, e vive zombando da nossa gente.

Num desaforo, se ofereceu para vir dar aulas aqui, ensinar solfejo e arte musical. Se insistisse, eu seria capaz de virar professor de música só para barrar a sua entrada no Asilo. Sei distinguir um dó de um lá. Não confundo a clave de fá com a de sol, ou a de sol com a de ré. Ela me olhou com sarcasmo e tive vontade de abrir um buraco no chão e sumir. Depois percebi que a história de dar aulas era só para fazer bonito diante do padre Bernardino. Ela quer distância do Asilo. Se viesse para cá, não iria conseguir nada. Nem santa Cecília seria capaz de organizar um coral com estes meninos. Tudo aqui anda desafinado. E é isto que eu devia dizer ao coronel Antônio Pio. Domingo, dia do Senhor. Dia de ninguém.

VII

O Boi Manso faz parte da turma dos mais quietos, mas hoje amanheceu com o bicho-carpinteiro. Quando chegou no Asilo, a princípio teve o apelido de Baba de Boi. Nunca soube a razão, mas sei que provocou uma briga na hora do almoço. Antes que outros entrassem no meio, dei-lhe um safanão e lhe tomei o garfo com que ameaçava o olho de Orestes. Caiu de mau jeito e ainda levou uns bons cascudos. Só então vi que sangue lhe escorria pela cara. À tardinha, Jonas me disse que o Boi Manso estava se sentindo mal. Manha, pensei.

Daí a pouco a Rosa veio me contar que o menino estava pálido e vomitava. Mau sinal. Fui vê-lo. Febre alta, nenhuma dúvida. Quantos graus, só se adivinhasse. Não temos termômetro. Já era noite quando apareceu a Marieta do Riachinho. Casa em que entra sol não entra médico, recitou a biruta, em plena luz do dia, as janelas escancaradas. Veio porque o doutor Altamiro mandou. Enquanto tomava a temperatura do menino, viu o curativo malfeito e perguntou se ele tinha brigado com o gato.

O Boi Manso me cravou um olhar de mágoa e ódio. Temperatura alarmante: quarenta graus. Para me assustar mais ainda, a Marieta me revelou que dois pacientes morreram com a gripe. Desisti de puxar o assunto da venda do sobrado e nem me lembrei da briga do doutor Lobato. Pedi a Marieta que me deixasse o termômetro. Fez um pouco de fita, mas deixou. Na porta da rua, esclareceu que se trata de uma nova espanhola.

Não poderiam inventar uma palavra mais trágica. Foi a espanhola que matou a minha irmã Constância logo depois da Grande Guerra. Mais velha do que eu três anos, robusta e bonita, ela é que devia ter vingado. Filho da velhice, eu nem deveria ter nascido. Quando Sá Jesusa começou a esperar, e esperava por mim, era tida como estéril. Já nessa época meu pai não parava em casa e sumia do Divino. Mas o que tem de nascer, nasce. A planta mais tenra, podem botar um rochedo em cima, ela abre caminho e brota. Todas as vezes que eu flagrava Sá Jesusa olhando o retrato da filha defunta, tinha vontade de pedir desculpas por estar vivo. Tomei o lugar da santinha. Olhos azuis semicerrados, mãos postas, minha irmã é uma menina que ficou menina para sempre.

Isolei o Boi Manso na alcova perto da despensa. Num momento assim é que se vê como este casarão tem espaço. Era preciso manter o menino longe da curiosidade de quem quer que fosse e tomar cuidado para evitar o contágio. Quando ele começou a gemer e a delirar, cheguei a pensar no sótão. Implorei à Rosa para ficar vigilante. De madrugada, pé ante pé, fui até a alcova e procurei no escuro a testa do doente. A Rosa estava lá, escornada. Minha mão encostou no curativo. Foi como se tivesse tocado numa chapa em brasa.

VIII

Não consegui dormir. O Boi Manso, o surto de gripe, a minha irmã Constância e o Beto se aliaram para desencadear minha insônia. A noite se arrastou entre remorsos recentes e antigos fantasmas. O sol nunca mais ia nascer, até que os telhados foram se tornando visíveis. Quando a serraria, estridente, começou a funcionar, era a vida que palpitava. A febre do menino baixou. A Rosa, tresnoitada, queria que ele comesse uma broa de fubá.

Durante a noite insone evoquei passagens da vida de santo Antônio. Desde criança, os prodígios dos eleitos de Deus me fascinam. O caminho do céu é como um circo de fantásticos espetáculos. Poderia narrá-los aos órfãos, que não estão tendo aulas de História Sagrada. Deveriam estar frequentando o Catecismo na Matriz, mas não gostam de se misturar com os meninos de família, que os recebem com hostilidade.

A Rosa tem toda a razão de acender uma vela aos pés de santo Antônio. Deve ter sido por causa do Boi Manso, mas o Asilo da Misericórdia inteiro anda precisando da proteção do nosso orago. Varão de tantos prodígios e de tantas virtudes, santo Antônio também foi submetido às piores provações. Na Sé de Lisboa, tentado por uma loura aparição de beleza diabólica, subiu correndo a escada que dava para o coro. Degrau por degrau, os olhos azuis do espectro o perseguiam.

O jovem Antônio, ainda conhecido pelo seu nome de pia, Fernando, traçou na parede o sinal da cruz. Lá estão na Sé, dizem, e ainda podem ser vistos, dois traços que os santos dedos abriram no granito. A aparição sumiu. A fragrância da beldade se transformou em pestilência infernal. Eu poderia escrever casos assim e reuni-los num livrinho, a que juntaria uma notícia sobre o cônego Lopes. Lembraria sua morte neste sobrado colonial. Submeteria o texto ao padre Bernardino e pediria o *imprimatur* à Cúria em Mariana. Talvez não desse certo. Melhor desistir dessa mania de escrever.

IX

Com a chuva o desabamento aluiu mais um pouco. Pode ser coisa do Provedor, um homem que não sabe o que é ter consciência. Para conseguir o que deseja, é capaz de qualquer maldade. Casou por interesse. O sogro é um italiano que enriqueceu. Não entendo como uma mulher alva e bonita, jovem, caiu nas garras desse vampiro de feições grosseiras.

Na força da idade, ficou solto como um bode nas fazendas do coronel Antônio Pio. Não duvido que mande demolir à socapa um patrimônio da cidade, o templo que guarda a memória do cônego Lopes. Já foi capela onde esteve exposto o Santíssimo.

Depois que virou mestre de obras, o Provedor demoliu mais de um casarão histórico. Ataca à noite, e de manhã já é fato consumado. Nosso Senhor sabe o que faz quando me dá esta insônia renitente.

Quando o Antoninho Pio, o filho único, saiu de Lagedo, o coronel foi se acostumando com a companhia do Provedor, que era a sua sombra. Dirigia o carro, trocava pneus furados e, no tempo das águas, punha correntes nas rodas. Não há fazenda, ou sítio, por essas bibocas a que não tenha ido em companhia do chefe político. Pegou por osmose, unha e carne, um certo prestígio. Não inspira confiança, mas é petulante. Está convencido de que tem prestígio junto aos cabos eleitorais, mas é muito reles.

A placa de bronze que pregou na sala de reuniões é um exemplo de sua bajulação. Homenagem merecida, mas fora de hora, que feriu a modéstia do Benfeitor. Porém atingiu seu objetivo, de que o coronel a veja todos os dias. A inscrição na placa não está vazada em estilo lapidar, mas pelo menos não tem nenhum erro crasso. Deve ter sido feita pelo Cunha, que tem fumaças de intelectual só porque lida com papelaria e livros. "Ao coronel Antônio Pio da Silveira a comovida homenagem e o preito da gratidão eterna do Asilo da Misericórdia ao pai da pobreza pela Caridade."

Faltam referências à Confraria de Santo Antônio e às irmandades de que o coronel Antônio Pio é sócio remido e benemérito. Apesar de Provedor, título e encargo que não merece, o capataz de luxo não sabe a diferença entre uma irmandade e uma ordem terceira. Nunca ouviu falar numa arquiconfraria. Fosse no tempo antigo, poderia se dar por satisfeito se conseguisse acesso ao balandrau da irmandade das Mercês, ao lado de seus iguais. E assim mesmo teria de demonstrar talento de músico ou de artesão. Não tem um, nem outro.

Áspero com os de baixo, chaleira com os de cima, minha esperança é que a qualquer hora o velhaco se atrite com o padre Bernardino. Com o vigário e com a dona Matilde, ele não tira farinha. Por causa da ausência de Antoninho Pio, o Provedor se ilude de que vai substituir o Benfeitor na chefia. É mais fácil o padre Bernardino voltar a se entender com o doutor Lobato. Só a desmiolada da Marieta do Riachinho é que me fala do futuro político do Provedor. Ela me pediu de volta o termômetro.

O doutor Altamiro vai pernoitar na fazenda do Desterro, para assistir um doente desenganado. Gente rica não abre mão dos recursos da ciência médica até o último suspiro. Se o médico não veio ver o Boi Manso, é porque o menino não corre perigo. Ou porque o ricaço, nas vascas da agonia, tem prioridade. O Boi Manso fica por conta da Riachinho. Ela me pegou a jeito e desandou a falar do pessoal do Desterro, com quem tem um vago parentesco de sangue. Todo mundo aqui é parente de todo mundo.

Mesmo desterrada, a Marieta tem orgulho de seu sangue. Considera uma humilhação ter de trabalhar como enfermeira. A culpa, disse ela, é da demanda de que é parte e que encruou na Justiça vai para vinte anos. Depois de muita volta, ameaçou dizer que não se casou porque foi lesada pela parentela. Onde entra dinheiro, entra a discórdia. Por um copo quebrado ou uma caneca de barro, qualquer herdeiro é capaz de ferrar uma briga medonha. Imagine quando se trata de uma propriedade como a decantada fazenda do Riachinho. Verdadeira terra da promissão, a crer no que diz a

Marieta, lá correm o leite e o mel. Ela incorporou ao nome de pia o nome da fazenda. Para quem é, bacalhau basta.

X

Eu podia ler mais uma vez na íntegra o Livro de Jó, em vez de rabiscar estas linhas de nada, sobre nada, para nada. A leitura da Bíblia é conforto, remédio, sabedoria. No mundo civilizado, todos, letrados ou não, tomam sua ração diária do Livro dos Livros. Não é preciso ter fé. Basta ter bom gosto. Não há grande espírito que não se tenha deixado seduzir pela Bíblia. Assim é na França católica e na Rússia ortodoxa, como na América, na Grã-Bretanha, na Escandinávia. Até os inimigos, Rousseau, Voltaire, Renan, beberam na fonte bíblica.

Entre nós, os exemplos também são numerosos, ainda que a Bíblia não encontre aqui a circulação que tem lá fora. Basta conhecer a história do Aleijadinho, que fortaleceu sua inspiração na leitura do livro sagrado. Sem fé, jamais realizaria a obra que realizou, mergulhada num forte sentimento religioso. Os profetas de Congonhas do Campo constituem um testemunho de sua vida interior. O Aleijadinho nasceu assinalado ao mesmo tempo pelo gênio e pelo sofrimento, pela necessidade de expressão e pela resignação cristã.

Havia na terra de Hus um homem chamado Jó, e este homem era sincero e reto, e temia a Deus, e fugia do mal. Ninguém jamais conseguiu uma introdução melhor para sua história. Simples, direta. Deus e Jó estão logo nas primeiras linhas. Seja na Vulgata em latim, seja em que língua for, bastam as palavras necessárias para criar o ritmo que modula o que neste mundo dá notícia da beleza. A esférica música do universo e sua numérica perfeição. Sua ordem ática e matemática.

Descendo ao terra a terra, a Riachinho mal esconde a felicidade com que fala da gripe que graças a Deus aqui não se propagou. Mas derrubou por aí, pelos distritos, meia dúzia de infelizes. O surto em Lagedo está debelado, disse eu. A Marieta retrucou que na Lagoa Dourada está todo mundo de cama. Até o médico. O pároco. E na fazenda do Desterro foi dessa gripe que morreu o ricaço seu parente. Ela queria me impressionar, mas sei que essa gripe não se compara com as epidemias de tifo e de crupe que devastaram Lagedo antes da minha chegada.

Quando a Marieta me perguntou se anotei a temperatura do Boi Manso, que devia ter sido tomada três vezes ao dia, tive de lembrá-la de que ela mesma levara o termômetro. Ela fez um esgar de nojo e mandou o menino mostrar a língua. Ainda está saburrosa, disse. Depois quis saber dos intestinos e anotou tudo numa caderneta, sem me dar atenção. Com a ausência do doutor Altamiro, dá a entender que foi promovida. Enquanto fervia a seringa para a injeção, disse misteriosa que tem de fazer o relatório para o posto de higiene e saúde pública. Depois desceu do pedestal.

Contou que o doutor Lobato ascendeu na loja Progresso & Fraternidade. Por isto, desacatou o vigário e perdeu o lugar na Santa Casa. Como tem raízes em Lagedo, raízes e terra, boa terra, o Lobato sempre se achou intocável. O velho doutor Lobato, seu pai, era fazendeiro e cirurgião. Seu retrato está entre os dos beneméritos do Asilo. Foi presidente e prior da Irmandade de Nossa Senhora da Boa Morte. Não lhe faltaram honrarias. Como o pai, o atual doutor Lobato iria acabar prefeito. Mesmo longe de Lagedo, seria o que quisesse, com o apoio do coronel Antônio Pio. Poderia ser deputado, mas não tem jeito para a política, perdeu a paciência.

Por certo não contava com a reação do padre Bernardino, que vinha sendo tolerante demais com essa malta de maçons. Se em nome da prudência cristã o vigário encolhe, vão dizer que se acovardou diante do figurão. Mas o padre Bernardino não foge da luta e no cumprimento do dever enfrenta quem quer que seja. O Provedor quis se intrometer e foi propor sua mediação. Levou pelas fuças um contravapor.

Dita assim como estou dizendo, a conversa da Marieta parece simples, mas é uma árvore copada com muitos galhos à direita e à esquerda, para baixo e para cima. O sentido oculto às vezes está na raiz. É preciso saber interpretá-la, pôr de lado a palha para guardar o ovo, se há ovo, ou o milho, se há milho. Também pode acontecer de no paiol haver só palha e mais palha. Ela diz que o doutor Lobato tem o umbigo enterrado aqui, enquanto o padre Bernardino é um ádvena. Talvez só tenha dito isto porque fazia questão de usar a palavra, que deve ter aprendido com a dona Matilde. Uma palavra que tem a cara da baronesa. De pároco, o padre Bernardino passou a gentio.

A Santa Casa já tem novo cirurgião e a escolha, como é óbvio, passou pelo vigário. É o Edgar, sobrinho do coronel Antônio Pio. Onde não sabe, a Riachinho não cala. Está neste caso o que disse do prefeito: o Juvêncio é um banana. Nunca vai levantar a mão contra o padre Bernardino. Deve ao vigário ter sido indicado para a prefeitura. Lá foi posto como um chapéu na cadeira.

Pena que o Antoninho Pio seja um doidivanas estragado pelos mimos de dona Serafina. Não pega no pesado, não tem gosto pela política. Comprou um canudo de bacharel, dizem, mas é um bronco. Melhor que fique mesmo longe de Lagedo. O coronel Antônio Pio não tem herdeiro político, de sangue pelo menos. Na hora em que está descendo a serra, a caminho da cidade dos pés-juntos, o povo de Lagedo conta com o padre Bernardino, um homem de Deus.

XI

Teresa de Ávila tinha horror ao ócio. *Laborare est orare*, disse santo Agostinho. Nenhuma dúvida, nenhuma pergunta, nada deixou sem resposta. Até os rochedos, que não têm voz, têm eco, como diz o padre Antônio Vieira. Nada mais ofensivo que o silêncio, ou a indiferença.

Apareceu aqui o seu Vilela, agrônomo vindo de Prados. Há tempos lhe mando recado e ele não dá sinal de vida. Não tenho dúvida, o Provedor arrastou o agrônomo para a fazenda.

Os órfãos vinham tomando gosto pelo trabalho na horta. Quando cheguei a Lagedo, o Asilo ainda dispunha de uma área que era quase um parque. Conheci restos do pomar. Se o trabalho agrícola prosperasse, o Asilo poderia pleitear uma subvenção oficial que complementasse a pequena ajuda do município, que o Juvêncio, mal-agradecido, já está considerando pesada para o erário. Se o seu Vilela continuasse assíduo, poderíamos sonhar com uma gleba só para os asilados trabalharem. O coronel Pio não iria nos negar um pedaço da fazenda do Morro Grande, uma das que nos estão mais perto.

É uma tristeza o descaso com que aqui se trata a lavoura. Ninguém quer enfrentar o trabalho manual. Segundo o doutor Altamiro, vem do cativeiro essa herança amaldiçoada de escravos para o eito e escravas para o leito. Desde o primeiro momento não se pensou em plantar, mas em extrair a pepita, a gema, a sorte. A povoação não nasceu de uma semeadura. A mão humana, cúpida, arrancou da terra e da água, sôfrega, o que a cobiça buscava. A cobiça não tem caráter de permanência. Vai na ofegante corrida atrás do tesouro.

Daí surgiram as cidades, com suas ruas curvas e íngremes ladeiras. Traçar o mapa de Lagedo é refazer esse caminho tortuoso, como tortas são as almas decididas a enriquecer. Não estranho que o Provedor tome posse da Concórdia, que não é dele. Já deu fim no chafariz de pedra. O coronel que não abra os olhos e até o gado vai pelo mesmo rumo. No Morro Grande, o Provedor arrancou das portas as ferragens coloniais. O teto de caixão, todo pintado, obra de arte sacra, vendeu na bacia das almas para um bricabraque de fora.

Podia ao menos deixar em paz o Asilo da Misericórdia. Mas quando ruiu o canto de cima, só se preocupou em tirar os órfãos daqui para que não houvesse testemunhas. Vítimas poderiam prejudicar o negócio que tem em mente. Mas não teve iniciativa de levar para um lugar seguro a Rosa, a Idalina e a mim. O Antônio Pio apareceu durante o temporal, preocupado com seu cofre, e nos salvou.

XII

De repente, fortíssima, latejante, a dor. Vinha me dando tamanha folga que eu já alimentava a esperança de me ter livrado dela. Mas os aborrecimentos e as aflições me tiram o sono e cobram seu preço. Eu ia visitar a dona Matilde e na rua percebi, no ar, uma espécie de estremecimento luminoso. Como se eu fosse sair do circuito, me apagar. Passava um sujeito vendendo uma galinha-d'angola. Opresso, bico aberto, o animal dava a notícia viva de um desconforto que era também meu.

Meio cego, tonto, consegui vir da claridade da rua para a penumbra de dentro de casa. Três meninos entravam apressados na despensa, tentando se esconder de mim. Com o risco de perder o equilíbrio e desabar no chão, pus os três de joelhos e vim me trancar no quarto. Não sei como, a galinha-d'angola me transportou para o calor de uma certa tarde no Divino. Numa golfada, voltava minha adolescência. As luzes que me ofuscavam hoje e ontem agora e antes se fundiram. O tempo perdeu sua dimensão. Sem passado e sem presente, perdi a realidade.

Tenho a vaga ideia de que a Rosa me trouxe um chá de funcho e salva, segundo a boa escola do monsenhor Kneipp. Se dormi, não foi um sono reparador. Mas na cama, esticado de costas, fui aos poucos retomando a consciência de onde me encontrava. Nesse momento, diante de mim uma simples caneca de folha se erigiu em enigma. Tudo me desafia. Em cada objeto um silêncio pulsa. Dentro de mim, o medo da dilacerante ruptura. A grande ameaça, tanto maior quanto menos consigo identificá-la.

XIII

Na visita que de surpresa nos fez, o padre Bernardino ouviu meninos em confissão. Gostaria de ter sido avisado, para lhe oferecer uma recepção com mais cerimônia. Invejei o modo como os asilados se dispuseram a se confessar, sem um segundo de hesitação. Passou pela minha cabeça que poderiam ser os três meninos que eu pusera de joelhos e que se aproveitavam do sacramento para se queixar de mim. Também a Rosa queria se confessar. Não conhece o cânon: mulheres só podem ser ouvidas no confessionário. Não há de ser o padre Bernardino que vai sair do cumprimento estrito da norma.

O vigário juntou depois os órfãos e lhes transmitiu um breve sermão. A orfandade irremediável é a dos que recusam Deus como Pai. Quem não é filho de Deus é enteado do Demônio. O fogo do inferno queima, mas não consome. O padre descreveu as hordas infernais como se tivesse acabado de chegar de lá. Assumi comigo mesmo o compromisso de reler Teresa de Jesus na parte que diz respeito ao Diabo. Na cadeira improvisada, outros penitentes compareceram, dispostos a se aproximar do sacerdote para se distanciar das caldeiras de Belzebu.

Firme propósito, atrição, contrição perfeita e imperfeita. A confissão deve ser para todos os fiéis o mais desejado e o mais penoso dos sacramentos. Já não me lembro quando comecei a me interrogar sobre a validade das minhas confissões. Mais de uma vez me surpreendi arrependido de não me ter arrependido. Assim passei a entender a reserva jansenista à comunhão frequente.

As devoções que têm caráter aritmético me despertam certa resistência. É o caso das primeiras sextas-feiras, também o dos cinco sábados. A não ser quando se trata de vocação mística, privilégio das almas eleitas, a habitualidade esvazia o sentido religioso. Os atos de caridade, de contrição, de esperança, de fé se transformam em palavras automáticas que não transcendem os lábios transformados em máquinas de rezar.

Para o padre Bernardino, tudo isto não passa de escrúpulos tolos. Sua presença na tarde de hoje transmitia coragem e confiança. De um lado a luz, a treva de outro. Contrição, confissão, absolvição. Três passos para obter a graça santificante, sem a qual ninguém entra no Céu. Se o sacramento da penitência a mim ainda me parece custoso, posso imaginar o que não seria entre os primitivos cristãos, quando a confissão era pública.

Por isso, o sistema auricular representou um passo adiante também no campo psicológico. Valorizou o indivíduo, a pessoa humana. O segredo obriga de igual forma ambas as partes, o sacerdote e o penitente. Ainda assim, qualquer coisa incomunicável permanece entre os dois. Cada um de nós tem sua alma individual, constituída de um inviolável segredo. Nenhuma palavra o rompe, nem o transmite. É como a reserva de ar que não consigo expelir. Parte de mim é silêncio. E no silêncio, como na solidão, está o que me distingue dos demais. Na solidão em que nasci vou morrer, sem remédio nem remissão.

E ainda existe o que em cada um de nós é insondável. O que não conseguimos penetrar, por mais sincero que seja o esforço com que nos empenhemos nesse trabalho de escafandro. Que parte de mim continua desconhecida de mim mesmo? Sempre restará o lado da sombra, com suas camadas profundas, inatingíveis. E é aí que se joga um destino. Aí deitam raízes atos que nos surpreendem, que não sabemos interpretar. *Pulvis et umbra.*

Se o padre Bernardino tomasse conhecimento deste tipo de especulação, na certa o levaria à conta de meu desequilíbrio nervoso. E é provável que estivesse certo. Teria, porém, de ir adiante e reconhecer que também o desequilíbrio nervoso é parte do que sou, parte inseparável, substancial. Integra minha estrutura, se é que não o trouxe do berço, se não veio no próprio sangue que precede meu nascimento.

Perdido neste tipo de cogitação, aflito com os maus modos e os trajes dos órfãos, não perguntei ao padre o que há de verdade sobre a venda do sobrado. Podia ao menos ter chamado sua atenção para a obra no andar de cima. Falamos apenas da chuvarada que de novo nos ameaçou. Não sei em quantos centímetros subiu o córrego do Monjolo. O rio das Mortes roncou grosso e feio por esses vales afora.

XIV

De portas e janelas sempre fechadas, o Asilo da Misericórdia tem os olhos cerrados para o mundo. Este ar severo e o toque de velha nobreza estariam bem na fachada de um convento que só tivesse vida interior. Alguém que ignore a ruína no andar de cima verá com respeito o nosso imponente sobrado. A má conservação, a pintura envelhecida ou descascada, as falhas na treliça, nada empana o apurado recorte dos beirais, ou a solidez dos montantes. Sóbrio, o casarão conheceu a seu tempo uma fase de esplendor. Guarda risos e lágrimas. Abrigou vidas felizes, mais ou menos públicas, e desgraças ocultas sufocadas no silêncio.

Enquanto eu tomava a fresca na calçada, pensava na história do sobrado e me ocorreu perguntar um dia desses à dona Matilde se ela nasceu aqui. Ela nunca me disse e eu nunca perguntei. Se nasceu, em que quarto terá sido? E até que idade terá vivido aqui com a família? Avô, avó, pai, mãe, irmãos, que ela recorda no palacete onde hoje mora. A vida solitária da dona Matilde é um mistério.

No passeio, os órfãos brincavam de pular carniça. No momento em que dois ou três mais turbulentos trocavam cacholetas, surgiu a aparição. O avantesma. O Provedor tem esse dom de *deus ex machina* pelo avesso. Só que não traz solução, mas problema. Irrompeu inteiro do chão, se materializou, súbito, no éter. Deu ordem de recolher e, postado na soleira da porta, examinou as mãos e as unhas de cada um que passava. Parou os que achou sujos e mandou que mostrassem os calcanhares. Imundos, murmurou com asco.

Na véspera a Idalina tinha metido na cachola que era preciso aparar as unhas de todos. Uns poucos escaparam, com medo de sofrerem nas mãos da Rosa. A meu pedido, a Rosa outro dia foi cortar as unhas dos mais novos e tirou verdadeiros pedaços dos dedos do Alípio. Mas tivesse ou não razão, a cara do Provedor seria a mesma. Só faltava tapar o nariz por causa do mau cheiro.

O cabelo cortado à escovinha e agarrado na cabeça, a cara crestada pelo sol, os vincos nos cantos da boca, tudo acentua a ruindade que traz estampada na lata. O contraste com a pele queimada dá às coroas destaque mais evidente. Quem o vê não se engana com o que há por trás daquela carranca. Só pelo prazer de me contrariar, há tempos alegou que os meninos não podem ficar sozinhos no dormitório e quis me tomar este canto em que me escondo. O regulamento não permite quarto individual, disse. Quase lhe perguntei se o cônego Lopes dormia na companhia de alguém. O que o Provedor quer é instalar aqui uma tecelagem.

XV

Minha mãe sempre teve olhos de lince. Mas agora se queixa da vista, que já não lhe permite costurar. Costurou a vida toda. Até de fora do Divino vinham encomendas de vestido de noiva, ou de enxoval completo. Cobrava o que bem entendesse. Preço alto ou preço baixo, só ela entendia o seu critério. Se não ia com a cara da freguesa, recusava a encomenda, cheia de caprichos e silêncios, sem dar qualquer explicação.

Para bordar, tricotar e fazer crochê, tinha a ajuda das aprendizes que selecionava à primeira vista. Moças humildes, algumas romperam na vida. Quando uma costureirinha prosperava, Sá Jesusa a mandava embora. A rapariga já podia voar sozinha.

Minha mãe não aceitava sociedade, nem queria ninguém no seu nível. De vez em quando suspendia o trabalho. Nada a demovia, nem a avó Constância, sua mãe. Pouco falava. Se parava de trabalhar, calava de todo. Era dona do seu nariz.

Convencida de que está morrendo a prestações, Sá Jesusa diz que se eu não for logo ao Divino só nos encontraremos no Céu. Mas a família é longeva. A avó Constância passou dos noventa, se agarrou à vida e queria ficar para semente. Raça de gente dura, morre em pé, sem se encostar em ninguém. Recebi carta da minha mãe, escrita pela mão da Maria Vizinha. Há uma parte que corre por sua conta, duvido que Sá Jesusa queira mesmo saber se estou tomando chá de losna.

A letra da Maria Vizinha no sobrescrito me desagradou. Botei a carta de lado. Notícia boa não se escreve. Solteirona, mais velha do que eu, há séculos tem pronto o enxoval para entrar nas Macaúbas, mas sempre arranja um pretexto para adiar sua reclusão. Agora estará alegando que não pode largar Sá Jesusa sozinha. Esconde algum intento. Pouco me importa saber qual, contanto que me deixe em paz.

XVI

Não fosse o Sotero da Encarnação, eu teria perdido a hora do desagravo ao padre Bernardino. A manifestação foi uma pública censura ao doutor Lobato. O Orestes não quis ir. Cedi, para não criar caso. Estão umas tristes figuras, os asilados. Há de tudo entre eles: banguelas, caolhos, manquitolas, atarracados. Vestindo molambos, ficam mais feios. O mais bem-nascido é filho da ventania e neto da trovoada.

Assim que entramos, um rapaz atrevido à meia-voz me apontou e me chamou de galo capão. Entrei com a turma em formação, dois a dois, para não fazer feio diante das meninas do Santa Clara. Mas as órfãs não estavam lá. Nada têm a ver com o vigário e muitas são bem capazes de não ser católicas. Mal nos sentamos, chegou o coronel Antônio Pio. Os meninos se precipitaram para lhe tomar a bênção. Ele se desvencilhou e me fez um sinal. Entendi que ia me cumprimentar e lhe estendi a mão. A papada tremendo, mandou que eu desocupasse os lugares da frente e deixou a minha mão no ar.

Em pé no fundo da sala, fui vendo chegar as pessoas gradas. O doutor Januário abriu a sessão. Pensei que lá vinha a cantoria da dona Dolores. Nada disto. Fita azul e escapulário, a representante das Filhas de Maria leu um discursinho cheio de pausas. Uma penca de oradores não acabava mais de falar até que, impaciente, o padre Bernardino anunciou que as flores do salão iriam enfeitar o altar de Nossa Senhora das Graças. A única surpresa foi a fala do Provedor: quando citou o Asilo da Misericórdia todos os olhares se voltaram para nós.

A certa altura, veio de fora um vozerio e alguém sugeriu que a manifestação continuasse a céu aberto. A festa virou comício, com vivas ao coronel Antônio Pio e ao padre Bernardino. O Juvêncio, que como prefeito não podia faltar, se limitou a mandar um representante. Quando o Provedor, tartamudo, acabou de ler sua peça, uma voz fanhosa entrou a dar vivas ao senhor bispo, a Nosso Senhor Jesus Cristo, ao

Cristo-Rei, à Santíssima Virgem Maria. E novos vivas à Igreja Triunfante, à Igreja Padecente, à Igreja Militante. Com a palheta erguida no ar, o dono da voz fanhosa só parou quando alguém o conteve. Soube depois que é congregado mariano e candidato à Câmara Municipal.

Saímos de fininho na hora que começou o foguetório. Não vi por lá a Marieta. Hoje, porém, ela me garantiu que ficou, sim, até o final. E ainda criticou o Juvêncio, que inventou um compromisso político nos cafundós do judas para não comparecer. *Omnis potestas a Deo*, como bem disse o padre Bernardino. E choveram aplausos.

XVII

Abri a Bíblia ao acaso e caiu na parábola de são Lucas, dos convidados que escolhem os primeiros lugares na mesa. Nunca se sentar no primeiro lugar, que pode estar reservado. Todo o que se exalta será humilhado. E todo o que se humilha será exaltado. Mais que uma palavra, e palavra evangélica, é uma promessa.

Não sei como fui me sentar com os asilados logo na frente, na homenagem ao padre Bernardino. Nunca me esqueço de uma lição que aprendi menino. Uma noite, num serão tranquilo, o padre Emílio jogava truco lá em casa quando ouviu meu pai dizer que só disputava o último lugar. Ao último lugar concorrem poucos. Sorrindo, o bom padre advertiu que esse lugar é o único sempre ocupado. Lugar cativo, tem sempre dono, que é Nosso Senhor Jesus Cristo.

O Zé Corubim, que tantas vezes me dá uma boa ajuda, hoje se meteu a vasculhar uns recônditos recantos do porão. A exploração resultou numa série de achados, a começar por uma ninhada de gatos que tinham acabado de nascer. Mandei jogar os bichos, dentro de um saco de aniagem, na cachoeira. Gostaria de ter mandado afogar também a gata e o gato, nessa ordem. Filhos da luxúria, esses vadios devem morrer antes que se possam reproduzir.

Me lembrei da história de outro padre, que vivia lá no alto do Pau d'Angola. Franzino, fraco do peito, morava com a mãe. O vento naquelas bandas e grimpas assobia como quem chama o Capeta. Gretas e frinchas tapadas, o padre à noitinha rezava o breviário. Por trás de morros e morros, a lua cheia subia em silêncio. O clérigo criava um gato que vivia a seus pés. O piedoso bichinho há anos lhe fazia companhia.

Encostado por questão de saúde, o padrezinho fazia questão de cumprir à risca os deveres de Estado. Nessa bela noite de lua uma gata miou lá fora. Como se tocado por uma corrente elétrica, dentro da casa o gato despertou e, alvoroçado, quis sair pela janela. Um pouco para o proteger, um pouco por causa do vento, o padre não tinha aberto a porta. Desesperado, o bichano lhe saltou no pescoço, ferindo a jugular do padrezinho, que nunca lhe tinha feito mal. O padre morreu. A velha mãe morreu de desgosto, pouco depois. Mais do que o instinto de vida, no cio pode se ocultar a morte. E com ela, à espreita está o Demônio.

XVIII

Tendo chegado de botas, o destino do Provedor era a fazenda da Concórdia. Entrou no Asilo de chapéu na cabeça e perguntou por que não esperamos o final da manifestação de desagravo. O jeito de falar não podia ser mais arrogante. Devia é me agradecer a iniciativa de ter comparecido e ficado mesmo depois que os meninos bocejavam de tédio, sem nada entender. Se soubesse que ele iria discursar, não tinha saído de casa. Com essa nova mania de bancar o importante, o Provedor não perde vaza de aparecer.

Foi mesmo o Cunha da papelaria quem escreveu o discursinho rebimba que o Provedor ainda por cima leu mal. O caixeiro fala pelos cotovelos e não resiste à tentação da vanglória. Com o provedor promovido a capataz, a papelaria da Santíssima Trindade está por conta do Cunha. O Cunha veio de Ouro Preto e acha um absurdo botar abaixo o sobrado. Uma preciosidade, me disse ele. Sob as ordens de um patrão grosseiro metido a intelectual, o caixeiro deve cortar um doze na papelaria.

O Provedor não faz cerimônia para passar pito e respe. Ainda hoje reclamou que estamos gastando lenha demais e recomendou economia de água quente. Incumbiu a Rosa de controlar o gasto, como se eu precisasse de fiscal. Mas banho, mesmo no rigor do inverno, só frio. Como se alguém aqui tivesse escolha.

Já de saída, chapelão na cabeça, o Provedor repetiu que não posso tomar decisões. Devo obediência aos superiores. O plural é singular, porque a superioridade no caso é a dele.

Me deixou um travo na alma a maneira amável com que me despedi dele. Preciso ter mais firmeza, não me desdobrar em cortesias. Tenho medo de ser mandado embora. Tenho pavor de reencontrar um mundo que me assusta.

A ideia de que o Asilo pode acabar me abala. Procuro me iludir de que ninguém é bobo de querer este lugar. Mas tudo no mundo é objeto de cobiça. Já me acostumei com o atraso no pagamento. Prefiro não receber nem um tostão. A pobreza destes meninos justifica qualquer sacrifício. A mim me bastam um cantinho e um teto. Enquanto escrevo tomo, gota a gota, um chá de laranjeira.

XIX

Um desastre, o domingo. No lugar da bela voz espiritual da Calu, quem fez o solo na matriz foi a dona Dolores. De volta ao Asilo, não consegui reunir os meninos e tirar o terço. Decidi passar o dia *in jejunio et oratione*, mas me senti mal e acabei quebrando o preceito. Tendo observado que estou pálido, a Riachinho me contou com minúcia como é que acompanhou a Via-Sacra, assegurando que rezou em cada uma das catorze estações da Paixão. Não posso acreditar que ela tenha afastado de sua mente a obsessão persecutória pelo Tabuleiro, à beira do córrego do Monjolo. Os namorados se encontram lá de noite.

No quarto, procurei me concentrar na contemplação do Crucificado. Não há proporção entre o tamanho da minha cela e o Crucifixo. Meditei na minha miséria e na santidade do cônego Lopes. Cansado, adormeci alguns instantes, o suficiente para sonhar. No sonho, apanhei no andar de cima um caco de telha e raspei o meu umbigo inflamado e cheio de vermes. Em minha lembrança permaneceu um algo entrelaçado à história do santo varão Jó.

Não tinha ânimo para ler nem rezar. Para disciplinar o espírito, decidi contar de um a mil. Mas divagava e perdia o fio da meada. Antigas obsessões me traziam de volta um tempo que não quero reviver. Tentar devassar um número fechado em si mesmo. Descobrir o que existe entre um número e outro, vizinho ou distante. Desvendar um número, pura abstração.

São catorze as estações da Via-Sacra e há neste número mais que uma coincidência. Catorze é duas vezes sete. Sete é o número sagrado, como três é o número perfeito. Quatro é o número cósmico. Na vida, começamos a contar pelos cinco dedos da mão. Rezar cinco vezes a mesma oração e meditar nas cinco chagas de Nosso Senhor. O rosário tem cento e cinquenta ave-marias. No terço, está o número três, a perfeição da Santíssima Trindade.

Penso na Santíssima Trindade e me lembro da papelaria, do Cunha e do Provedor. Uma criança que ainda não fala é capaz de contar até três antes de balbuciar um simples monossílabo. Número é ordem e não há vida sem ordem. Deus é ordem. Pascal sabia contar antes de aprender a falar. Entre um e dois anos de idade caiu num estado de languidez doentia. Não podia ver o pai e a mãe juntos. O número dois lhe era nefasto.

A mãe de Pascal implorava proteção a santa Mônica, mãe

de santo Agostinho. Temendo pela vida do filho recorreu a uma feiticeira, que mandou matar um gato preto e preparar um cataplasma de nove folhas de três ervas colhidas antes do sair do sol e pela mão de uma criança de sete anos.

Aos onze anos Pascal alargou o horizonte da geometria. Concebeu o tratado dos sons, inventou a máquina aritmética e se sentiu desafiado pelo vácuo. Pelo nada, que é zero. O vácuo lhe reservava um número sem conta de descobertas que revolucionaram o mundo. Uma criança como Pascal, dotada de gênio, não precisou aprender. Vejo essas crianças aqui, de cabeças raspadas, e me indago se precisam aprender. Se vão viver e morrer sem deixar a mínima sombra de uma contribuição pessoal. E eu? Do zero ao infinito, tudo é mistério.

XX

Há no Asilo uma série de pequenos serviços que vão sendo adiados. Observei um bombeiro trabalhando na casa da dona Matilde e concluí que eu mesmo posso fazer alguns consertos. Só me faltam as ferramentas. Não tive coragem de pedi-las à baronesa, mas decidi expor o caso ao coronel Antônio Pio. Torneiras pingando, janelas emperradas, chaves que sumiram, coisinhas que incomodam e acentuam a impressão de decadência no Asilo. Se o Benfeitor não me atender, imploro ao padre Bernardino. Só não vou ao Provedor.

A manifestação de desagravo ao vigário foi um tiro pela culatra, na opinião do doutor Altamiro. Arrogante como é, o doutor Lobato resolveu pegar o pião na unha. Em toda parte há espíritos descontentes. Unanimidade, nem no Paraíso. Os descontentes de Lagedo só não punham a cabeça de fora por falta de um chefe, mas afinal Lúcifer se tornou visível. O doutor Altamiro discreteia no seu tom displicente, mas duvi-dê-ó-dó que abale o prestígio do coronel Antônio Pio. Ele tem o respaldo da autoridade moral do padre Bernardino.

Bem sei que o caminho dos homens passa pelo pecado e na origem do pecado está a desobediência, é assim na vida e na Bíblia. Há de tudo no Velho Testamento: mentira, concubinato, incesto, poligamia, adultério, crueldade, como há a terrível presença do Deus de Isaac e de Jacó. Depois que os anjos se rebelaram contra o Criador, a história da Igreja é uma sucessão de rebeldes heresias.

Em Lagedo, uma ilha de paz e de ordem, são poucas as ovelhas transviadas, que nada podem. Se insistir na toleima, o doutor Lobato pode abrir o debate estéril, mas assim que o vigário falar, acabou a contenda. *Roma locuta, causa finita.*

XXI

O Quincas Nogueira apareceu com fortes sintomas da gripe. O caso é mais grave do que o do Boi Manso e a hora não podia ser mais imprópria. A reunião da Confraria de Santo Antônio já foi marcada e ainda não sei a agenda que vai ser posta em discussão. Como o Provedor está enfurnado na Concórdia, espero que não se toque no usufruto, nem se cogite da alienação do sobrado.

Tratei de arrumar o salão, com a ajuda da Idalina e do Zé

Corubim. Tudo varrido e espanado, pus nos lugares a mesa, a arca, as cadeiras de espaldar mais alto e os assentos estofados. O ambiente ganhou um toque solene que me agrada. Observei os quadros distribuídos de maneira harmoniosa. À direita do bonito console estava *Jesus no Jardim das Oliveiras*. À esquerda, o retrato a óleo do cônego Lopes. A testa alta e nobre, o cabelo farto, os confrades precisam ter presente que o Asilo é obra desse sacerdote de escol, que enfrentou as vicissitudes de seu tempo, deu combate a espíritas e ateus, a protestantes e a maçons.

Pude observar como são foscos os figurões da galeria de beneméritos, sobretudo se comparados com a luz espiritual que se irradia do Pai Fundador. O cravo na lapela empresta a um deles o ar de vitoriosa satisfação. Na botoeira de outro há a miniatura de uma condecoração que ele cobiçou anos a fio, ainda no Império. Todos têm uma expressão apagada e se enquadram numa pose que anula qualquer traço pessoal. Em todos a gravata parece a mesma, e mesma a pérola que as enfeita.

Notáveis na sua época, deles restam um ou outro nome de família. Poucos descendentes, porém, permanecem em Lagedo. A arquiconfraria a certa altura se fundiu com a irmandade. O Asilo foi incorporado ao acervo por iniciativa do cônego Lopes, no final do século passado. Retratados em idade provecta, sempre contra um mesmo fundo branco, os beneméritos contemplam indiferentes a ruína do sobrado e a sua própria ruína.

XXII

O Provedor não veio visitar o Quincas Nogueira, mas deu ordem para transferi-lo para a Santa Casa. Estava na hora de reunir uma conferência médica, mas o doutor Lobato não pisa mais na Santa Casa. O doutor Altamiro que aguente sozinho o repuxo, ou se entenda com o sobrinho do coronel Antônio Pio. O doutor Edgar é moço e inexperiente.

A Rosa acendeu em vão uma vela para chamar a Riachinho, que numa hora dessa entendeu de sumir. Minha aflição aumentou quando se confirmou o diagnóstico: pneumonia. Ouvi bater as horas da noite que soaram com uma nota fúnebre.

Tenho um mau presságio. Recorri a são Joaquim, pai de Nossa Senhora e onomástico do Quincas, mas não achei a oração que desejava. São Joaquim está intimado a salvar esse menino, que é um dom de Deus, como eram os filhos no Antigo Testamento. Proibi a Rosa de repetir que o Quincas se resfriou quando teve de ir à casinha lá fora. Uma versão dessa corre como rastilho de pólvora e daqui a pouco está na boca dos maçons.

O sanitário aqui dentro virou quarto de despejo, entulhado com uns trastes velhos. Ordem do Provedor. Como a válvula não estava funcionando, decidi trancar a porta para saber quem usa e quem suja a instalação. Menino não precisa se levantar durante a noite. Dorme um sono só. Desconfio de toda escapada noturna.

Venho sentindo tonteira e vista escura. Vou fazer uma novena a santa Brígida, protetora dos que sofrem desse mal. Aos dez anos de idade, Brígida ouviu a prédica sobre a Paixão e, comovida, prometeu dedicar o resto de sua vida à penitência. Uma noite, condoída até as lágrimas diante do Divino Crucificado, perguntou por que havia tamanha crueldade nos homens. São insensíveis ao meu amor, foi a resposta que ouviu com toda a nitidez. Doença não é empecilho, mas estímulo. A origem da minha doença está nos meus inimigos.

XXIII

A irmã Rufina me perguntou na Santa Casa como anda o passadio dos asilados. Fazemos o possível, respondi. Pela amostra não parece, retrucou a desaforada. E teve o topete de comentar que o Asilo só tomará jeito se for entregue a uma congregação religiosa. Perguntei pelas obras no Orfanato Santa Clara. Estão quase prontas e vão inaugurar o retrato da Benfeitora dona Serafina. A sede lá não se compara ao nosso sobrado. É um caixote em pé, no cume do morro do Faísca, o que dá mais realce à sua feiura.

As órfãs estão cada vez mais arrumadinhas. Não lhes faltam recursos. A saudade moveu o coração viúvo do coronel Pio. No entanto, o Sotero da Encarnação cochicha que marido e mulher mal se cumprimentavam. O xodó da dona Serafina era o filho único, que ao pai só tem dado desgosto. Depois que o Antoninho Pio foi embora de Lagedo, o orfanato se tornou o ai-jesus da dona Serafina. Com uma dinheirama à disposição, as meninas podem andar no trinque.

Não me espanto se amanhã souber que a irmã Rufina está

metida na conspiração para acabar com o Asilo. Diz sempre amém ao Provedor e se derrete toda quando vê o Benfeitor. Gosta de gente rica. Por ela, o doutor Lobato voltava a operar na Santa Casa, pouco lhe importa que seja maçom, já que o herege pertence à nobreza de Lagedo. Se o Quincas Nogueira vai indo mal, ela atribui à ausência do doutor Lobato. Nas entrelinhas foi o que me disse. E acrescentou que agora só um milagre salva o menino.

Não faço fé no que diz a irmã Rufina, mas seu pessimismo coincide com o que me contou a Marieta do Riachinho. Ela se encontrou por acaso com a cigana Violante, que lhe profetizou a doença do Quincas. Aqui a conversa da Riachinho deu uma tal volta que nem o fio de Ariadne conseguiria acompanhar. A morte do menino é certa, se não for seguido um ritual complicado.

Faladeira como ela só, a Marieta contou à irmã Rufina o encontro casual com a cigana. A irmã ficou uma fera, mas apreensiva, e pediu explicações sobre a tal magia. A morte numa hora dessa não pode ser mais catastrófica. O mau agouro vem de cambulho. Para a irmã Rufina, a vidência da cigana Violante é pura superstição. Só a fé vê, e salva.

XXIV

O Sotero da Encarnação veio raspar o cabelo dos órfãos. Foi bom eu não o encontrar, porque tenho certeza que foi ele quem denunciou ao Provedor a minha saída mais cedo na homenagem ao padre Bernardino. Não sou vingativo, mas faço questão que ele saiba que eu sei. O beldroega pensa que é gente porque o ofício o põe ao pé do padre Bernardino e do coronel Pio.

    Ao sair da Santa Casa encontrei a Luzia Papuda. Consegui passar pela surda-muda sem que ela me visse. O jardineiro Isidoro foi quem me viu andando curvado atrás da cerca viva. Deve ter achado esquisito, mas não vai abrir a boca para perguntar nem responder sobre quem passa de gatinhas ou não. Aprendeu com as plantas a arte do silêncio.

    Mal cheguei ao Asilo a Rosa me disse que a Luzia Papuda tinha acabado de sair. Queria muito falar comigo. A Rosa me aconselhou a ir atrás dela. Dava tempo de apanhá-la na rua, mas já tenho muito aborrecimento. Dispenso os grunhidos da Luzia, que é de boa paz mas tem uma cisma comigo.

    Uma grande surpresa: a caixa de ferramentas caiu do Céu por um descuido. Muito acima da minha expectativa. Veio com o meu nome por extenso, só pode ser coisa do Benfeitor. Velho e surdo, coitado, ouviu a minha súplica sem que eu chegasse a formulá-la. Se não é telepatia, ele adivinhou. Mais uma demonstração de caridade a estes pobres meninos. Martelo, pua, chave de fenda, serrote, plaina, alicate, chave inglesa. Tudo enrolado em papel parafinado e mais uma caixinha com pregos, parafusos e arruelas.

    Só falta agora o Provedor nos mandar os latões de leite gordo que todo dia destina ao Orfanato Santa Clara. Para o Asilo vem um leite aguado. Não dá nata e nem tem cheiro. Deve ser batizado, como o da enfermaria geral da Santa Casa. O que a Santa Casa tem de bom é o asseio. Portaria, escada, corredores, salas de consulta e aparelhagem, tudo limpinho.

Os quartos também, pelo pouco que vi. Mas a enfermaria geral dá pena. A roupa de cama rivaliza com a nossa.

O Quincas Nogueira está com um pé no outro mundo. Boa parte da má impressão pode ser o pijama andrajoso. O menino saiu daqui mais amarelo do que açafrão. Agora está pálido. Além de sujo, o seu lençol tem manchas de sangue. Difícil acreditar que alguém venha a sair dali curado. Não sei como a irmã Rufina não vê esse miserê de cortar o coração. Em vez de cuidar do que lhe compete, mete o nariz onde não é chamada. Se aqui o Quincas não se alimentou, lá também não está comendo o que há de bom.

Na hora do jantar, avisei que hoje antes de dormir ia puxar um terço por intenção do Quincas Nogueira. Os palermas me olharam com uma cara de tal indiferença que desisti da ideia. Como não achei a oração a são Joaquim, rezei para santa Rita de Cássia. Santa dos impossíveis, advogada das causas desesperadas. Mesmo que não seja o caso do Quincas, é melhor prevenir. A família de Rita de Cássia contrariou sua vocação religiosa. Ela foi obrigada a casar e viveu dezoito anos com um marido brutal e corrupto.

Na vida dos santos há muita coisa bonita, que dá gosto conhecer. Mas há também umas passagens que me intrigam, como a morte do marido de Rita de Cássia. Assassinado, a viúva pôde entrar para o convento, se livrou da péssima companhia e realizou o seu sonho. A santa teve dois filhos que chegaram a tramar a morte do pai. Só não cometeram o parricídio porque Rita implorou a Deus que os matasse na véspera. E assim aconteceu. Difícil de aceitar e de entender esse episódio, para quem não tem fé. Mas a mãe piedosa prefere a morte do filho a vê-lo em pecado mortal.

Rita de Cássia se fortaleceu com o exemplo de santa Mônica. Nos piores momentos de sua vida se agarrava com santo Agostinho. Depois que o marido carrasco morreu, ela viveu vinte e cinco anos consagrada à penitência e à oração. A rosa é o símbolo de sua pureza e de sua obediência. Há tempos, vi com a dona Matilde uma biografia de santa Rita de Cássia. Vou pedir à baronesa que também reze ou faça uma promessa. Aproveito para saber se há novidade a respeito do sobrado. Ela deve estar ciente do que vão tratar na reunião da confraria.

XXV

O coronel Antônio Pio chegou antes da hora e ficou entretido com o cofre, com cara de quem está tomando alguma providência complicada. Pensei em me oferecer para ajudar, mas ele está sempre sozinho nessas horas e não há de querer companhia. Deve ser coisa confidencial, que diz respeito a operações financeiras. Dizem que empresta dinheiro. Se empresta, é para servir os necessitados. Continua assim a tradição das confrarias e irmandades, que já na Colônia cobravam juro na sua função financeira.

Fiquei um pouco nervoso quando foram chegando os confrades. Deixei o Zé Corubim à distância e chamei a Idalina para recolher os chapéus. Alguns vieram de bengala ou guarda-chuva. Fiz questão que todos assinassem o livro de presença. Com uma letra graúda e bordada, o Perini assinou por extenso e juntou a razão comercial A. L. Perini & Irmão. O coronel Pio lhe deu ajuda no começo, mas agora Perini tem como sócio o Provedor. Sócio oculto, dizem. Tem o curtume, a fábrica de tecelagem, a jazida de calcário e anuncia a fábrica de cimento. Está nédio, rosado.

Louvado seja Nosso Senhor Jesus Cristo, saudou o padre Bernardino ao entrar no Asilo. Passou pelo livro sem o ver. Abriu a sessão com uma frase do padre Vieira: não somos menos poderosos para o muito que para o pouco. Se entendi bem, o Asilo vai ser um dos alvos da campanha dos maçons.

Tinham passado uns poucos minutos e a luz se apagou. Noutros tempos, o coronel teria saído de seus cuidados. Hoje, sendo a sombra do que foi, não deu um murmúrio. O silêncio na sala era de se ouvir o zumbido de uma mosca. Nos cochichos entre os confrades, no escuro, não devem ter faltado comentários sobre o serviço de força e luz, concessão do coronel. Há anos se fala na construção de outra usina, mas a doença do Benfeitor atrasou a obra. Essa eletricidade de vaga-lume já não é suficiente.

A Idalina acendeu meia dúzia de velas que davam ao ambiente um tom lúgubre. Fui direto ao relógio e troquei o fusível. Voltei correndo e vi que a luz estava acesa. O Provedor resolveu achar assim mesmo que a lâmpada era fraca. Mal soltou o primeiro arranco no meu rumo, saí desatinado atrás de uma solução. No dormitório, surpreendi os órfãos que se entregavam a brincadeiras de mão, empurrando uns aos outros, acesos pelos fogos do desejo. Apressado, não cessei a brincadeira. Desatarraxei uma lâmpada e voltei ao salão.

O Provedor empurrava a minha mesa, que o Zé Corubim

tinha ido buscar no meu quarto. Falta de respeito. E depois havia o risco de se abrir a gaveta e cair este caderno. A irritação me paralisou. Não consegui prestar atenção em mais nada. Exibindo um rubi sanguíneo cercado de um chuveiro de brilhantes, o doutor Januário discorreu sobre a subvenção que está sendo pleiteada. Mas minha atenção se concentrou no vistoso anel de grau até o fim da conversa.

Ajudei o vigário a vestir a capa, com a intenção de o acompanhar até lá fora e com ele trocar uma palavra. Olhe por esses meninos, disse ele, apressado. Para sempre seja louvado, disse eu, confuso, tendo de me dividir entre os vários confrades que, de sua parte, me ignoravam. Não vi quando o coronel Pio se retirou. Anelão em riste, o doutor Januário discorria sobre uma controvérsia jurídica. Com ares de capitalista, o Perini garantiu que na Itália também há uma onda de anticlericalismo. Mas a vitória final é sempre da Igreja.

XXVI

Basta pisar na varanda da casa da dona Matilde para a gente se acalmar. Samambaias, begônias, orquídeas. Avencas e antúrios. No jardim, o pé de manacá. A trepadeira florida marca a fronteira de um outro mundo. Os lírios dão notícia de uma paz que combina com a penumbra fresca e perfumada. Até a campainha tem um som alegre e acolhedor. A criadinha abre a porta e o ambiente continua agradável casa adentro. Os móveis e as alfaias na sóbria severidade. Os porta-retratos, as jarras, as porcelanas.

Se é preciso esperar um pouco, espero com prazer, mas longe do espelho de cristal veneziano. Pode ser do século XIX, ou de outro mais remoto. Pode guardar a imagem do barão e o espectro da baronesa, a legítima, avó da dona Matilde. Mas não quero nada com esse espelho. Qualquer espelho me causa horror.

A dona Matilde dessa vez não me recebeu na sala que tem o retrato do avô barão. Enquanto esperava, vi passar para lá e para cá a Abigail. Não me cumprimentou, nem deu mostra de ter me visto. Assim, pude olhar para ela. Verifiquei que é bem mais moça do que eu supunha. Não foi uma boa ideia da dona Matilde trazer para seu lar essa desconhecida, que pode ser uma embusteira.

A baronesa me perguntou como vai o Asilo, e de uma maneira tão afável que não me animei a dar a notícia verdadeira, falar ali das privações. Seria um crime de lesa-baronesa.

Como tem boas relações com o doutor Lobato, a dona Matilde ainda não tomou partido na briga. Na conversa comigo não deixou transparecer. Já sabia que o Quincas Nogueira está internado, mas não lhe passa pela cabeça a ideia de que foi parar na enfermaria geral. Nada disse, porque não quero confusão com a irmã Rufina. Fiel à tradição familiar, a dona Matilde é benfeitora da Santa Casa. O pai dela, comendador, mereceu o nome e o retrato estampados no quadro de honra. Tenho esperança de que a dona Marieta chame o doutor Lobato ao bom senso.

XXVII

De volta ao Asilo, vim pensando em duas coisas que aparentemente nada têm em comum. Na vinda dos imperadores a Lagedo, e no caso da porca. Dom Pedro I, é fato histórico, visitou São João del-Rei, que o recebeu em festa e lhe deu ânimo para proclamar a Independência. Quanto a dom Pedro II, tenho dúvida se chegou até estas mantiqueiras. A dona Matilde diz que sim, e veio com a imperatriz, mas pode ser fantasia. Verdade ou não, quero apurar se dom Pedro II veio até Lagedo.

O caso da porca foi o seguinte: o doutor Altamiro assistiu um doente encruado na fazenda da Forquilha. Quando o enfermo sarou, mandaram ao médico um porco de presente. Era um capado gordo e ele me recomendou que o guardasse por uns dias. Aceitei de bom grado. O Zé Corubim tratou de fazer depressa um chiqueiro. Quando demos pela coisa, o capado era uma porca e só fazia comer. Daí uns tempos, pariu meia dúzia de bacorinhos.

O Alípio e o Lagartixa vieram me dizer que a danada tinha devorado duas das crias. Fui ao chiqueiro e encontrei a porca saciada, o focinho sujo de sangue, roncando de maneira repulsiva. Nessa época eu andava armado. Diante da filicida me veio um ímpeto que até hoje não sei explicar. Descarreguei seis tiros no animal.

Exigi silêncio dos que testemunharam a cena. Já receava uma atitude hostil do Provedor, que ainda era novo na função. Podia me querer tomar o revólver, presente do padre Bernardino. Mas o caso foi parar no ouvido da dona Matilde.

A porca estava com uma doença, uma possessão, quem sabe contagiosa, expliquei. Acreditando ou não no que lhe disse, ela replicou que bicho é sempre inocente. A mãe tinha devorado filhotes inviáveis, é a seleção ditada pelo instinto.

A baronesa podia ter levado o caso adiante. O pessoal da Forquilha ia dizer que a porca não tinha doença nenhuma, ou possessão. O doutor Altamiro não me cobrou nada. A história morreu aí.

Tomei o silêncio da baronesa como uma prova de afeição. A partir desse dia, passei a contar que o bisavô da dona Matilde foi ao beija-mão de dom Pedro I e que o avô barão foi titulado e agraciado em pessoa por dom Pedro II.

XXVIII

A Rosa diz que o Quincas já virou o olho. Pior que a pneumonia, é o quebranto que apanhou. Se a Luzia não acudir logo, o menino estica já, já as canelas. A Luzia de fato tem fama de boa benzedeira. Quando se tem sede, a gente bebe de todas as fontes, diz Sá Jesusa. Vou ouvir a opinião do doutor Altamiro. Bebendo por demais da conta, a Rosa não está regulando e cospe por tudo quanto é canto, ainda agorinha cuspiu atrás do fogão, nas achas de lenha. Começou a falar uma língua enrolada de pinguça. A Idalina garante que isso é língua de preto.

Mais que duas testemunhas, a Rosa e a Idalina são duas sobras, dois destroços do afamado Asilo. Não reclamam ordenado. A paga da Rosa é pinga, e de pinga o Provedor nos abastece. A Idalina não inverna na bebida, mas também tem lá as suas venetas. Lava a minha roupa, estende as ceroulas no varal e põe as camisas para *coarar*, como diz ela. Tem pinta de cafuza, mas jura que o seu sangue é só de bugre.

Na verdade, tudo aqui é misturado, coisas ou pessoas. O desenho recurvo das volutas torturado segundo outra lógica está na portada da igreja de São Gonçalo como está na cara da Calu. Exagero e sobriedade convivem lado a lado como face a face estão a riqueza e a pobreza. Nada por estas bandas vai de um ponto a outro em linha reta, os caminhos são sinuosos como os córregos, tudo se exibe e se esconde como o ouro que está no ventre avarento da rocha ou no oferecido aluvião das águas.

Na hora de subir a montanha, veio gente de toda a parte, movida pela cobiça. A mestiçagem passa por mamelucos e pardos, carijós e caribocas, fulas e cabras, mulatos e crioulos. Na hora da mandinga, a Rosa e Idalina se entendem. Nem a cigana Violante escapa de trazer nas veias a plural contribuição do sangue.

A Rosa e a Idalina saíram para um trabalho no Alto do Cruzeiro, diante do galo e à meia-noite. Começa por invocar são Benedito: "Pai nosso pequenino, me guie no bom caminho. Minha madrinha é Nossa Senhora. Nosso Senhor é meu padrinho. Para o Diabo não me tentar, levo comigo uma cruz na testa. Nem de dia nem de noite, nem na ponta da meia-noite. Canta o galo, sai a lua. Saem os anjos pela cruz. Para sempre amém, Jesus".

Falando em Diabo, ando enjoado desse seu Vilela de mãozinha mole e jeito macio. Se o Isidoro não estivesse tão velhinho e empregado na prefeitura podia cuidar da horta e do meu canteiro de ervas. É graças a ele que os jardins de Lagedo estão de dar gosto. Vi-o quando saí com a meninada para um passeio lá pelos lados da queda do Urubu-Rei. Queria ver se a obra da nova usina elétrica está caminhando. Mas não cheguei até lá, com receio do mau tempo.

No meio do caminho, o Boi Manso puxou conversa comigo. Meio sarará, os olhos rosados, entrou no Asilo depois que a mãe se matou tomando veneno e ainda ateando fogo às vestes, tudo na vista do filho. Se duvidasse, era capaz de se atirar envenenada e em chamas do alto de um despenhadeiro. O nome do Boi Manso é José dos Santos. É muito José neste mundo para o Carpinteiro tomar conta.

Alguns órfãos foram descalços ao passeio, numa descalcez que, não sendo voluntária, me lembra a descalcez do Carmelo. Há na pobreza uma cota pesada de heroísmo. Ser cristão de verdade, ontem como hoje, como no tempo das Cruzadas, exige uma total adesão que só se realiza de fato no heroísmo. Hoje como ontem, o testemunho do sangue pode ser reclamado.

Pelo seu heroísmo, são Domingos recebeu de Nossa Senhora o Santo Rosário. Cento e cinquenta ave-marias constituem o saltério marial. O mesmo número de salmos. A Virgem em pessoa salvou a cristandade na batalha de Lepanto. Erros, violências, sobressaltos se acumularam na trágica história dos homens. Sobre tudo pousa, porém, a luz da suavíssima Senhora.

A cidade de um lado, o morro do outro, na hora do Ângelus desceu sobre mim a sombra ancestral da melancolia. Dominadora, me veio a lembrança de Sá Jesusa.

XXIX

Morreu o Quincas Nogueira. Pagam os justos pelos pecadores. Não resistiu ao terceiro seteno. Desenganado, removido para um vão debaixo da escada, resistiu ainda por algumas horas. A vida é forte e travou com a Parca uma dura batalha. O padre Bernardino chegou antes do último suspiro e perguntou ao moribundo se aceitava partir como cristão. Joaquim acenou que sim com a cabeça. Era chegada a sua hora, o seu dia de vitória com a coroa e a palma a um passo da plenitude, em união com Deus, com a visão beatífica e com a eterna felicidade.

A respiração era cada vez mais aflitiva. Impossível uma palidez mais alva. Um manto ainda mais lívido desceu, porém, sobre seu rosto. Morto, as feições do menino se descontraíram como se ele tivesse recuperado a fisionomia com que devia se apresentar diante do Juiz Supremo. Ali estava o rosto que a pobreza sonegou desde que o menino nasceu. O rosto redesenhado pelas vicissitudes e por toda sorte de humilhações. A verdadeira vida se escondia atrás da morte.

Lembre-se de nós no Céu, disse a irmã Rufina. O terço na mão esquerda, com a mão direita a religiosa fechou os olhos do menino. Caí de joelhos como se tivesse sido atingido por um raio. O cubículo sufocante, que cheirava a urina e a suor, por um momento ganhou um eco de catedral.

Em seguida retornou o barulho dos pés que subiam a escada. O mundo seguia inalterado. O Quincas Nogueira morreu. Morreu. Nenhum sino dobrava pelo defunto.

XXX

Rezar o rosário e sem demora recuperar a prática da oração em comum. O rosário, não apenas o terço. Esta era a minha intenção, à noite. Diante do cadáver do Quincas, expliquei que ninguém quer salvar só a terça parte de sua alma. Recorri às Escrituras e exaltei a oração. Sua santa simplicidade. Na jaculatória à Nossa Senhora, que nos livre do fogo do Inferno, senti um estremecimento. Uma ameaça. Mistérios gozosos, dolorosos, gloriosos. Irei a uma igreja que não costumo frequentar e rezarei de joelhos o rosário três vezes seguidas. Preciso de indulgências como preciso de ar. O espetáculo da morte fortaleceu a minha fé.

A imagem de santo Antônio me inspirou e falei aos asilados sobre o nosso orago. Teólogo, o santo sabia a Bíblia de cor. Era todo modéstia e obscuridade. Escondeu enquanto pôde os prodígios que realizou. Seus milagres são póstumos, ou só se tornaram conhecidos depois do seu trespasse. Padroeiro dos analfabetos, não teme o ridículo nem o cômico.

É comum a imagem do santo andar no bolso de devotos que lhe pedem dinheiro. Se o petitório não é logo atendido, santo Antônio é posto de cabeça para baixo, ou é trancado numa caixa, de castigo, até que opere o milagre. Há fiéis que chegam ao absurdo de o espancar. Os órfãos acharam graça.

Eu à frente, os órfãos atrás, enquanto rezávamos pela alma do Quincas Nogueira a Rosa apareceu na porta, aflita, querendo falar comigo, mas não lhe dei atenção. Ia pelo terceiro mistério doloroso quando ouvi um risinho aqui, outro ali, e a galhofa começou a se infiltrar.

Mais um pouco e os risos se desataram. Esperei em silêncio. Um minuto. Dois minutos. Não sei como transitei de uma emoção para outra. Sei que tive um repelão que a mim mesmo me assustou. O Quincas Nogueira morto e aquele espetáculo diante do santo taumaturgo. Para sempre morto o Quincas Nogueira, e de repente a baderna. O pandemônio. Quando me vi só, o terço arrebentado tinha se espalhado pelo chão. O terço bento na Santa Terra.

XXXI

Estava lúcido o Quincas Nogueira quando recebeu o Santo Viático. Como se eu não soubesse, a irmã Rufina fez questão de me dizer que a Extrema-Unção não é anúncio de morte, mas remédio de salvação. O padre Bernardino assumiu, solene, o seu poder de sacerdote, o poder que lhe deu a Igreja, de perdoar, o poder dos apóstolos e dos sucessores dos apóstolos. Este é o sinal sensível de Jesus Cristo vivo e reencarnado. Da ressurreição de Nosso Senhor.

A irmã Rufina estendeu uma toalha branca em cima da mesinha e acendeu a vela de cera. Tinha tirado antes as vasilhas. Uma irmã servente retirou o balde e fez a faxina, como num dia de rotina. A servente providenciou também as bolas de algodão e o miolo de pão que purifica os dedos do celebrante. Pálpebras, orelhas, narinas, lábios, mãos e pés. Parte por parte do miserável corpo. Simples invólucro de carne que um dia vai rutilar na plenitude.

Em nome do Pai, do Filho e do Espírito Santo, naquele momento se extinguia o poder do Demônio. *Per istam sanctam unctionem et suam piissimam misericordiam indulgeat tibi Dominus per visum deliquisti.* O Deus clementíssimo, o Pai das misericórdias e da consolação, o próprio Salvador ali se encontrava, no passamento do obscuro menino Joaquim. Pobre, como Jesus Cristo. Um pobre entre pobres, recolhido pelo favor da caridade a uma casa que um dia recebeu o compromisso da Misericórdia de Lisboa. Retirado da enfermaria geral para não ser visto pelos indigentes, nenhum parente de sangue lhe pegava a mão na hora final. Não mais se encontrava ali um asilado, mas um filho de Deus. Adão redimido, com a honra de ter ao pé de seu leito de morte um sacerdote.

XXXII

A tarde clara e o céu sem nuvens insistiam em desmentir a presença do sofrimento e da morte. A Marieta do Riachinho lembrou um antigo óbito no Asilo, por ocasião da epidemia de tifo, e me perguntou por que o funeral de Quincas tinha sido também em segredo, nem ao menos o sino da capela da Santa Casa dobrou a finados. Não houve segredo nenhum, como não há mistério em torno da morte do Quincas. O que acontece é que ninguém se importa com um pobre órfão, vivo ou morto.

Das minhas retinas é que não sai a sua máscara agonizante. As mãos nervosas e pálidas apertam o Crucifixo. Ouço os estertores e revejo o esgar final, quando a certeza da fé deixava entrever o lado de lá, a esperança do outro mundo. Dolorosa experiência que se contrapõe ao comportamento dos órfãos durante o terço. O riso boçal dos moleques me levou a um destempero que ainda me perturba.

A morte esconde a vida, ou a vida oculta a morte? Uma insondável distância separa o Quincas morto do Quincas vivo. *Mors certa, hora incerta*. A morte é sempre alheia. Não tem a ver comigo neste momento. Só as almas eleitas, os santos e os místicos, penetram o mistério da morte, para os demais não passa de uma abstração. A morte é cruel demais para ter sido inventada por Nosso Senhor, diz Sá Jesusa. A morte tudo absolve, repete sempre ela, num monótono bordão.

O sofrimento inocente do Quincas Nogueira me interroga e me traz de volta outras mortes. O indecifrável silêncio dos mortos que nos consterna. O que era preciso ser feito, e não fizemos. No seu último retrato, meu pai tem o olhar de quem se despede. Nunca mais quis ver esse retrato. Detesto os retratos como detesto os espelhos. É vã a tentativa de imobilizar um pedaço de vida que, estática, já não é vida.

Minha vida torta e insuficiente me desperta o desejo de já ter morrido. O tempo não retrocede. Chegar de novo a Lagedo e começar do primeiro dia. Tudo na vida é pouco, é cada vez mais absurda a absurda pretensão do absoluto. Alfa e ômega. O princípio e o fim. A cara do Quincas agonizante enche os meus olhos, lívido, antiquíssimo, eternamente morto. Quem me fechará os olhos?

XXXIII

Com a desculpa de recolher algum objeto do Quincas, fui rever o vão da escada em que morreu. Já não há ali sinal de seu sofrimento. O vão da escada é um banal vão da escada. Uma tia do Quincas veio da roça e quis saber onde foi enterrado. Tive pena de contar que os sinos não dobraram, não falei da lágrima que ninguém chorou, da cova rasa, do caixão de indigente. Era uma vez um menino pobre, sem pai nem mãe, que saiu deste mundo como nele entrou. Ninguém pergunta por que morreu ou por que nasceu.

Arranjei uma pequena medalha para dar à tia. Ela entendeu que a medalhinha acompanhou o Quincas até o último momento, mas essa medalha nunca tocou no menino. Na Santa Casa, as irmãs iam e vinham, brancas cornetas flutuando no ar. Sempre muito ocupada, a irmã Rufina achou tempo para me dizer que vêm aí os padres salesianos, que têm experiência com os meninos de rua, e acelerou o passo corredor adentro. Muitos doentes convocam a sua atenção. A vida tem pressa.

Assim que o Quincas piorou, prometi trazer para o Asilo a imagem de são Judas Tadeu que está na vitrine da papelaria. Os hermeneutas até hoje têm dúvida sobre a existência de Judas Tadeu, que seria irmão de Tiago. Por muito tempo o santo ficou esquecido, por causa de seu xará, o traidor.

Quem acertou foi a cigana Violante, o que põe eufórica a Marieta do Riachinho. Já lhe pedi que não me fale mais na tal feitiçaria. A irmã Rufina só não mandou providenciar a bruxaria porque achava que eu ia tomar a iniciativa, me disse a Marieta. Uma freira, quem diria. Pela Rosa, a Luzia teria ido benzer o doente. Foi essa falta de fé que afastou a proteção de são Judas Tadeu que eu invocara.

No velório do Quincas, na hora mais imprópria, a Marieta baixou a voz a um sussurro quase inaudível para me falar da campanha contra a pouca-vergonha no Tabuleiro. Tentei me afastar e ela veio atrás, com um tipo de mexerico que me dá vergonha de anotar. Diz ela que a Abigail, governanta da dona Matilde, foi vista no Tabuleiro. Estava na companhia de um galã de bigode, que a Riachinho em breve espera identificar.

XXXIV

Acordei hoje com a avó atrás do toco. Não abri a boca para dizer água-vai, até que chegou o Sotero da Encarnação. Primeiro me contou com detalhes o escalca-rabo que o padre Bernardino passou no Provedor. A papelaria da Santíssima Trindade forneceu aos maçons o papel para imprimir o jornal, com todo o apoio do doutor Lobato. O médico não tem tutano e não sabe escrever. Por isto está contratando um jornalista de fora.

Só depois consegui botar ordem na fala do cabeleireiro, que é um artista para entulhar a conversa com um excesso de ornamentos. A notícia do jornal maçom é espantosa, mas a conversa começou pelo fornecimento do papel. Está cada vez mais cheio de si, o Sotero, pondo o vazio no vácuo. Por ele, fiquei sabendo que o padre Bernardino vai sair para uma caçada e dorme fora de Lagedo. Tem razão de espairecer um pouco, só lamento que tenha ido em companhia do doutor Januário. Na cidade fica solta a dona Dolores. Uma bobagem que me ocorreu é saber se o promotor, durante a caça, tira do dedo o anel de chuveiro. Não via a dona Dolores, mas encontrei a Calu, que está com um ar de loucura no rosto.

Mandei o Zé Corubim remover o entulho que estava no sanitário. Os órfãos não têm noção de higiene, criados ao deus-dará chegam aqui sem saber usar o vaso. Tudo fica uma imundície. Urinam fora da latrina, não têm consciência do que seja a vida em sociedade. Sua educação é difícil, dar um polimento em material tão rústico é quase uma quimera.

XXXV

Cochilei em cima do braço dobrado e vi passar o risco de um camundongo debaixo da porta. Enquanto circulam lá por dentro, longe de mim, esqueço que eles existem. Ouço à noite a pancada surda das ratazanas que saltam da mesa no chão de tábuas largas. Nunca foram tão numerosos. Mártires deixados aos ratos me comoveriam mais que atirados aos leões. Como a hiena e o chacal, a ariranha e o escorpião, a aranha e a serpente, o rato pertence ao zoo do Inferno.

Que misteriosa afinidade tem esse bicho com o homem.

Trata-se de uma atração que não exalta nenhum dos dois. Uma fazendeira lá do Brumado, dizem que entrou num acordo com os ratos, que chegavam a comer da sua mão. Morta a fazendeira, uns parentes vieram de fora e chegaram atrasados para as exéquias. Queriam ver a defunta, mas o cortejo já ia a caminho do cemitério. Não abrir o caixão para um parente de sangue é uma desfeita. A parentela desceu das montarias e foi aberto o caixão. Junto com a falecida, iam os ratos. Debaixo do véu que lhe cobria o rosto, uma ratazana já se antecipara aos vermes.

Tal qual Satanás, ratos se sentem bem no cemitério. Contenho o engulho diante da lembrança de Chico Rita, um cachaceiro e esmoler que vivia no Divino. Um fiscal do governo teve a ideia de lhe fazer um desafio: pagava quanta pinga quisesse se Chico Rita comesse à vista um rato vivo. O botequim ficou assim de gente. Uma mordida, um trago. O Chico não tossia nem engasgava. Muita gente botou os bofes para fora, mas o Chico estalou a língua.

Tapei o buraco do rodapé com uma bucha de pano. Depois trato de fechar com um sarrafo. O rato é o único animal que tortura o seu semelhante, tirante o homem, é claro. Há homens que, como ratos, quando estão diante de uma ameaça são ágeis bastante para escapar no escuro. O Provedor, por exemplo.

XXXVI

Receio que os maçons venham a explorar contra o Asilo da Misericórdia a morte do Quincas Nogueira. Passei em claro a maior parte da noite, perdi a paciência com o Eusébio e lhe dei uma surra. Filho da Barbinha, tem a quem sair. A mãe é uma vadia que nunca regulou da bola. Botaram no menino o apelido de Tição. É preto, mas não tanto quanto a mãe, ou como o Zé Corubim, que chega a ser azul.

Preta fechada e bem-lançada de corpo, a Barbinha tinha cabelo nas ventas. Soberba como ela só, morreu na ponta de uma faca. *Talis vita, finis ita*. Filho sem pai, o Eusébio não devia ter sido aceito no Asilo. Tendo mamado palavrão no peito materno, o menino é meio lelé.

Não lhe falta uma chusma de xingamentos, que diz alto e bom som. Já ralhei, mas não adiantou. O pito, num caso assim, é só vara de marmelo e relho, a pedagogia da chibata não falha. O Tição aguentou de olhos secos uma dúzia de bolos de empolar as mãos, e não soltou um grito. Milagre só com a santa Luzia dos Cinco Olhos. Hoje voltou com os palavrões cabeludos.

Uma laranja podre apodrece todo o cesto. No tempo do Pai Fundador, esse Eusébio não teria sido admitido no Asilo. Estamos relaxando em matéria de regulamento. Vou mandar a Idalina dar uma busca nos guardados dos órfãos. Mesmo um trem sem valor, não podem ter nada de individual. Tudo deve ser comunitário. O despojamento é fundamental.

No que é básico, na disciplina coletiva, não se pode fazer concessão. Só o silêncio absoluto no refeitório e no dormitório avilta o risco da promiscuidade. Este ano os asilados não merecem conversar à mesa nem no dia de santo Antônio. A tradição é o *Deo Gratias*, que dá licença para quebrar o silêncio. A comida melhorada, com linguiça ou lombo de porco, com esta não vão contar mesmo.

Decidi estar mais atento ao horário de dormir e de acordar. Às cinco e meia em ponto, recitado o *Laudamus Deo*, o banho frio é uma chicotada. Faz bem ao espírito e contribui para fortalecer a fibra viril. Incumbi o Orestes de abrir e fechar o chuveiro. Adotei essa nova tática para amansá-lo e vamos ver se dá certo. Mas continuo a vigiar. O pudor guarda a porta da castidade. Nu em pelo ninguém deve ficar nem para si mesmo.

Ouço apitar o trem no silêncio da noite. O sobrado estala as suas velhas vigas e o seu madeirame. Preciso fazer uma inspeção pela casa, a começar pelas escoras lá em cima. Até o Zé Corubim anda com medo de subir ao sótão. Agora, porém, vou meditar diante do Crucificado, para afastar das minhas retinas a cara agônica do Quincas Nogueira.

XXXVII

Para fugir do desânimo, procuro lembrar passo a passo a crise que vivi no Divino e acabou por me trazer a Lagedo. Sá Jesusa tinha receio de que eu repetisse o meu pai. Era preciso assentar a cabeça e parar num emprego, ser igual a todo mundo, casar, constituir família. Ninguém conhece ninguém. A minha própria mãe me desconhecia.

O mundo é grande, dizia meu pai, é acreditar e partir. O meu pai sempre partiu e sempre voltou. Meteu-se em mil empreitadas, ganhou dinheiro, perdeu dinheiro, no Divino e fora do Divino, por toda parte deixou traço de sua passagem. À sombra das igrejas barrocas ou longe delas, ao som dos sinos solenes ou longe deles, sabia que a vida é uma sombra e que o mundo é grande. Sofria de uma teimosa esperança, que encobria um desespero frio.

Eu queria um caminho e esperava uma iluminação. Foi quando surgiu a firma querendo expandir seu negócio pelo Campo das Vertentes. Nada mais modesto, mas podia estar aí o primeiro passo de uma longa marcha. Não às cegas, mas com plena confiança. Assim fui empurrado para fora do Divino. Sá Jesusa não chorou como santa Mônica, que até o mar acompanhou seu filho debulhada em lágrimas. Na primeira casa em que entrei, em Lagedo, fui aconselhado a procurar o vigário. Na cidade estranha, entre desconhecidos, a figura de um padre tinha para mim uma nota acolhedora. Cheguei bufando à varandinha da casa paroquial.

Uma voz gritou que eu fosse entrando. As minhas mãos eram poucas para segurar o chapéu, a pasta, o mostruário, e tudo despencou pelo chão. Agachado, catei coisa por coisa. O vigário esperava que eu dissesse qualquer palavra, e eu temia gaguejar. Bebido ou irado, o meu pai tropeçava na gagueira. Deixa estar, mascate, disse o vigário sem me olhar, depois que eu tinha terminado de recolher tudo.

Estava entretido com a espingarda e não dava mostra de se preocupar com a visita. Deve estar desarmada, pensei, enquanto ele recolhia os cartuchos. Carga dupla. Com uma flanela esfregou de ponta a ponta a arma e se levantou. Fez pontaria, como se fosse atirar. Em seguida depositou na mesa a espingarda, me pegou pelo braço e perguntou se eu acreditava no Diabo. O Diabo tenta e o ferro entra, eu tinha sussurrado.

Aceitei o café que o padre me ofereceu e a xícara tremia na minha mão. Limpei os óculos com o lenço, mas tudo em torno se embaralhou. O suor me escorria pelo pescoço adentro. Indiferente, o vigário comia as quitandas que ia tirando de uma cesta em cima da mesa. Só então reparei na feiura da empregada do padre, uma bruxa velha, como nunca vi.

Ainda sem me olhar, o vigário perguntou se eu sabia caçar perdiz. Perguntou e ele mesmo respondeu. Só se atira quando a perdiz se encastela. O perdigueiro amarra, a perdiz sobe reto e abre as asas. Aí você faz fogo. Por estes lados, zona do campo, perdiz voa baixo feito codorna. Na parede em frente, o Sagrado Coração de Jesus e o Sagrado Coração de Maria.

Indiferente ao calor, o vigário continuava a sua aula de cinegética. Onça, você atira no vazio debaixo do braço, ou na cova do olho. Se ficar ferida, não há cão que se aproxime. Quando parecia que ia prosseguir, largou a arma e pela primeira vez me encarou. Você não dá para cometa, observou, sério, num julgamento. Desviei o olhar para o porta-chapéus. Dois guarda-chuvas, um par de galochas e a bengala de castão de prata.

Sentou-se de novo e pela primeira vez assumiu a atitude de quem se dispunha a ouvir. De palavra em palavra, para meu espanto, eu disse que procurava o Caminho. Nunca tinha feito outra coisa na vida, senão procurar. Diante do seu silêncio, murmurei que lhe seria útil. Por isto eu tinha adotado o apostolado dos botões, disse o vigário. Noutro tom de voz disse que precisava sair e que, se eu quisesse, voltasse no dia seguinte.

Na rua me arrependi do que dissera. Podia ter dado a impressão de que me insinuava como seu hóspede. Assim que o sol quebrou, voltei à pensão em que havia deixado a bagagem. Só depois vim a saber que nada tinha de familiar. Ao entardecer, começou uma cantoria com violão e risadas. A farra entrou pela noite, cada vez mais à vontade, com grossos palavrões. Um sujeito gargalhava e escarrava com espalhafato. Foi a minha primeira noite de insônia na jurisdição do padre Bernardino. O vigário dormia na mira e ia acertar bem no vazio.

XXXVIII

No dia seguinte o sol brilhou sobre o antigo arraial de Nossa Senhora da Boa Morte de Lagedo. Fui procurar a casa paroquial. Cheguei, entrei e me enredei numa fieira de explicações, até que o padre Bernardino me cortou a palavra. Se quisesse um sacerdote, ali estava um para me servir. Deixasse de luxos. Deus é paciente, mas Sua paciência também tem limite. Deus estava na minha insatisfação e no vazio de minha vida. Agora, eu que tratasse de me abrir à Graça, ou arranjasse outro interlocutor.

Indaguei que interlocutor era esse, e a resposta veio direta: o Diabo, que está disposto a ouvir os indecisos e os mornos, sim, o Diabo adora cultivar probleminhas sem solução. Ele odeia saída. Prefere o labirinto, a porta fechada e a estrada larga da perdição. Em pé, na manhã clara, o padre olhava para mim. A escolha era minha, só minha, e devia ser imediata. O vigário desabotoou a batina de alto a baixo, num gesto a um só tempo de confiança e familiaridade.

A luz me ofuscava e a janela dava para o infinito. Quando ele me perguntou o que é que eu estava esperando para pôr mãos à obra, não tive mais dúvida. O padre Bernardino pôs em prática as providências que me libertavam de meus compromissos de viajante. Não sabia quem eu era, nem precisava saber. E nem ao menos sorriu.

XXXIX

Lagedo, a obra, a missão. Andei leve pela rua, com a luz que vibrava no ar e entrou comigo no Asilo da Misericórdia. O homem novo, novos tempos. Eu ia renascer entre meninos pobres e feiosos, matéria-prima para a ascese e a mortificação. Jogava ali o meu destino na clave da grandeza, a rotina ficava para trás. Ou o zero, ou o infinito. Número a número, eu começava a subir a escala da inatingível perfeição.

Curiosos, os órfãos me viram chegar pela mão do padre Bernardino. Tratassem de cooperar e de obedecer. O Provedor era o Perini, que me recebeu como um samaritano. Impossível esconder de mim mesmo o sentimento de euforia e exaltação. Guiado pela luz do Divino Espírito Santo, sob cujo signo nasci e me criei, via o menino que eu tinha sido e abençoava o adulto que começava a ser.

O passado ia ficar para trás, eu não ia repetir o meu pai,

tinha chegado o tempo da doação ao próximo. Decidi me despedir do meu passado com a mais completa confissão da minha vida, lavar a alma para ter alma nova, varrer dúvidas e omissões, pensamentos e palavras, devassar o número do meu destino até o fundo mais fundo da minha memória, começando antes de mim, no recado ancestral. Escondida no seio da terra, ou no duro ventre da pedra, a gema preciosa esperava por mim. O diamante da absolvição, a paz da consciência, a graça santificante.

Todo dia, toda noite, reservava uma hora para descer com minúcia microscópica às galerias profundas dos meus remorsos e das minhas culpas. No amontoado de vícios e pecados ia discernir a miúda semente, o grão de mostarda da salvação. Porém quanto mais aprofundava meu exame de consciência, mais distante ficava a perspectiva da confissão. Confiando no meu trabalho junto aos órfãos, o padre Bernardino pôde se dedicar a outras obras. Nossos encontros começaram a escassear.

Assim que o Perini deixou a provedoria, senti que devia desacelerar a minha vã corrida para a santidade, desistir do último lugar. Nada e tudo são vizinhos, o zero e o infinito se confundem. Na rotina, que sobre mim soprou a sua invisível poeira, o projeto da confissão geral ia ficando cada vez mais parecido com a véspera da minha primeira comunhão. Hoje como ontem, tudo se resume no encontro do menino penitente com o Menino Deus.

XL

Não paguei ainda ao Cunha este caderno e já estou nas últimas páginas. Dei uma volta pelo comércio, mas não tive coragem de chegar até a papelaria. Evitei o caixeiro, que havia de querer comentar a morte do Quincas Nogueira. E são Judas Tadeu devia estar ainda lá na vitrine.

Não quero ouvir da boca desse Cunha que o nosso inditoso órfão, mal alimentado, saiu na friagem para ir à casinha e morreu. Qualquer hora vou ver o que estão comendo as donzelas do Santa Clara.

Na volta da cidade encontrei a Calu de costas para um passo da Paixão, braços abertos, no passeio. Ela deu um grito. Não sei se gritou o meu nome, mas tive a impressão que me chamou. Deve andar aborrecida com o destaque da impostora dona Dolores. Calu voltou a falar sozinha pela rua. Isso não é coisa tão rara assim, aqui em Lagedo.

Dizem que a Calu perdeu a basta cabeleira por causa de uma contrariedade. Calvície em mulher é sinal de maldição e desgraça. A cabeça escondida pelo turbante, Calu é moça piedosa. Por certo conhece a palavra do Evangelho. Quando orares, entra no teu quarto e, fechada a porta, em segredo ora a teu Pai. E teu Pai, que vê o segredo, te dará a recompensa. Calu está fazendo penitência pública. Assim que percebi o seu olhar esgazeado, preferi me afastar. Enfim, nunca é demais que uma pessoa devota reze e faça um sacrifício. Lagedo anda mesmo precisada.

PARTE DOIS

A cruz e o esquadro

I

Não devo me meter com a alma do cônego Lopes, me disse a magricela Marieta. Nunca lhe falei uma palavra sobre o que escrevo. Aliás, nem sabe que escrevo, mas a palpiteira tem seu lado de adivinha. Fiz que não entendi o conselho.
Passei os olhos pelo primeiro caderno e notei que a missa por alma do Quincas Nogueira ficou sem registro. Foi celebrada depois do sétimo dia. O padre Bernardino saiu da caçada para algumas visitas paroquiais. Celebrada cedinho, à missa compareceu um bom número de beatas. Dos asilados, só o Orestes não foi. De nada valeram meus argumentos. Esse traço rebelde pode ser até sinal de caráter, mas o menino precisa de disciplina e de educação.
Passei boa parte do tempo na igreja a observar as cabeças raspadas dos órfãos. Cabeças oblongas, pontudas, manchadas. A comparação com as meninas do Santa Clara não nos deixa em situação confortável. A aproximação também. Juntar rapazes e moças nessa idade perigosa torna mais difícil a disciplina dos sentidos.
O Provedor brilhou pela ausência. Foi um alívio. Soube que se abalou da Concórdia para ir ao encontro da família.

Já tendo seis filhos, agora lhe nasceu mais um. Mesmo com o marido ausente, a italiana é uma coelha. O sogro aguenta o rojão. Aumentando a prole, o Provedor aumenta os herdeiros, tudo é água para o seu moinho. Mandou dizer que não vinha à missa por causa das chuvas, a estrada não está dando passagem.

Não tive oportunidade de conversar, depois da missa, com o padre Bernardino. Estava mais apressado do que nunca. Vai tirar o pai da forca, disse Riachinho. Mas sei que tem muitos deveres e não pode perder tempo. Os meninos estão em boas mãos, ele julga; ou pelo menos supõe que suporto com resignação as dificuldades do momento. A morte do Quincas é uma prova por que passamos em consequência de altos desígnios que por enquanto nos escapam.

De volta hoje da capela da Santa Casa, onde fui acender uma vela, reparei na Rosa, andando de banda, toda retorcida. Está com a cara engelhada e os dedos tortos. Na bebida é que encontra algum consolo, diz o doutor Altamiro, vai longe nessa sua tolerância de aceitar o mundo como ele é, nas maiores ou nas menores coisas. Agora a Idalina está com um cravo no pé direito, mal consegue pisar no chão. Pedi ao doutor Altamiro para dar uma olhada e ele se limitou a dizer que é isso mesmo, um cravo, o mundo é assim. Não se moveu nem se comoveu.

Gente humilde, tarefas humílimas. Sem um olhar sobrenatural, não dá para entender a existência de tantos destinos rotos e obscuros. A Luzia Papuda sumiu. A Calu toma banho pelada no riacho e já se despiu diante do chafariz, quando foi apedrejada pelos moleques.

II

Se o Provedor desconfiasse que escrevo no caderno, era capaz de arrombar a gaveta para saber o que ando escondendo embaixo de chave. O susto que levei com a sua chegada de inopino não me deixou escrutar sua cara crispada, os olhos injetados. Mal o avistou de longe, a Rosa saiu correndo lá para dentro.

Ele estava de cara cheia. Não satisfeito com a fabricação de aguardente, também consome. E se bebe, é para valer. Uma carraspana das boas. Bêbado, o Provedor vira um animal. Até com o padre Bernardino já quase chegou ao desacato, mas o vigário não teve conversa, arrancou-o da piela com um vidro de amônia que lhe verteu ventas adentro.

Logo depois do almoço, um positivo apareceu aqui com um embrulho misterioso. Como era coisa do Provedor, nem toquei no papel. Daí a pouco chegou a fera, quase pôs a porta abaixo. Eu tinha mandado trancá-la, o Provedor tem a chave, ou pode bater palmas e esperar que se abra. Ainda nos vapores do álcool, ele se encaminhou direto para o embrulho e rasgou o papel às brutas. Era um retrato a óleo do padre Bernardino, encaixilhado na papelaria da Santíssima Trindade. O retrato não faz justiça ao retratado. A cara torta, o olho fosco, parece mais velho do que é.

O Provedor não tomou conhecimento da minha presença e encarou uma por uma as quatro paredes do salão. Olhava, hesitava, fixava o retrato do cônego Lopes. Depois de um longo exame do ambiente me deu ordem para descer o Pai Fundador do lugar de destaque. Estava ali há séculos e custou a se despregar, como se protestasse pela *capitis diminutio*. Eu devia ter protestado, ou feito pelo menos uma observação, mas o homem estava com a cara mais trancada do que cofre de onzenário.

Começou o troca-troca. Mudanças foram feitas e desfeitas. Ao fim e ao cabo, *Jesus e as criancinhas* foi parar atrás da cômoda, no corredor. Também foi destronado *Jesus no Jardim das Oliveiras*, que acabou no dormitório. Espero que lá sirva de inspiração positiva para os órfãos.

Já de saída, e eu aliviado, o ferrabrás passou o dedo no tampo da mesa e só faltou enfiá-lo pelos meus olhos adentro. Se está tudo empoeirado, é preciso ver nisto uma advertência sobre a penúria em que vivemos. Para o carrasco avinhado, não sou um Inspetor, mas faxineiro, ou no máximo bedel. Graças a Deus ele saiu logo, estabanado como entrou, as presas à vista, a beiçola entreaberta, o nariz batatudo.

Assim que bateu a porta, fui escarafunchar a razão dessa homenagem extemporânea. Deve ter alguma causa secreta para rebaixar com tamanha sem-cerimônia o cônego Lopes. O padre Bernardino não vai aprovar a mudança. Tem carne debaixo desse angu.

III

Assim que morreu o Pai Fundador, seus aposentos foram fechados e lacraram as portas, de acordo com ordem que a paróquia de Lagedo recebeu da Cúria, em Mariana. Só um providencial esquecimento, ou desinteresse, explica que as obras de arte, como o Crucifixo, e também a biblioteca tão valiosa, estejam quase intactas. O padre Bernardino não sabe que o Crucifixo está comigo e já nem me lembro da última vez em que subiu até a biblioteca e os cômodos anexos. Creio que já escrevi sobre isto. Começo a me repetir.

Logo que cheguei a Lagedo, padre Bernardino e eu falamos na conveniência de fazer o levantamento das peças do acervo do Asilo, com o respectivo inventário. A ideia não passou da intenção.

Mais do que uma obra de arte, este Crucifixo de madeira é o testemunho de uma verdadeira fé. Reflete com realismo os padecimentos de Nosso Senhor. Em cima da cabeça, tem a marca do lugar onde ficava o resplendor. No alto, as quatro iniciais das palavras de Pilatos. O Corpo Sagrado sangra nas mãos, nos braços, no peito, nos joelhos e nos pés. Detalhes anatômicos visíveis, o Messias está inclinado para a frente, o que desprende da cruz seu corpo até a cintura.

A contemplação obsessiva do Crucificado me causa uma tontura. Por um momento, Ele ameaçou se desprender da cruz. Os joelhos estão esfolados, o pé esquerdo sobre o direito, presos ambos por um cravo. O cravo que transfixa o braço direito é maior do que o do esquerdo. A mão esquerda está quase fechada, ao contrário da direita. Os dedos da mão direita são mais definidos.

Evito que os órfãos venham ao meu quarto e fecho sempre a porta, esteja ou não eu aqui dentro. Depois que o Provedor arrastou a minha mesa até o salão, levo sempre a chave do quarto comigo.

Já havia me esquecido que tinha mandado chamar o Boi

Manso, quando ele bateu à minha porta. Disposto a uma tática mais suasória, resolvi tentar com ele uma conversa. Ele tem dado exemplo de falta de respeito aos outros asilados.

Melhor conversar lá fora, com calma. Na porta da rua, se juntou a nós o José Alfredo, um dos baderneiros do Asilo. A tarde fresca depois da chuva convidava para um passeio. Mal tínhamos dado o primeiro passo, dois vira-latas passaram por nós em carreira desabalada. Sondei o céu para ganhar tempo antes de entrar no assunto. A disciplina não pode ser arranhada, eu disse, nem degradada, como vem sendo. Enquanto isso, os cães, macho e fêmea, acasalados, vieram para tão perto de nós que quase se embaralharam em nossas pernas. Os meninos riram.

Vendo que eu não aprovava a gaiatice, o Boi Manso e o José Alfredo se afastaram. Não vi que direção tomaram. De volta ao Asilo, eu queria me recolher e retomar a meditação diante do Crucificado. Mas, inquieto, procurei na gaveta o revólver e voltei à rua. O Smith & Wesson era uma das armas preferidas do padre Bernardino, e tomei como uma prova de sua amizade e confiança o fato de ele ter me dado essa arma. Todos aqui em Lagedo sabem que o padre tem um fraco pelas armas de fogo. Muitos paroquianos, se lhe querem fazer um agrado, é só lhe dar de presente alguma coisa que enriqueça o seu arsenal de caçador.

Exímio atirador, o vigário mais de uma vez divertiu os órfãos com a sua pontaria. Era jogar uma lata para o alto e ele não errava um tiro. A pedido dos meninos, um dia ele matou um urubu. Não sei se é invencionice, mas dizem que também costumava tirar cigarro da boca de quem se dispusesse a correr o risco. Foi no final de um espetáculo assim que me deu a primeira lição sobre como manejar o revólver.

De novo na rua, lá estavam os cães. Línguas de fora, se arrastavam alguns passos e paravam. Um moleque tentou em vão desengatar os dois com uma pedrada. Vi que do outro lado da rua o Boi Manso e o José riam. Quando deram conta da minha indignação sumiram da vista. Deu em água de barrela a minha bem-intencionada conversa com os asilados. Ambos têm como nome de pia o nome do Castíssimo Terror dos Demônios, o que é mais uma razão para eu castigá-los. Na próxima, não me escapam.

Ao contrário do que diz a dona Matilde, os animais não são inocentes. Na boca do povo, o cão é o Diabo. Bicho das trevas, já no tempo do Nosso Senhor era um animal impuro, que vivia vadio pelas ruas, sem a estima dos homens, e devorava cadáveres insepultos. Há sempre uma cruz onde se sacrifica a inocência. Por algum motivo misterioso, não descarreguei o revólver contra os animais repugnantes.

IV

As férias contribuem para o declínio da disciplina entre os asilados. Eu devia apelar para a ascese, mas o irmão corpo, templo do Espírito Santo, não me deixa em paz. Ando inapetente e sofro de uma pirose que me queima as vísceras. O jejum não chega a ser um sacrifício, a carne servida aqui é osso, nervo, sebo, hoje tivemos muxiba, pé e pescoço de galinha. Não fosse a couve rasgada, colhida pelo Zé Corubim, tudo estaria intragável.

O ar estava pesado no jantar de hoje, desde o *Benedicte*. Dado o sinal para começar a refeição, ninguém tocou na comida. Passou pela minha cabeça a hipótese de uma insubordinação coletiva. Tudo em silêncio, os órfãos imóveis, percebi o que tinham tramado na sombra. A farinha derramada no feijão foi a senha para que todos se levantassem fazendo cair os bancos com estrondo.

Vários projéteis passaram por mim, e um deles me atingiu os óculos. Da minha sobrancelha esquerda jorrou sangue. Rosa me trouxe água e sal, no meio da confusão.

Quase cego no refeitório em desordem, depois da refrega, encontrei meus óculos no chão. Tinham uma lente trincada e faltava uma haste. Nenhuma dúvida de que um inimigo oculto tenta desmoralizar a obra do cônego Lopes, abalar o prestígio do padre Bernardino. O mal é ínsito. Esses endiabrados já chegam aqui sem nenhuma formação, são eles os seus próprios carrascos.

Um notável educador francês do século passado, depois de lidar anos e anos com meninos, escreveu no seu tratado que entre eles encontrava verdadeiros animais selvagens. E eram meninos de família. O progresso moral exige um esforço sobre-humano e começa pelo esvaziamento da vontade. O supercílio ferido, os óculos quebrados, aceito a mortificação e ofereço o episódio como expiação dos meus pecados.

V

Somos corpo e alma, inseparáveis. Quem cura a alma cura o corpo, como está no Evangelho. Aquele que expulsa os demônios tem poder sobre todos os males. Éfeta, disse Nosso Senhor, e abriu os olhos ao cego. Duas palavras aos mudos; e aos surdos, sons. Os paralíticos andaram. Ficaram limpos os leprosos. O que vemos no mundo é a manifestação visível do invisível. Pensando nisso fui consultar o ímpio doutor Gualberto.

A sirigaita que atende os clientes veio me fazer perguntas sobre os últimos acontecimentos no Asilo, dando indício de que o doutor Gualberto tomou o partido da banda podre. Acabo de examinar com uma lupa a receita que me deu e achei os três pontinhos em forma de triângulo junto da sua assinatura: maçom, claro como água. Ele quis saber se o ferimento na minha sobrancelha sangrou muito. Fui lá para que me examinasse os olhos, não a sobrancelha, ele queria era me cobrar mais uns caraminguás.

Já se foi o tempo em que o seu Chiquinho era um caso único. Tirou carta de boticário em Ouro Preto para melhor explorar a humanidade. Forreta, fiado não vende nem para a própria mãe. Doença dos outros para ele é negócio. Uma vez aviou a receita de um vaqueiro, o pobre coitado não tinha no lenço os cobres na conta certa e o seu Chiquinho não teve dúvida, derramou na pia o vidro inteirinho da poção.

O seu Chiquinho não é pai de pançudo, como diz com a sua voz de ladainha. Se duvidar, cobra aluguel das cadeiras em que o pessoal se senta para o cavaco de toda noite.

Tomei ojeriza ao seu Chiquinho. Foi lá que ouvi a história do gato no paiol. Nigérrimo, pelo reluzente, o gato vivia de caçar passarinho, mas passou da conta quando começou a devorar pinto e filhote de coelho. Rato não matava nem comia, o malandro.

Arisco, ninguém jamais conseguiu lhe botar o olho muito tempo, quanto mais a mão. Invisível, escapava de qualquer armadilha. Aí um belo dia o fazendeiro resolveu apanhá-lo de qualquer maneira. Parecia até que o gato caçador desconfiou que tinha chegado a sua hora de ser caçado. Tudo se tentou e de tudo ele escapuliu, mas numa noite caiu na esparrela. Dentro do mundéu armado para pegá-lo, aprontou o maior estardalhaço, garras e dentes arreganhados.

Apesar de preso, dava medo. Camarada que não teme burro brabo, ou vaca parida, não quis nem espiar a fera. O gato não parou quieto, pisando nos pregos. Foi preciso reforçar a gateira. O fazendeiro borrifou formicida dentro da armadilha. Para se livrar do veneno, o gato pulava e arrastava o corpo nos pregos, soltava uma tempestade de excrementos. Em poucos minutos virou uma chaga só. Súbito, ele caiu duro, morto, mortinho da silva, as presas à mostra. O pessoal tratou de sair. Mesmo depois de morto, o monstro de negrume infligia medo. O isolamento o tinha tornado feroz.

Também entre os humanos não passa de um verniz o que permite o convívio. Por baixo dessa fina capa, está a selvageria. Os órfãos, coitados, nem verniz têm. Uma boa dose de hipocrisia sustenta a vida social. Manso, manso de coração, só mesmo quem busca a santidade nos méritos do sangue de

Nosso Senhor Jesus Cristo. Quem são os mansos? Ninguém conhece ninguém, até que todos os véus nos sejam tirados no Dia do Juízo.

VI

O jornal maçom vai se chamar *Luz da Verdade*. Por mim tanto faz como tanto fez, desde que deixem em paz a obra do cônego Lopes. Mas é um desaforo esse título, falta de reverência para com a palavra sagrada. O Verbo era a luz verdadeira, que ilumina todo homem que vem a este mundo. Com dinheiro, muito dinheiro, de origem espúria, para financiar o jornal e a campanha contra o coronel Antônio Pio, não se intimidaram em desrespeitar o Evangelho.

Por enquanto, saíram apenas com um volante, mas muito bem impresso em papel superior. Deve ter sido feito lá fora e a amostra deixa prever o que vem por aí. Enxovalhar a virtude e atassalhar as boas obras, esse é o programa que os maçons têm em mira, não lhes passa pela cabeça nem sombra de acatamento à autoridade, a começar pela mais alta que é a eclesiástica. O padre Bernardino tinha razão de fazer a advertência que fez na reunião da confraria. Pena que tenha sido na hora que apagou a luz e eu, afobado, não pude gravar cada uma de suas palavras.

Está claro que o alvo é político. Vaidade ferida e desmedida ambição. O doutor Lobato queria à força ser prefeito, nunca se conformou com a escolha do Juvêncio, que, no entanto, está agora mais para o lado dele. Por ora a Santa Casa só entra na dança de raspão, quando o volante comenta a morte do Quincas Nogueira. O nome do menino saiu errado, e dizem que foi vítima do regime ultramontano que impera em Lagedo. Esta é de cabo de esquadra.

Os maçons já declararam que vão disputar a eleição. Dizem que encarnam o progresso e antecipam que vão ouvir o povo para a escolha do candidato. O povo que espere sentado. Até outro dia, o iluminado doutor Lobato beijava a mão do vigário e só faltava se deitar no chão para o coronel Pio lhe dar a honra de passar por cima. Capacho maior, só o Provedor. Agora, na linguagem do volante, o Benfeitor é soba e suserano em conúbio com o mais atrabiliário e retrógrado obscurantismo. Lagedo está dominada por um contubérnio entre o coronelismo e o clericalismo.

Quando não é a maçonaria, são outras forças ocultas do Mal que dominam a imprensa. A venalidade campeia, interesses subalternos ditam doestos e vitupérios, corrompe-se a juventude e se degradam os costumes. Onde se deve exaltar a verdade, reina a mentira, tudo em nome do progresso, da renovação, ou da revolução.

O volante faz uma referência a instituições pias a serviço da politicagem. Fiquei com a pulga atrás da orelha sobretudo porque os maçons ameaçam trazer a público a hipocrisia dos tartufos e a maldade de Torquemada. Mas o coronel Pio está habituado às contendas de seita e à violência das facções minoritárias, até hoje há ecos da campanha que sofreu por ocasião da concorrência da Força e Luz. O padre Bernardino é diferente, exige respeito à sua veste talar, não leva desaforo para casa e muito menos para a casa de Deus.

VII

Interrompi meus afazeres no Asilo para receber o Sotero da Encarnação. Deu notícia de uma tenda espírita que vem sendo muito frequentada pela gente de Lagedo. Mais essa, agora. Passei a lhe explicar que o espiritismo não é uma religião, mas uma fantasia americana das irmãs Fox, retomada depois por Allan Kardec.

O Sotero é um ignaro. Veio com o argumento de que os espíritas respeitam Jesus Cristo. Não fosse o cabeleireiro tão cabeçudo e tivesse mais instrução, eu teria ido buscar o Código Canônico. Quem vai atrás desses malucos é herege e cismático, o espiritismo é o caminho mais curto para o hospício. Se a tenda tem muitos adeptos, é o caso de abrir logo o pavilhão de alienados da Santa Casa, que, aliás, nunca devia ter sido fechado pelo doutor Lobato. O caso da Calu, por exemplo, se é mesmo doideira, lá teria exame e tratamento.

Dada a sua formação doutrinária deficiente, o Sotero não sabe que a reencarnação contradiz o dogma, nega o supremo sacrifício de Jesus Cristo, nega a Cruz. O homem morre de uma vez só, é o que ensina a Bíblia. Emprestar-lhe vidas sucessivas é supor que o destino de cada um de nós esteja sujeito a reprises, como um espetáculo de teatro.

Forma de sincretismo popular, o espiritismo explora a ignorância do povo, como tantas outras imposturas. Macumba, umbanda, quimbanda, todas as formas de exoterismo vidente não passam de um astuto comércio instalado diante da porta do mistério. Substituem a fé pela boa-fé ilaqueada, na vã tentativa de preencher fora da Igreja e longe da Verdade o que há de incompleto no coração humano.

Depois que me fez a barba, o Sotero esticou a conversa de maneira abstrata até que afinal chegou aonde queria. A Marieta do Riachinho anda frequentando a tenda espírita, que fica dos lados do Tabuleiro. Aí está explicada a sua campanha contra a falta de pudor dos namorados. Ela ouviu do médium que vai ganhar a demanda na questão de sua herança. A alma do pai dela virá em breve a uma sessão para deslindar a controvérsia. Mas antes a Marieta tem que cumprir uma série de obrigações. Pura chantagem.

Perdi o meu latim com o Sotero da Encarnação. Diante de tamanha obtusidade, não admira que acabe assinando Sotero da Reencarnação. Mas o que ele queria mesmo era contar o mexerico, mais uma demonstração da fragilidade da nossa fé.

VIII

Tirai isto daqui e não façais da casa de meu Pai um mercado. Conta são João como Jesus expulsou com um azorrague os vendilhões do templo. Até o doce evangelista reconhece que não é possível a contemplação diante de certos abusos. Foi este o mote do padre Bernardino na prédica de hoje, atravessada por uma ira religiosa. Se querem a guerra, é a guerra. Os vendilhões de Lagedo serão expulsos do nosso convívio. Se o vigário começa nesse diapasão, é o caso de temer pela sorte da loja Progresso & Fraternidade.

Preferia que, paramentado a caráter, o padre Bernardino não tivesse mencionado a morte do Quincas Nogueira. Exagerou no púlpito a importância de um mero volante calunioso, que estropiou o nome do nosso asilado. Os maçons preparam contra a Igreja uma ofensiva de larga envergadura. Como o vigário não citou o doutor Lobato, nem outro nome qualquer, podia também ter silenciado o nome do pobre Quincas.

Só a inspiração diabólica explica a sanha dos que se lançam como chacais sobre o cadáver de uma criança. O padre Bernardino disse que perdoar é de cristão, mas esquecer é de sem-vergonha, o doutor Lobato que caia em si e de público peça desculpas. Está na hora de convocar os fiéis para formar o Partido Católico, mais vale prevenir contra os maçons unidos a outras minorias.

O perigo ronda Lagedo. Mesmo o doutor Lobato é como o basilisco que aparece nos Salmos e no Livro dos Provérbios. Mata com um olhar ou com um bafo. Mas o basilisco morre quando se vê num espelho, seu próprio olhar o fulmina com o raio da morte.

A audácia dos maçons vai se voltar contra eles, que morrerão vítimas de seu repugnante hálito fétido.

IX

O coronel Antônio Pio mandou me chamar, o Sotero disse que era urgente. Cheguei a pôr em dúvida sua palavra, mas ele vinha do palacete do Benfeitor, onde uma festa está sendo preparada para breve. A minha primeira cogitação foi pessimista. Como o Asilo está entre os alvos da campanha dos maçons, imaginei que o Benfeitor ia me comunicar o fim do usufruto e o fechamento da instituição. Com tantas conjecturas catastróficas, já me via no olho da rua ao lado de Calu.

Cheguei ao portão na hora do jantar, esqueci que gente rica janta tarde. Na hora de subir a escadaria de mármore eu tremia como vara verde. No alpendre, ouvi o tilintar dos talheres. A mesa devia estar cheia de convivas. Toquei a campainha de leve e ninguém apareceu. Bati palmas e nada. Então veio uma criada de uniforme branco, que parecia uma freira, com uma touca.

Assustada como se eu fosse um fantasma, a moça não disse uma única palavra. Eu tinha sido chamado com urgência pelo coronel Pio, expliquei. Ela me mandou esperar e fechou a porta. Não me animei a tomar assento nos móveis de vime do alpendre.

Dava para sentir o cheiro apetitoso da comida. Devia ser uma homenagem a alguém graúdo, de fora de Lagedo, com leitão assado, couve, torresmo, tutu de feijão. Por um instante o silêncio reinou dentro da casa. Ouvi dentro da minha cabeça a voz abafada e trêmula do anfitrião anunciando que tinha mandado chamar um correligionário letrado para o incumbir de uma missão. Iriam dar uma resposta definitiva aos maçons. Ia me chamar para escrever no jornal católico.

A criada surgiu na porta, com um embrulho. Nos olhos tinha espanto e medo, o que me deixou encabulado, dividido entre o que eu imaginava e o que eu via. O coronel tinha mandado me entregar, ela disse. Ao sair pelo portão, apalpei o embrulho e percebi que se tratava de um pano embolado.

Um terno de casimira em bom estado. Um terno do Antoninho Pio, que está cada vez mais gordo. Entre as vozes na sala, agora me lembro, era possível distinguir a do Antoninho Pio. A volta do filho pródigo. O pai tinha mandado matar um vitelo gordo e se banqueteava com os amigos. E lá estava, inconfundível, também a voz do padre Bernardino, na certa chamado para aconselhar o filho único, o filho mimado da dona Serafina, o herdeiro que não quer nada com Lagedo.

X

Um despropósito, evocar o nome de Tomás de Torquemada com o intuito de atingir a Igreja. O prior de Ávila viveu na Idade Média num quadro de grandeza apoteótica. Muitas sombras ainda encobrem a Inquisição, é preciso pesquisar com objetividade. Uma coisa é o Santo Ofício, outra é o braço do Estado. Ainda virão um dia à luz segredos espantosos que dormem no fundo dos arquivos ibéricos.

Andava à solta naqueles séculos a delação, delatores eram até os inquisidores. Um deles, José Torrubia, se infiltrou na maçonaria hispânica e de uma só penada denunciou noventa e sete lojas por práticas judaizantes. Levou depois ao tribunal os segredos da instituição que, ontem como hoje, alega razões para se proteger com o sigilo. Se tem a maçonaria, como pretende, tantos séculos de existência, deve saber que a história do homem vem sendo uma sucessão de crueldades. Intenso e bem-sucedido tem sido o esforço civilizador do Cristianismo, que se funda nas Leis de Deus.

Porque se deve amar o próximo como a si mesmo é que o doutor Angélico viu na tortura o mais hediondo de todos os crimes. Quem sofre sabe que nenhuma vítima passa ao largo da grande vítima que está no alto do Calvário. O apogeu do catolicismo ibérico encontra expressão eloquente na ascese e na palavra de Teresa de Jesus, ou de seu fraterno João da Cruz, *el brazo derecho de la santa*. Torquemada é uma triste e efêmera contingência. Pertence à história da Espanha, não à Igreja.

Santa Teresa e são João à santidade juntaram o gênio literário, que fundou a língua castelhana. O castelhano, por sua vez, fundou no Novo Mundo nações sujeitas à cátedra de Pedro, descendentes da fé católica, fiéis à Santa Sé. Só um infame inimigo da Verdade, como Voltaire, seria capaz de ligar a são Domingos o início da Inquisição. Se houve entre nós perseguição inquisitorial, não foram os maçons que pagaram o pato. Perseguido, preso e proibido de pregar foi Vieira, o *Payassu*, o Padre Grande, e outros que professavam a fé dos santos e dos mártires.

XI

A pobreza do Asilo contrasta com a riqueza da biblioteca. Contagiado por uma reincidente tuberculose, o cônego Lopes fez questão de se apartar de todos. Viveu isolado os últimos anos de sua passagem terrestre. O medo do contágio provocou um verdadeiro pânico. Paradoxo ou não, o isolamento contribuiu para reforçar a fama de taumaturgo do santo homem. Morto, os objetos que lhe pertenceram foram postos de quarentena, até que se apagou o pavor do mal de que sucumbiu.

O doutor Altamiro garante que já não há risco nenhum de contágio, mas é o primeiro a não se aproximar dos livros. Tentei lhe mostrar cimélios relegados ao esquecimento, mas não consegui demovê-lo. Incunábulos que fossem e ele não iria ao andar de cima. Nunca pegou ou viu a edição das *Décadas* de João de Barros, que data do século XVIII.

Deve ter pertencido ao espólio do cônego o genuflexório que atravanca a minha cela pobre de frade menor. Vou iniciar uma fase de disciplina e me impor horários rígidos. Já fixei um mínimo de orações para todos os dias rezar, sempre de joelhos, com fervor. Por isto trouxe para cá o genuflexório.

O que importa além de tudo é o padrão moral da nossa casa. A pobreza material pode ser oportuna e até propícia ao exercício da virtude. Estamos precisados de lençóis, colchas, travesseiros, as toalhas de banho são sacos de farinha de trigo. Não tenho dúvida, neste ponto, de que o Perini nos faz falta. Se não tivesse mudado de credo, estava na hora de lhe pedir umas peças de fazenda.

Tenho de dar um desconto na baderna dos órfãos no refeitório. A pobreza para eles não é escolha, mas fatalidade. O que importa é que o Asilo os afasta dos perigos do mundo. Se não tivessem amparo, acabariam vivendo como meninos de rua. Provenientes da cidade ou da roça, têm antecedentes de patético sofrimento. Ainda agora passou por mim o Zeferino. Caiu numa fossa aos três anos de idade e ficou corcunda. Um vizinho venceu o nojo, arriscou a própria vida e conseguiu retirá-lo, por milagre, da caca fedorenta.

Vítimas de mordida de cão, de cobra, de tudo quanto é bicho, isso não falta. Na roça não há vacina nem soro antiofídico. A qualquer hora o perigo espreita. Coice de cavalo, picada de marimbondo ou de abelha, ferroada de escorpião, mordida de rato com a peste, peçonha das plantas, para esses meninos a vida é uma aventura. Um que escapa das doenças infantis morre de raiva, mordido por um cão. Outro pisa num ouriço-cacheiro e quase bate as botas.

Mas não é só no Asilo que se encontram as vítimas da miséria. Fome, diarreia, inanição andam juntas por aí. A sobrevivência é quase um milagre. Em vez de demolir o sobrado, o que é preciso é multiplicar as instituições de amparo. Já no século XVIII, um ermitão apontou o caminho e deixou fecundo exemplo de nossa fé, com a fundação da primeira Casa de Orações do Vale de Lágrimas.

De monte em monte e de vale em vale, de colina em colina e de várzea em várzea, esse pioneiro homem de Deus recolhia meninos necessitados. Outro eremita, também sujeito a êxtases, fundou a primeira casa dedicada à educação de meninas e moças. Naquela época a vida nas Minas era mais de licença do que de virtude. Grande número de vagabundos e malfeitores atraídos pela riqueza aqui tinha o seu valhacouto.

A exaustão do ouro e o crescimento da população aumentaram o número de necessitados. Ao carro da miséria ostensiva, soma-se o invisível caudal de lágrimas e carências da pobreza envergonhada, que chora em segredo. É preciso sair em busca de quem sofre, em particular das crianças. Ninguém por aqui gosta de exibir dores e privações. E os maçons preocupados com Torquemada na sua mórbida maquinação.

XII

Alta hora da madrugada, acendi a luz do refeitório e saiu rato bem nutrido para todo lado. Comem qualquer coisa, couro, sabão, madeira, papel. Famintos, são capazes de comer uns aos outros. Uma fêmea precisa de apenas três semanas para desovar uma ninhada de dez crias. Nascem mais depressa do que somos capazes de matá-los.

Ao longo dos séculos, milhões de seres humanos morreram da peste bubônica. São Luís Gonzaga é um símbolo de ilibada pureza. Pois essa angelical criatura morreu atacada pelo bicho que é a máxima representação da espurcícia. Um santo morto por um rato é como o dia e a noite, a luz e as trevas, a vida que se faz de contrastes. Agora vemos frente a frente o Bem e o Mal, a Igreja e a maçonaria. O padre Bernardino e o doutor Lobato.

Não adianta botar veneno ou armar pelos cantos as ratoeiras. Os ratos sabem o que não devem comer. Temo que, a qualquer hora dessas, provoquem um incêndio, roendo a fiação elétrica. A Rosa veio com uma conversa de trazer um gato, mas gato, não. Há uns quatro anos houve aqui uma irrupção de ratos, e uma ratazana roeu os dedos de uma criança. A mãe lavava a roupa do Asilo. Se os maçons souberem disto, soltam mais um volante.

Nem todos os ratos fogem quando passo. Algo lhes diz

que tenho mais horror deles do que eles de mim. Se não tomar cuidado, sou capaz de pisar num deles. Deixei cair no assoalho uma bandeja e assustei os mais ousados. Os ratos sumiram e apareceu a Idalina, desconfiada. No seu jeito de deslizar rente pela parede, apareceu como uma tapuia que quer atacar de surpresa, e só desarmou o bote quando teve certeza de que era eu. Então se dispôs a passar um café.

Ela avivou as brasas do fogão e estendeu as mãos para quentar o fogo. A Rosa devia estar de cara cheia. Antes de me retirar apaguei a luz. Escondida pela penumbra, junto ao fogão, não tenho dúvida de que a Idalina se comunica com qualquer bicho.

Mal cheguei de volta ao quarto, ouvi um barulhão. Seria a Rosa? Com um frio na espinha, tomei a direção que me pareceu a certa. No salão dei com o coronel Antônio Pio, de costas, o cofre aberto. Ele não percebeu logo a minha presença. Ninguém entra num ambiente em que eu esteja sem que de imediato me aperceba. Posso estar de costas, ou dormindo. Toda presença viva emite um sinal inconfundível.

Afinal o coronel me viu, me olhou de alto a baixo e perguntou se recebi a roupa. Sim, gaguejei. Ele, insatisfeito, continuou na expectativa. Eu queria dizer obrigado, mas a palavra não saiu. Ele se voltou para o cofre e eu saí.

No tempo do barão, esse cofre guardava peças de ouro e prata. Por mais que me aproxime e procure ver, nunca enxerguei senão o que presumo seja parte do papelório do Benfeitor. Promissórias, duplicatas, apólices, ações. O dinheiro está depositado na casa bancária Justiniano da Silveira. A Riachinho é quem me garante que as joias da dona Serafina estão todas no cofre do Asilo, mas não acredito. Neste caso, o cofre teria sido levado para o palacete. Quando aqui no Asilo mudou do andar de cima para o de baixo, achei que estava sendo levado embora. O coronel continua com o sacrifício de vir até aqui, mas ao menos não tem que subir a escada.

Se contém um tesouro, como diz a Marieta, amanhã pode aparecer aqui um filho da viúva para arrombar o cofre. Filho da viúva é o pessoal da francomaçonaria. Não sei de onde é que veio essa maneira de falar. Viúvo agora é o coronel Antônio Pio. Não custava ter me recebido com cortesia, e eu puxava conversa, perguntava pelo Antoninho Pio, ou contava que sumiu do nosso acervo um oratório de boa feição. Há mais tempo, desapareceu também um santo Antônio do tamanho de um homem.

Já posso calcular o que vai ser o rombo aqui depois que o Benfeitor faltar. O padre Bernardino que segure o ponto, mas já tem de ficar de olho nas obras pertencentes às igrejas. A simonia avança pelas montanhas acima, mais um pouco e já não se encontra nem um santinho de pau, quanto mais uma peça dos bons tempos do barroco. O sumiço do santo Antônio é um escândalo, tenho até vergonha de contar. Desaparecer o *Restitutor Perditorum* que ajuda a achar tudo que neste mundo se extravia, mesmo as almas.

XIII

Só por despeito se pode falar mal de uma pessoa como a dona Matilde. O luxo da sua morada se explica. Sendo uma dama de linhagem, não havia de morar em casa de porta e janela, em cima da rua. Suas posses lhe vieram na linha de sucessão. É preciso ver o gosto com que ela cuida de todo o patrimônio. Não fosse também sua vigilância, este sobrado não estaria servindo à caridade. Seu amor não se restringe ao que é dela, mas a toda a cidade, a toda a nossa região das Vertentes. Ainda agora foi visitar a Casa de Pedra, em São João del-Rei.

Aproveitou para dar um giro pelos arredores, depois de rever tudo que por lá merece sua atenção. Não sei como consegue, mas desce aqui e ali, entra nas igrejas, fiscaliza as ermidas, os oratórios públicos. Passou um pito no pessoal que, dono ou morador dos sobrados da rua São Francisco, deixa aquele patrimônio exposto às intempéries, como se estivessem doidos para se verem livres dos velhos casarões coloniais. Diz ela que se trata do mais bonito e mais completo correr de sobrados barrocos.

A casa da baronesa é motivo de orgulho para Lagedo. Gente que por aqui passa de visita fica surpreendida ao ver edifício desse porte. O palacete depõe a favor do povo da cidade. Ainda hoje quando lá cheguei, a baronesa acabava de receber a visita do maestro Jouteux, que na sua terra foi discípulo de Massenet. É uma figura meio exótica, de cabeleira grisalha, bata e uma capa puxada para marrom.

A baronesa me contou que o maestro Jouteux, Fernand Jouteux, vive como um anacoreta. Mora em São José del-Rei, como diz a dona Matilde, ou São José do Rio das Mortes. Este nome antigo entristece ainda mais a cidade que conheceu o esplendor do ouro e a glória dos Inconfidentes. Extasiado diante da nossa arte, o maestro vive aqui pelo tesouro inesgotável da nossa música sacra. Na linha do barroco, diz ele, só é comparável ao que se fez em Viena d'Áustria.

Jouteux encontrou aqui a paz que os artistas precisam para criar. Está compondo uma sinfonia inspirada na epopeia de *Os sertões*. A dona Matilde me disse que ainda não leu por inteiro essa obra-prima, mas partiu do pressuposto que eu já li, no meu tempo de estudante em Mariana.

Que se cuide o maestro, senão acaba virando fantasma em São José del-Rei. Hoje em dia a cidade não tem vivalma. Quando estive lá há tempos, só vi duas velhas velhíssimas, que bateram a janela com espalhafato na minha cara como se eu estivesse invadindo um território sagrado.

Pode ser consequência da viagem, o fato é que achei a dona Matilde bem animada. Falei sem querer sobre o sumiço do santo Antônio, mesmo com a estatura de um homem meão. A tendência, diz ela, é tudo desaparecer, porque os objetos de arte, mesmo não sendo imagens dos santos, percebem o pouco-caso com que são tratados e fogem para outras terras. O que me parece mais certo é que um sumiço assim é um péssimo aviso. Tudo nesta vida é um sinal. Se o nosso orago some, boa coisa não vem por aí.

A baronesa confirmou o que eu queria ouvir: o Provedor não esteve no jantar do coronel Pio. Não foi convidado, claro. Não sabe usar talheres de prata. A dona Matilde me diz que é porque ele é moreno, coitado. O palacete não tem senzala, pensei em dizer. O feitor da fazenda do coronel presta para serviço no eito, mas na sala de visita ou na sala de jantar não pode ser admitido. Como eu. Andou por aí ceca e meca na companhia do Benfeitor, politicando por conta própria, mas se for ao palacete terá de bater na porta da cozinha.

XIV

Ando sem firmeza nas mãos. Fiz uma bucha nova e soldei o cano da torneira do tanque. Gastamos assim menos água e vou dando um destino útil às ferramentas. Usei o maçarico sem me queimar. Quem se ocupa não se preocupa, cada um que varra a sua porta e o mundo ficará menos sujo. Implorei a Deus que aparecesse aqui o Provedor, para me ver trabalhando. Não tive essa sorte, porém.

Quem apareceu foi a Marieta do Riachinho. Eu ocupado, em silêncio, e ela matraqueando. A falação sobre a imoralidade no Tabuleiro deu mil voltas. A Marieta insistiu em me recomendar o maior cuidado com os órfãos, sobretudo os mais taludos. Apurei os ouvidos e tentei espremer o sumo da intriga que havia por trás da conversa. Mesmo com uma paciência de Jó, não atinava com o que ela queria dizer.

A Riachinho saiu e a dúvida restou em meu espírito. O fuxico pode não ter pé nem cabeça, mas é melhor acreditar de mais do que de menos. Reparando bem, o Orestes está um homem, do buço passou à barba, uns fiapos que o Sotero andou raspando. Manoplas de símio, pobre-diabo sem eira nem beira, é difícil de acreditar que uma moça, mesmo de maus modos, leviana, se deixe enrabichar por uma tal criatura. Enfim, como diz Sá Jesusa, mulher não casa com carrapato porque não sabe qual é o macho.

Vou afastar o Orestes do controle do chuveiro. Talvez suspenda o banho diário, que só tem sentido na época do calor. Na regra de sua ordem, santo Agostinho admite o banho quente uma vez por mês. O banho abre a porta da sensualidade. São Jerônimo chega a condená-lo como ameaça à castidade e à pudicícia. Entre os pagãos o banho público se transformou em plena libertinagem. O que convém, o que se recomenda, é mortificar a carne com a imersão na água gelada. A água é pura, lustral. O mesmo não se pode dizer do decaído bicho-homem, em quem a centelha divina cede lugar ao barro.

A Marieta já de saída, fiz um enorme esforço e lhe pedi para pagar ao doutor Gualberto a minha consulta. Ela me falou da carestia e quis saber se ainda não recebi os atrasados. Tenho uma bagatela depositada a prazo na casa bancária do Benfeitor, sempre rende um jurozinho. Não deixa de ser uma segurança que em último recurso vai me servir. Caso de extrema precisão, nem gosto de pensar.

Pelo gesto que a Riachinho esboçou, de enfiar a mão blusa adentro, percebi que trazia dinheiro com ela. Pobre se arrima é noutro pobre, sentenciou ela, o que deixou claro que estava disposta a me fazer o empréstimo. Não quero dever a um médico maçom. Bobo é quem se fia em adjutório de rico, disse a Marieta, palavra enigmática, já que não se trata de nenhum adjutório. Reparei que ela está vestindo uma roupa cada vez mais comprida, a saia quase arrastando no chão.

XV

Excesso de zelo que não entendi, o do Sotero da Encarnação. Viu por aí um dos asilados com o cabelo grandinho e veio, *sponte sua*, procurar o malandro que escapou à máquina de raspar a zero. Até agora não consegui identificar quem é esse menino, pode ter sido um simples pretexto do cabeleireiro para me contar que o Antoninho Pio vai ser o candidato. Não passa de fantasia. A dona Serafina era capaz de cingir a cabeça do filho com uma coroa de rei, mas o coronel Antônio Pio não está caduco, sabe que o filho não tem condições de entrar agora na luta.

A Marieta do Riachinho está me saindo uma sovina de marca maior. Primeiro concordou em me fazer o empréstimo, mas não vi a cor de um tostão. Agora me aparece com a cara mais sonsa do mundo e me traz não o recibo, mas a conta do doutor Gualberto. Alegou que conhece a sirigaita e lhe pediu para ter paciência por uns dias. Quando vi o papelucho com o carimbo de honorários em atraso, o sangue me subiu à cabeça. Hoje só se pensa no esterco do Diabo.

Pode não ser o mais grave, mas é o mais feio dos pecados capitais, a avareza. A começar pela Riachinho, o pessoal aqui não se guarda nem se acautela. À direita e à esquerda, para baixo e para cima, deste lado do córrego do Monjolo e do lado de lá do rio das Mortes, é tudo uma avareza só. O rico receia ficar pobre, o pobre tem medo de ficar mais pobre. Se todos querem ganhar, todos pela mesma razão não querem perder. Assim é desde que os primeiros desbravadores subiram a montanha e devassaram o sertão fechado.

Quando acabou o ouro, ficou mais viva a *aura sacra fames*. Essa mãozinha presa da Marieta não me engana, está por toda parte, vem de longe, das beatas e das catas, dedos de agarrar e somar. Como o diamante e as pedras preciosas, como a prata, o ouro sai do esconderijo de debaixo da terra para se meter no fundo dos cofres. Mesmo nos templos, não aparece do lado de fora, mas no foliado dos altares. Muito bezerro de ouro saiu destas catas e destas lavras, e foi enriquecer ainda mais os ricos do vasto mundo.

O povo aqui aprendeu a ter olho grande, acha que ainda há muita opulência no ventre destas montanhas, não demora e um dia tudo se torna visível. Ainda nos dias de hoje reponta aqui e ali um surto de ouro lotérico. É muito mais uma questão de sorte do que de mérito. A gente tem razão para receber de pé atrás qualquer forasteiro que apareça. Nunca nos deram nada, vêm aqui para levar o melhor de nossa avara natureza mineral.

Ainda agora está aqui um tal de Alemão. Escarafunchou tudo, hibernou meses em Itabira do Mato Dentro e Santa Bárbara. Subiu a serra do Caraça, galgou as abas da Piedade e plantou sua barraca no Serro Frio. Diz que veio até estes cafundós para estudar com afinco a nossa arte, mas está muito enganado se pensa que consegue engabelar o padre Bernardino. Se não estiver sintonizado com a mais alta inspiração religiosa, ficará com o burro diante do palácio. Arte e religião aqui se entrosam e inseparáveis se encontram no menor dos artistas e no maior dos artesãos. Quem quer que seja esse Alemão, é preciso confiar desconfiando.

XVI

Muitos santos buscaram de preferência as ocupações humildes. Era preciso pôr o galinheiro em condições de receber o presente que nos deu a dona Matilde. Um galo, seis galinhas, um casal de marrecos e um peru. Entre os órfãos que se dispuseram a me ajudar, Jonas é o que tem mais jeito para trabalhar com madeira. Pode vir a ser um bom carapina, como foi o Neco Tatu. Ensimesmado, com a oficina instalada numa nesga do porão, o Neco tirava da madeira o que bem entendia. Uma boa tora escondia uma obra de arte.

O contato com os asilados me cansa, mas me faz bem. E é bom também para eles. O motim no jantar pode em parte ser consequência do meu distanciamento. Preciso vencer esta força que tende a me isolar, promover o bom comportamento baseado na autodisciplina. É uma experiência a tentar, que todos se sintam responsáveis por todos. Na noite em que morreu o Quincas Nogueira, incumbi o Orestes de zelar pelos companheiros e vi como se sentiu orgulhoso. Só depois teve a descaída de uma briga feroz com o Lagartixa.

Vivo me indagando até onde tenho culpa e até onde tenho desculpa. Não posso ser acusado por toda a lambança do Asilo, de Lagedo, do mundo. Conheço as minhas limitações, é humilde o papel que me cabe. Uma santa como Catarina de Labouré escolheu cuidar do galinheiro do convento e Nossa Senhora em pessoa lhe entregou a devoção da Medalha Milagrosa. Os que vivem na obscuridade são os favoritos do Senhor.

Melânia e Maximino eram duas crianças que nada tinham de especial, senão a piedade. No lugar em que lhes apareceu a Senhora de La Salette, jorrou água. Penitência e oração, pediu em lágrimas a *Mater Redemptoris*. Contado aos meninos, o segredo foi comunicado ao papa Pio XII. Em Lourdes, Bernadette Soubirous recebeu instruções para mandar erguer uma capela na gruta em que apareceu a fonte da água milagrosa. Eu sou a Imaculada Conceição, disse a Senhora, e pediu oração, penitência, conversão.

Outro ponto de romaria está em Portugal. Na Cova da Iria, em Fátima, três crianças, Lúcia, Jacinta e Francisco, viram a Bela Senhora, que mandou fazer penitência e rezar o terço todos os dias e depois se proclamou Nossa Senhora do Rosário. O coração cercado de espinhos foi visto por Lúcia, que professou, com votos perpétuos. Na última aparição da Senhora de Fátima, setenta mil peregrinos viram o sol girar no céu. Como as crianças, a Mãe de Deus aprecia as travessuras. Não posso nem sonhar em ir a um lugar desses, tão distante. Estou vivo, mas enterrado aqui nestas serranias.

XVII

Fiz questão de lhe quebrar a castanha e dei contadinho na mão de Marieta o dinheiro para pagar ao doutor Gualberto. Com medo da chuva, ela saiu apressada. Logo depois caiu um pé-d'água, com raios e trovões de abalar as montanhas. Qualquer hora dessa um raio cai no morro da Faísca e faz um estrago no caixote do Santa Clara. O nome do morro é uma advertência.

Faltou luz na cidade por mais de uma hora, e adiei minha ida à papelaria. Preciso pagar ao caixeiro, não posso ficar na mão dele, ou na do Provedor. O Cunha deve estar a par da candidatura do doutor Lobato e pode me dizer o que há por trás da presença em Lagedo do Antoninho Pio. Impossibilitado de sair, vim para o quarto e me tranquei no escuro. Valha-me, Santo Espírito, valha-me, Nossa Senhora dos Soluços.

Depois da tempestade, o ar lavado, me enrasquei num raciocínio. Por que tenho medo de buscar um novo destino? O mundo todo lá fora e eu aqui em Lagedo, na pequenez da minha rotina. Sem ânimo para nada, fiquei cogitando do que faziam os órfãos: conspirações na sombra, andanças na noite como feiticeiros.

Como o menino possesso que está em são Marcos, eu também tive um demônio que me atormentou a infância. O pai do menino encontrou o Messias, teve a gloriosa coincidência e o privilégio de dar testemunho. Para santo Agostinho, a nódoa desse menino só podia ser o pecado original. Tudo o que vos peço para mim são preces, disse o doutor de Hipona, ao morrer. Escondido de mim mesmo, em voz baixa, ouso discordar de santo Agostinho. Podia não ser o pecado original.

O homem que jejua de dia e reza de noite tem asas mais ágeis que o vento. Se jejuo e rezo e não tenho asas, é porque o faço sem convicção. Terei de começar pela Penitência. A confissão é um privilégio de quem peca, o pecador dispõe do sacramento, sua exclusiva prerrogativa. Nosso Senhor veio para os patifes de carne e osso, dizia Sá Jesusa. Para os que se arrependem, corrigia o padre Emílio.

Mas quem se arrepende se não peca? A carne que me envergonha me faz irmão de Jesus Cristo. Renúncia, abnegação, pobreza, castidade, cumpre saber o que vem em primeiro lugar. Obedecei aos vossos prelados, obedecei à caridade fraterna. Beijei com fervor o Crucifixo, desejando ser ali pregado, como Jesus Cristo.

Em menino, Sá Jesusa me via pálido e prometia me vestir de anjo, mas eu desde cedo sabia que não tinha asas. Pregar uma criança na cruz era uma façanha que não amedrontava. As mães sabiam que as lágrimas de santa Mônica converteram santo Agostinho, que depois de conhecer o horror do pecado conheceu a santidade. Constância, a menina morta, não pecou e está no Céu.

XVIII

O Orestes fugiu. Resta a esperança de que se arrependa e volte. O que não pode é a notícia cair nos ouvidos dos maçons. Capaz de estar na briga com o Lagartixa a ponta de um novelo que eu não destrancei. Dei de ombros quando a Riachinho veio com a bisbilhotice sobre os encontros do Orestes no Tabuleiro. Todo mundo sabe que a Marieta bebeu água de chocalho.

Molhei uma folha de laranjeira no vinagre e amarrei bem apertada na minha testa, com medo que a dor voltasse. Pode ser insensatez da minha parte. Tive o cuidado de não perguntar pelo Orestes, quem fala demais dá bom-dia a cavalo. Chegou o carregamento de lenha e os órfãos se meteram com o carro de bois. Criaram um caso com o candeeiro e a Rosa apareceu atraída pelo barulho. Veio com uma história fora de hora de que viu de novo a velha de xale nos ombros. Acompanhou o vulto até a escada e não tem dúvida de que é a mesma assombração do ano passado.

Deve ser gente da família da dona Matilde. No tempo do cativeiro houve muita malvadeza. Correntes se arrastam de madrugada e por estes montes gemem as almas dos negros cativos. Se essa velha do xale é a avó da baronesa, deve aparecer é lá no palacete, e não aqui no sobrado. Tudo neste mundo pode ser manifestação divina, ou diabólica. O sagrado se vale também de coisas banais e vulgares. O raio e o tremor da terra, atos de Deus, pertencem à esfera da cratofania. As visões, como os sonhos, são a linguagem direta da teofania.

Quem morreu está morto, diz o doutor Altamiro. Se o Purgatório não existe, como ele sustenta, pergunto onde estão as almas que não foram condenadas, nem salvas. Não está na Bíblia, argumenta ele, é uma invenção recente o Purgatório. Nunca foi mencionado por Jesus Cristo. A tese é dos anglicanos, mas o doutor Altamiro talvez nem saiba disso. Já sofremos muito neste mundo, não é preciso imaginar castigos para depois da morte. Um laxista, esse médico.

Mandei chamar o Zeferino, que está sentindo dores na corcunda, presumo que por causa da idade. O menino está crescendo depressa demais. O doutor Altamiro não se preocupa. Deixa ficar, diz ele, e volta à sua tese purgatorial. Cita um poeta inglês. Nenhum ser humano escaparia ao açoite se fosse submetido a um julgamento rigoroso. Quem se autocontempla acaba se satisfazendo com a própria insatisfação, insiste o médico. Quando digo que o cônego Lopes estudou todos esses assuntos, o doutor Altamiro retruca que o Pai Fundador duvidava da sua fé. Preferia não ter ouvido o sofisma ofensivo à memória de um homem puro.

A fé do carvoeiro não interroga os homens, nem interpela Deus. O carvoeiro crê e pronto. Penso no jardineiro Isidoro, cedinho na igreja de São Gonçalo Garcia e o resto do dia cuidando das plantas, de joelhos, descalço, o chapéu roto. Nunca duvidou que o Purgatório existe. Considera-se um monturo.

O doutor Altamiro se retira, mas comigo permanece um teimoso desejo de questionar alguns princípios que norteiam a minha ação no Asilo. O Orestes, antes de fugir, deixou uma despedida. Se o Inferno deixa saudades, vou ter saudades disto aqui, escreveu com giz na porta do banheiro. Obedecei. A virtude não está no orgulho ou na soberba.

Como seria o mundo sem os rebeldes? Um mundo de águas paradas como as de um charco? A alma humana balança entre o acatamento da autoridade e a sedução de ser livre. Adão se rebelou, como Judas se rebelou. Por isto Nosso Senhor se encarnou. Sem a desobediência, não haveria a Redenção, nem a Ressurreição. Não haveria Jesus. O mundo seria um imenso limbo sem fronteiras. Só há lei porque há a hipótese da transgressão.

XIX

Queria remover essas montanhas com a minha fé. Mas as montanhas não se movem. Séculos sobre séculos, e eis as montanhas irremovíveis. Mais fácil é remover a fé.

O Perini se dizia católico e agora é maçom. O doutor Lobato, não sei se algum dia teve fé. Carrego comigo, noite adentro, a angústia que nasceu comigo. A minha dúvida me segue, onde quer que eu vá. *Secretum meum mihi.*

Por mais direta que seja a vigilância que sobre mim exerce o Crucificado, fujo toda hora do meu compromisso. Baixo a vista para não ver o Crucifixo, mas sei que Ele me vê. Meu joelho não está no genuflexório, mas ele está em meus joelhos. Em vez de rezar, escrevo. Quando devia me concentrar, me disperso. Onde devia me abrir, me recolho. Onde seria preciso me fechar, me revelo. E volta a certeza de que não estou só. Alguém respira dentro de mim.

Na matriz não tenho tido coragem de erguer os olhos para as Sagradas Espécies. Sinto que uma blasfêmia pode invadir o meu coração. Uma força que me escapa. Nem tudo que está em mim sou eu. Deus e o Diabo se defrontam dentro de cada um de nós, e a mesma batalha se fere de público em Lagedo. Pouco importa que não saibamos em que escala e para que almas, atentas ou desatentas, está se desenrolando o espetáculo. É uma guerra entre a vida e a morte.

Em vez de escrever sem parar, devia preparar o meu filactério, com as palavras essenciais. O padre Vieira fala da nômina que, trazida no pescoço com certas palavras, dava fortaleza para sofrer. Pascal procurou Deus com tamanho ardor que mereceu a sua noite do fogo. Escreveu então o memorial, que foi pelo resto de sua vida a nômina que trouxe costurada na dobra do casaco. O gênio de coração ardente não perdia tempo com a existência do Purgatório, nem queria saber dos filósofos e dos sábios. Encontrou o Deus de Abraão, o Deus de Isaac e o Deus de Jacó.

Depois de uma fase de mundanismo, Pascal fugiu do mundo e de tudo que não fosse o Senhor. As lágrimas que derramou foram de alegria, apenas de alegria, pela redobrada certeza que lhe devolveu a paz. Só há um caminho para a salvação. Quando Pascal fugiu de Jesus, quando tentou renunciar à Cruz, de fato crucificou o próprio Cristo. O memorial pascaliano foi um compromisso para toda a vida. A total e doce renúncia, para alcançar a submissão evangélica. Sem Deus, o homem é só miséria.

No tempo do cônego Lopes, o Asilo da Misericórdia tinha a presença do Santíssimo, debaixo deste mesmo teto um dia esteve a presença viva de Deus. Sinto a vertigem da minha irremediável insignificância. Se o nada e o infinito se tocam, espero que não seja presunção da minha parte admitir que a grandeza de Deus um dia tenha piedade de mim. Dispenso a aposta pascaliana para saber que o Criador existe e governa o mundo. Não ajo, porém, em consequência.

XX

Não sei a origem do Orestes, mas nunca tive dúvida de que vem de um meio ímpio. Diante de um ato religioso, foi sempre indiferente como uma pedra. Nem deve ter consciência de que fugiu na Quaresma. Ainda assim, hoje me surpreendi fazendo uma promessa, contrito, para que ele volte logo e a sua fuga não traga prejuízo à instituição. Não teria cabimento dizer que o Orestes fugiu por causa do excesso de rigor na disciplina, fui sempre tolerante com esse moleque. Para evitar atrito, conhecendo o seu temperamento enrustido mas explosivo aceitei uma série de atos que exigiam uma punição severa. Fechei os olhos para ver se o dobrava com bons modos. Teimoso, insistiu na desobediência. Nem adiantaria castigá-lo. Não tinha conserto.

Untuoso, apareceu aqui o Sotero da Encarnação querendo detalhes da fuga. Como eu não estava disposto a conversar, ele se ofereceu para me fazer a barba. Deixei-o fazer, mas permaneci de olhos fechados e em silêncio. Ele me pediu desculpas quando me feriu, e passou a pedra-ume no cortezinho. Queria um pretexto para se demorar. Louvou a qualidade da navalha Solingen e passou a dar notícia da Calu. Para ele é doideira e não tem mais jeito. O Juvêncio qualquer hora manda interná-la. Como não dei um pio, o cabeleireiro saiu com o rabo entre as pernas.

Com jeito consegui arrancar do Zeferino que o Orestes há tempos vinha planejando fugir. Trazia com ele, escondida, uma Folhinha de Mariana e dava um risco em cada dia que passava. A razão da fuga o Zeferino não sabe, ou não quis dizer. Observei que a sua corcunda espirrou para um lado. Me lembrei de um corcunda que conheci em Mariana, nos meus tempos de estudante. Esse era aleijado mesmo, com uma senhora giba de todo tamanho. Ficava fulo de raiva quando algum moleque lhe passava a mão pelas costas.

Tive de me conter para não passar a mão na corcundinha do Zeferino. Sempre ouvi dizer que dá sorte. Sei que é uma superstição boba, mas a tentação era mais forte do que a minha vontade. Num gesto disfarçado, passei o meu braço pelo ombro do menino e ele entendeu que o convidava para sair. Fomos andando até o refeitório. A Idalina nos olhou espantada. Deve ter me achado muito afetuoso, ao contrário do meu natural que é discreto, sem esse tipo de gesto. Nunca toco em ninguém e não gosto que toquem em mim. Até um cumprimento de mão às vezes me custa sacrifício, sobretudo se é de um desconhecido. Não me pejo de dizer que vou direto para a pia, assim que posso.

Pelo Zeferino cheguei à conclusão de que a briga do Orestes com o Lagartixa é um enredo comprido, que estou muito longe de conhecer em todos os pormenores. Podia insistir, ou ameaçar, mas desconfio que, aprofundando, vou aumentar os motivos de me aborrecer. O leite já está derramado, agora é tocar para a frente. Se o Orestes voltar, pode ser que o padre Bernardino decida expulsá-lo. Por mim não tenho dúvida que é a melhor decisão.

Se não for encontrado, o melhor é esquecer essa peste. Quase matou o Lagartixa. Pegou uma tábua, ou uma acha de lenha, cada um diz uma coisa, e deu com toda a força na cabeça do Lagartixa, que é menor e muito mais fraco do que ele. Bom será se amanhã não vier a ser um criminoso. Tem um tipo lombrosiano e à medida que ganhou corpo foi ficando mais feio, com uma cara de poucos amigos. É triste dizer, mas já houve caso de órfão sair daqui direto para a cadeia, ou pelo menos para o crime.

O Paulino é um que serve de exemplo. Não sei como ficou tão dobrado, com um corpanzil de marruás. A nossa comida naquele tempo era menos ruinzinha do que hoje, mas ainda assim não dava para explicar tamanha robustez. O pardavasco saiu daqui logo se metendo em encrenca. Nunca foi a júri, mas dizem que tem crime de morte nas costas. Não duvido. Aquele olhar mau, que não encara a gente, é o de um tocaieiro a serviço de quem queira pagar.

Nunca mais o vi, mas o doutor Altamiro já o encontrou por aí, na boa vida de uma fazenda, acho que a Forquilha. Uma vergonha para um estabelecimento que pode se orgulhar de ter formado bons cidadãos. Hoje ninguém mais se lembra de que um tipo assim passou anos interno na escola moral do cônego Lopes. Só o doutor Altamiro, que se deu ao luxo de conversar com o Paulino sobre o seu ofício. A tocaia, diz o médico, é uma demonstração de polidez da nossa cultura.

O Paulino de ontem pode ser um triste consolo para o Orestes de hoje, que ao menos ainda não matou ninguém. De qualquer forma, um e outro são índices de um estado de coisas que deve ser mudado. Sei que é preciso fortalecer o caráter religioso do Asilo, mas sei também que a fase atual aponta noutra direção.

Tivemos uma Quarta-Feira de Cinzas sem a imposição das cinzas. Não é preciso recuar aos velhos tempos para concluir que isso seria inconcebível. Essa indiferença pela data litúrgica me causa um arrepio de horror, enquanto me repito as palavras que ouvia na minha infância e vim ouvindo ao longo de toda a minha vida. *Momento homo quia pulvis es et in pulverem reverteris.* A Santa Madre Igreja nem por isto, pelo nosso esquecimento, deixa de nos convidar à indispensável e urgente metanoia. A Calu respondeu ao convite. Deus sabe o que quer de mim.

XXI

Quando apanhei o Orestes fumando, isso já faz tempo, não tive a menor contemplação. O castigo deu resultado. Peguei um por um dos que com ele aprendiam a fumar no sanitário. Foi aí que decidi trancar a porta e pleiteei a instalação da latrina turca, que permite vigilância permanente, como nos quartéis, onde a casinha não tem porta, ou tem uma folha que mal esconde quem se exonera.

Se é assim na caserna, com muito mais razão deve ser num estabelecimento de ensino e amparo. A abjeção espreita os adolescentes. Onã está na Bíblia, com a sua perdição. O Mal deve ser enfrentado também com providências destinadas a afastar as tentações. Um menino não deve estar entregue a si mesmo para atender a suas necessidades fisiológicas. Na solidão é que sofre o assalto do *Diabolus Latrinae*.

Quando os padres da Companhia de Jesus chegaram ao Novo Mundo trouxeram a cruz, mas também a palmatória. Destinando-se à educação, os jesuítas sabiam que não basta a palavra, nem basta o exemplo. Chicote é que amansa o burro. Se há poucos santos nesta parte do mundo, é porque os costumes aqui sempre se inclinaram para a relaxação.

A falta de base familiar é uma lacuna impossível de preencher, basta ver o que têm sido as frustradas tentativas de remediar a ausência da família bem constituída. Há mais de um século a roda dos expostos, longe de ser uma solução, estimulou a falta de responsabilidade dos pais.

O que funciona é a roda da morte. A maioria das crianças, a quase unanimidade, morre antes de atingir um ano de idade, quando deixadas naquela impiedosa invenção. Muitos pais querem se livrar dos filhos. Fora do ambiente familiar, nem as mães conseguem manter intacto o sentimento de maternidade.

O que fazer com os meninos, eis um problema que não é só meu. No século passado, o Império ensaiou soluções pela rama. Escolas de correção, preventórios, institutos disciplinares, nada vingou. Veio a República e, orgulhosa, abriu a sua escola correcional. Pretendia inaugurar novos métodos, a partir dos princípios racionais e liberais. O programa prometia dar cabo do atraso e abrir a todos o acesso ao ensino, à saúde e à alimentação.

Era enfim o progresso. Foi o redondo fracasso de uma presunçosa experiência. Não se pode debitar o malogro à falta de advertência. A voz da Igreja se ergueu e teve a seu serviço pregadores e doutrinadores do quilate do cônego Lopes. Numa das monografias que escreveu a respeito, ele estuda o número de menores presos por delinquência no princípio deste século. Era maior do que o de adultos condenados pela Justiça.

XXII

Rezei algumas preces para me fortalecer o espírito, procurei enumerar com lógica os argumentos que ia expor ao padre Bernardino. Uma conversa franca, à moda do que ele gosta. Saí convencido de que iria conseguir êxito no meu propósito. Na casa paroquial, porém, não vi nem a sombra do vigário. Lá me atendeu a bruxa velha. Feia como a dor da morte, é preciso ser muito virtuoso para conviver com essa virago. Além de caolha, consegue ser uma espécie de careca desgrenhada.

Aproveitei a saída para passar na papelaria da Santíssima Trindade. Está lá, firme, o pequeno são Judas Tadeu, de olhos fincados no céu da vitrine. Não é um santo de muitos devotos em Lagedo. Lá não estava, porém, o Cunha. O caixeirinho que o substitui me disse que ele foi à fazenda. Sim, da Concórdia, me esclareceu. E foi a chamado do Provedor, o que me despertou uma série de especulações.

O caixeiro acabou me revelando, com ingenuidade, que o Cunha foi tratar de alguns assuntos urgentes. Um deles é o papel para o jornal. Saí preocupado e logo adiante passei pelo Perini. Em pé, posudo, o chapéu jogado para trás, estava empenhado na conversa e não me viu passar do outro lado. Preciso aprender a me esgueirar silente como a Idalina.

O Perini agora anda com folga para a conversa fiada de esquina. Devia ter saído do café Java, aonde vão os figurões. Na canseira da rotina, tem agora o sobrinho que mandou buscar na Itália. Onde o tio mata, ele esfola. Segura a vaca para o tio ordenhar. E já tem os seus próprios negócios. Assim que chegou, começou vendendo areia. Hoje é capaz de vender sombra para quem está no sol e sol para quem está na sombra. Não me espanta se daqui a pouco explorar o lixo, ou o esgoto. Excremento também dá dinheiro. *Aurum ex stercore*.

A Quaresma tem uma vantagem, que é a dona Dolores nos deixar em paz. Com todos os altares e todos os santos cobertos de roxo, não havia de querer tocar harmônio, nem mexer no órgão da matriz. Pois a Marieta me disse que ela abriu o bico em casa e só parou porque uma onda de protestos se levantou contra a sua cantoria fora de hora. Para o canto religioso, teria muito o que aprender com a Calu. Não é só a voz. É o espírito que deve estar afinado e em sintonia com todas as fibras da alma. A espiritualidade pede ajuda ao coração. Mas a dona Dolores quer é se exibir. *Tacet mulier in ecclesia*, como recomenda o apóstolo Paulo.

Coisa curiosa é que a dona Dolores nunca aparece em público com o doutor Januário. Vi os dois juntos uma vez no adro da igreja e não tive boa impressão. Toda dengosa, a lambisgoia infringe as boas normas do comportamento. Vê-se logo que é gente de fora e de longe. Nosso código, nestas agrestes montanhas, não precisa ser escrito, mas suas normas devem ser cumpridas à risca. Sei que são marido e mulher, mas os dois não formam um casal. Até onde pude reparar, vi na dona Dolores mais afetação do que afeto. O monóculo faz parte do equipamento de sua antipatia. Deus que me perdoe, mas está mais para hetaira do que para esposa cristã.

Com o seu rebrilhante anel de grau e sua voz de trombone, o seu Januário é bem mais potável. Na casa paroquial, aliás, me disse o estupor da caolha desgrenhada que o padre Bernardino foi à caça com o doutor Promotor. Longe de mim criticar a companhia que o vigário escolhe para espairecer. O doutor Januário dizem que tem um jeito engraçado de contar as suas potocas e o padre Bernardino se diverte. Mas é fora de dúvida também que é homem de conversa livre. Aliás, dizem as más-línguas que ele caça por um lado e a dona Dolores caça por outro.

XXIII

O Orestes foi visto dos lados da Água Limpa. A Marieta fechou os olhos, apertou a boca de lábios finos, no gesto que já conheço e quer dizer que ela sabe de coisa. E coisa cabeluda, que reprova tanto que nem diz. Nesse caso, não adianta jogar verde para colher maduro. A Riachinho é mais escolada. Só ela sabe a hora em que convém soltar a língua. Guarda só para si a chocalhice, quando é muito apetitosa. Depois de se fartar sozinha, aí começa a espalhar.

Para dar prova de que não queria mesmo explorar o assunto da fuga do Orestes, a Riachinho me perguntou se não vou visitar o Orfanato Santa Clara. A obra ficou pronta e o retrato da dona Serafina está lá entronizado. Aleguei falta de tempo. Estou sozinho, ou quase, para tomar conta dos meninos. Pois lá, me disse ela que não falta pessoal. A irmã Rufina também ajuda e orienta, mas é muito ocupada. Tem aparecido até visita de fora, para ver a obra que o coronel Antônio Pio pagou do próprio bolso. Comigo é que não contam, nem como curioso. Quero distância desse antro de fogosas raparigas.

Tem as suas manias, a Marieta. Como tem também o seu método para conversar. Não lhe arranquei uma palavra sobre a Calu. Desconfio que a Marieta tem pavor de quem não regula. Dizem que a Calu tem muito doido manso na família, mudez, histeria. Às carreiras, porque tinha de dar uma injeção lá para os lados do caixa-pregos, a Marieta voltou a falar na história do Tabuleiro. Diz ela que por ora é um segredo, que só conta para mim. Por um momento me esqueci que se trata do namoro da Abigail com o turco bigodudo. Um escândalo. Bato nesta boca, disse ela, quando perguntei se a dona Matilde sabe.

Da Calu não dá notícia, mas insiste em falar da Luzia Papuda. Quer muito me ver, assunto importante, mas está com medo de aparecer no Asilo. Quando perguntei por quê, ela não teve dúvida. Porque a Luzia me viu dando uma surra no coitadinho do Tição. Quem bate em órfão bate em surda-muda. Ora, onde já se viu? Quero saber como é que a Riachinho capta tudo isto da boca de uma pobre mulher que, surda de nascença, nunca falou coisa com coisa. Ela, porém, não explica e passa adiante.

O sobrado do barão, como diz o povo, está mal-assombrado. Apesar da pressa com que já se despedia, consegui fazer a Riachinho um apelo para que não espalhe essa peta. Tenho certeza que é invencionice dos maçons. Na porta da rua, num vestido parecido com hábito de uma ordem terceira, a Marieta soltou o que ela esperava que soasse como uma bomba. O Provedor sabe da fuga do Orestes e tomou providências para capturá-lo. Eu é que não caio nessa. Solto no pasto, o pai-d'égua.

XXIV

Uma tese que o cônego Lopes nunca aceitou é que o empobrecimento da capitania implicou o empobrecimento espiritual do povo. O ouro foi uma febre e também uma festa. No tropel das ambições, ninguém era convidado. A efêmera exuberância da riqueza encontrou numa região festeira a sua natural contrapartida. No culto e na devoção ia uma grande dose de divertimento, de que participavam as irmandades e as confrarias. Quando as minas se exauriram, não se exauriu a fé, nem o fervor de clérigos e leigos que a praticam.

Longe de ser um impedimento, a pobreza pode ser um estímulo para a vida espiritual. De outro lado, é na solidão, e não no tumulto das multidões, que o homem se sente mais próximo de Deus. O anacoreta procura o deserto porque sabe que ali se abrem para ele as portas de um outro mundo. Confinado, o monge descortina um largo horizonte que passa despercebido aos que vivem distraídos no século. Onde nada falta, é quase certo que falte a presença de Deus. O jejum e a mortificação conduzem à visão superior e ao êxtase.

Nessa linha de reflexão, não tenho por que recear as dificuldades materiais que temos de enfrentar. O Asilo da Misericórdia nunca foi rico, nem se destina aos que estão cumulados pelos frutos da terra. O mínimo para sustentar a vida, e com a vida a virtude, nunca há de nos faltar. Se não houver pão, haverá o fubá suado da panela de pedra. Ao me levantar da cama pela manhã, o que importa é dar graças a Deus. Um pedaço de inhame, ou um naco de mandioca sem manteiga, tanto basta para as horas de quem tem por si os Santos Anjos.

Não chego a lastimar sequer o isolamento em que vivemos. Quando estamos esquecidos pelo mundo baixo e vil, é possível que de nós se lembre o Altíssimo. O Santa Clara atrai gente de fora. Não sei se tenho saudades do tempo em que, um domingo sim, um domingo não, os órfãos podiam receber visitas. O Perini entendeu de passar para uma vez por mês a vinda dos parentes. A casa se enchia de uns tristes seres, que mal ousavam ocupar o espaço físico que lhes era destinado. No salão ficariam deslocados. Ao passar diante dos retratos dos beneméritos, uns tantos que estão no vestíbulo, vi mais de um visitante se benzer como diante de um santo. Os pobres são cerimoniosos e se intimidam.

Mães dando de mamar com o seio à mostra, gente de pés no chão, avós esquálidas, caras encovadas, a sucata humana se assoava, tossia, os olhos baixos. Gente maltrapilha e encardida. Trajes domingueiros, muita roupinha maior que o defunto, era evidente o esforço que tinham feito para se apresentar melhor. Toda uma gama de tons desfilava aos meus olhos, com a fosca dominante pardacenta de vários matizes. Era a cara feia e melancólica da miséria, que ao sair deixava atrás de si o bodum ardido do excesso de mazelas. Na quadra do frio, mal agasalhados, os visitantes se fechavam em si mesmos e ainda mais se encorujavam, no pesado silêncio que ninguém ousava romper.

Boca miudinha no rosto de um forte desenho, pés bonitos fugindo das pobres sandálias, a menina Silvana era uma nota que sobressaía naquele lusco-fusco. Não dizia um monossílabo. Terminada a hora, apertava os cabelos louros no lenço e partia. O sangue italiano lhe trazia um intermitente rubor à face, como se tivesse vergonha de estar ali e quisesse dar notícia de um mundo de que fora exilada.

Não tirava os olhos de mim, a Silvana. Vinha visitar o irmão, Giacomo. Eu saía para fugir de seu olhar. Mas saíam comigo aqueles murmurantes olhos azuis de menina e moça. Uma única vez, ao se despedir, me fitou de tal maneira que foi como se tivesse pousado no espelho das minhas retinas um reflexo indelével.

Nunca uma só palavra me foi dita por Silvana, ou lhe disse eu. Nem por isto a sua visita era menos perturbadora. Assim que se retirava, a minha vida interior, que nunca foi o desejável remanso, entrava numa espécie de ebulição, impossível de conter. A inquieta maré subia, sujeita à força indomável das pequenas luas azuis. Eu descia ao passado, por mais que resistisse às reminiscências que desejava arquivar para sempre. Na sala de costura de Sá Jesusa, as mocinhas aprendizes, escondendo e exibindo sorrisos de malícia à minha passagem.

Outros olhos remotos flutuavam no passado. Aquela que, no silêncio de minha fantasia, no segredo de minhas primeiras culpas, um dia se chamou a Codorninha. A caça jamais caçada, capaz de se disfarçar nas sardas pequeninas como as escumilhas, que todavia matam. A associação de uma e outra, olhos do Divino e olhos de Lagedo, não veio num tiro de enfiada. O menino que dorme no coração do adulto estava pronto para despertar.

O pai de Silvana tinha morrido, picado por uma cascavel. A mãe, matuta, um cacho de filhos, tocava devagarinho uma roça de viúva pobre. Nunca pisou aqui. Sendo a mais velha, mais moça que menina, Silvana, acossada pela necessidade, seria caça cobiçável em qualquer macega. Vinha à cidade ver o irmão franzino, com quem nada tinha em comum. Nem a orfandade os confraternizava. Silvana estava prestes a dobrar o voo, astuta, temerária.

Um dia o Provedor me entrou aqui aos berros. As presas em riste soltavam fagulhas. O preboste tinha enfim apanhado em flagrante o santinho do pau oco. Vinha triunfante tripudiar sobre meu infortúnio. Não se enganava o seu faro de chacal. Estava no rastro certo e eu era a presa, a caça, a vítima. Grávida, Silvana tinha me denunciado. Coberto de impropérios, por três dias carreguei aquela agonia.

Um mistério, por que Silvana me acusou. Queria fugir do casca-grossa que a caçou e com quem casou. Fui xingado, escarnecido, ouvi afrontas. À boca pequena, diziam que o eunuco vai ser pai, e riam o riso mau da chacota. O Provedor não me pediu desculpas, nem tocou mais no assunto. Meses depois, a Riachinho me cochichou que a menina Silvana me queria para padrinho. Ouvidos moucos, preferi não acreditar. Não quis ser pai. Não mereço a honra de testemunhar um batismo.

XXV

Faço hoje em silêncio quarenta e dois anos. Há quarenta e dois anos, *inter feces et urinae*, Sá Jesusa me pôs no mundo. A velha seca deu à luz um ratinho. Estou cheio de dias, como diz o Eclesiastes. E vazio de obras, como sei eu.

Foi preciso chegar à maturidade para descobrir o segredo desta minha vida. Não nasci para ser feliz. Incompleto, atormentado por uma carência que desconheço, sou um empreendimento destinado ao fracasso. Só, cada vez mais só, desde muito cedo sei deste segredo. E nem posso dizer que, estando só, cheguei mais perto de Deus. Martelo nos meus ouvidos perguntas que dão forma à minha perplexidade. Por que conceder a luz aos infelizes?

Qualquer que seja o tempo de minha existência, estou mergulhado na cegueira contemporânea. Ninguém sabe a sua hora. Não há velho ou moço. Há os que vão morrer, antes ou depois, pouco importa. O tempo é esse funil implacável, que nos leva para o desfecho fatal.

Sete anos constituem um ciclo. Estou entrando no sétimo ciclo de sete anos. São sete os dias da semana e os planetas. Sete são os graus da perfeição, como são sete as pétalas da rosa, que evocam as sete hierarquias evangélicas. Sete é o símbolo da vida eterna. Ciclo completo, sete é índice de renovação. As cores do arco-íris são sete e sete são as notas musicais. Chave do Apocalipse, quarenta vezes o sete aparece no livro profético de são João.

Sete igrejas, sete estrelas, sete selos, sete trombetas, sete trovões, sete pestes, sete cabeças, sete reis. No Antigo Testamento, o sete aparece setenta e sete vezes. De sete em sete anos, no ano sabático, o devedor precisa ser perdoado. O justo cairá sete vezes e sete vezes se levantará. Quantas vezes poderá pecar o meu irmão?, pergunta Pedro ao Senhor. Até sete vezes? Não até sete, mas, sim, até setenta vezes sete.

Sete mede o tempo da História. O seis indica uma parte. O trabalho está na parte. Por isto repousamos no sétimo dia. Chegará a vez de o sete coroar o seis e de conhecermos a plenitude do reencontro. Sete são os pecados capitais. Deus nos olha por seus sete olhos, segundo Zacarias. De cada espécie, sete animais foram salvos do Dilúvio. José do Egito sonhou com sete vacas magras e sete vacas gordas. Sete são os orifícios do corpo, como são sete as aberturas do coração.

    Aonde quer que vá o homem, o sete o acompanha. Das sete palavras de Nossa Senhora, a primeira abre o feixe de esperanças que nos confortam. Pai, perdoai-os porque não sabem o que fazem. Ó vós todos que passais pelo caminho, atendei e vede se há dor semelhante à minha dor. *Stabat mater dolorosa.* As sete dores de Nossa Senhora doeram nos meus sete anos. No fim do primeiro ciclo da minha vida, cheguei à idade da razão. A idade do pecado.

    Há sete anos me encontro no Asilo. Está encerrado o meu sexto ciclo. A eternidade é de sete em sete, sem princípio nem fim. O trabalho de Sísifo não termina. Íxion se queima para sempre na roda infernal. Mais do que nunca, agora sei que vim ao mundo para não ser perdoado. Nem sete vezes nem setenta vezes sete. Reclamando a piedade do Senhor, recorro à multidão de Suas misericórdias. Confio na formosa Virgem de Ávila, antes que só me restem os sete palmos de terra.

XXVI

    Um menino engrolou com voz raivosa algumas palavras. Estão numa idade ingrata. Não têm paz nem durante o sono. Não dormem as paixões e os sentidos. Ninguém é mais puro do que uma criança pura. Nada no mundo é mais depravado do que uma criança depravada. Há quem negue a pureza infantil, simples quimera com que os adultos se enganam a respeito de sua aurora.

Meti a chave na fechadura do meu quarto, e assim que pus a mão no trinco senti que alguém trancava a porta por dentro. Voltei até o dormitório e andei entre as camas dos órfãos, atarantado. Quem estava na minha cela?

Voltei pelo corredor, e a porta do meu quarto se abriu sem resistência, dessa vez. Não havia ninguém. Talvez tivesse sido apenas uma impressão. Corri até a gaveta, mas, intacto, lá estava meu segredo. Também lá estava o Crucifixo, na parede, imenso, a cabeça trágica sobre o peito nu. Fora Ele quem trancara a porta? Nenhuma loucura é maior do que a loucura da Cruz. Fora o Orestes? Na idade do Orestes, eu vivia no Divino um momento difícil. Os apetites desordenados ameaçavam dobrar para sempre a minha vontade. Na igreja de São José, prostrado, ergui os olhos para o Crucificado. Inequívoco, ostensivo, Nosso Senhor não quis me ver.

No Santo Lenho, até o final dos tempos, está pregado o Redentor. *Ecce lignum Crucis*. Não pode ser de metal, a cruz. Nem de ferro, nunca de prata, jamais de ouro. De ouro são os ídolos pagãos que a todos nos tentam e desviam os nossos olhos do sacrifício da Cruz. Nem de marfim. Não contive o meu alívio quando sumiu o crucifixo de marfim que havia aqui no Asilo. Ao morrer na fogueira, mártir e santa, Joana d'Arc pediu para segurar uma cruz de pau.

No Santo Lenho Jesus tem vivas as chagas em sangue. Me entrego mais uma vez à contemplação do Crucificado. Os cabelos compridos estão repuxados para o lado esquerdo. Na cabeça inclinada, os olhos semicerrados continuam alheios à minha presença. O sangue escorre em fios pelo braço esquerdo. Há gotas de sangue na cravejada mão direita. As costelas estão delineadas sob a pele. No peito e na cintura, também há sangue.

Não me parece neste momento que este Crucifixo tenha a hierática aura da sacralidade. O realismo das chagas, o excesso de humanidade das pernas, das cordas dos nervos, a entrega lânguida do corpo vergado, muitos detalhes falam de um Cristo que o barroco recrucificou a seu modo nestas vertentes. Mais do que o Redentor, vejo nesta hora um homem ferido, maltratado sem dó nem piedade pelos seus semelhantes. Sei que estou entre os seus algozes. E porque sei, não sou perdoado.

XXVII

Carta da minha mãe. Sá Jesusa se lembrou do meu aniversário. Tanto quanto minha, a data também é dela. Foi à missa e rezou um rosário por minha intenção, que ando bem precisado. Rezou em casa, uma boa parte sentada, diante do oratório de são José. Está convencida de que breve entrega a alma a Deus. Se eu quiser vê-la, que vá logo ao Divino. Sá Jesusa nunca foi de dizer as coisas assim às claras, sem meias-tintas. Com o coração aberto diante da proximidade da morte, pode ter para mim uma última mensagem, uma revelação.

Vejo no santinho que me mandou com a carta um recado que só a intuição materna conseguiria ditar nesta hora. A estampa é do Cura d'Ars, há poucos anos canonizado por Pio ix, como vem escrito na legenda. O Cura d'Ars é o patrono dos vigários. Nascido Jean-Marie Vianney, foi a viga mestra de sua obscura paróquia. A santidade impõe distância e quase sempre nos parece uma proeza que não está ao nosso alcance. O Cura d'Ars é uma espécie de doidinho de Deus. Coração aberto a todos os que pecam, transformou-se no modelo dos confessores. Passava aos fiéis uma penitência leve e carregava nos seus ombros as cruzes alheias. Com o seu grande chapéu de padreco de aldeia, todo ele respira humildade.

Nunca se distinguiu pela inteligência, ou pela cultura. Só pela bondade. Tendo nascido no período da Revolução Francesa, conheceu a perseguição dos inimigos. Menino, assistiu a missas clandestinas. Aos treze anos fez a Primeira Comunhão, ainda não se usava chamar os meninos muito cedo à Eucaristia. Pobre, dormia com o irmão no estábulo e saíam os dois de madrugada para o trabalho no campo. Não era um bem-dotado intelectual. Cabeça-dura, nunca aprendeu direito o latim.

Só aos dezoito anos foi admitido no seminário. Se conseguiu se ordenar, foi graças à sua obstinação. Fazia má figura como estudante. Reprovado, não desistiu do seu ideal. Homem comum, próximo de todos nós, o Cura d'Ars não procurava o sofrimento, mas o aceitava como merecido, para assim despertar a piedade nos seus relaxados paroquianos. O Demônio o perseguia e tentava agarrá-lo de todas as maneiras. Enchia de barulhos a sua noite e o atirava fora da cama.

Dormindo duas ou três horas por noite, o Cura d'Ars enfrentou Satã e passou com êxito infalível ao exorcismo. Vinha gente de todo lado para se confessar com o vigariozinho de poucas luzes intelectuais. Não era um teólogo, nem um filósofo. Era um coração que compreendia. Mal o fiel se ajoelhava no confessionário, o Cura d'Ars via claro o seu passado de pecador. Entendia a fraqueza de vontade daquele que acabava de absolver. Adivinhava às vezes o futuro e advertia o penitente, para que ficasse alerta. Depois se autoflagelava até sangrar. Sabia que assim Nosso Senhor nada lhe negava.

Pedia pelos penitentes, não por si. A contrição perfeita o levava a ter horror de suas imperfeições. Recorria de novo ao cilício e chegava à horrenda visão do Inferno. Por que Sá Jesusa terá me mandado este santinho? Nunca estive tão necessitado de me confessar. Querendo que eu aja enquanto é tempo, a minha mãe me recomenda ao santo Cura d'Ars, amigo íntimo dos pecadores.

A carta foi escrita, também esta, pela Maria Vizinha. Sabe que reconheço a sua letra, e o silêncio, por isto mesmo, me parece suspeito. Até onde terá escrito com fidelidade o que a minha mãe lhe ditou? Até onde o santinho foi iniciativa de Sá Jesusa? Não, isto não posso pôr em dúvida. Se duvido, já é o Diabo que, me tentando, consegue uma pequena vitória.

Vive anunciando que vai se internar nas Macaúbas, a Maria Vizinha, e adia sempre a decisão. Desde os tempos coloniais, o Recolhimento das Macaúbas vem sendo apontado como uma casa onde os pais de família podem educar suas filhas e preservá-las dos assaltos do mundo. Mas a Maria Vizinha não sai do Divino. Vou esperar que se retire, cumpra a sua palavra, e então vou ver Sá Jesusa. Coração de mãe não se engana e ela adivinha o meu futuro, como o Cura d'Ars adivinhava o futuro de seus penitentes. Sabe que cheguei ao fim de mais um ciclo de minha vida, ou quer me dar instruções sobre como proceder daqui para a frente, se eu deixar o Asilo. A hipótese, a simples hipótese é tão dolorosa que prefiro repeli-la como puro delírio.

XXVIII

A luz deu para faltar mais amiúde. Desencavei nos trastes lá de cima um lampião belga. Ilumina tão bem que dá para escrever, mas lança em torno umas sombras macabras. Tentei de todo jeito mudar a posição dos móveis no meu quarto, mas não consegui o que desejo. Detesto ficar de costas para a porta, não me sinto seguro. Também não posso dar as costas ao Crucifixo. Enquanto tentava ajeitar a mesa e a cadeira, tive uma intuição.

Com um arrepio na espinha, fui até o dormitório. Tudo me pareceu em ordem, mas no escuro é fácil os órfãos me enganarem. Fingem que estão dormindo. O Orestes não estava na cama, mas com a mão senti nos lençóis a viva temperatura de um corpo, de alguém que esteve deitado ali até um segundo antes. O Orestes podia ter voltado. Ideia mais maluca. Sempre houve pessoas que somem e todo mundo se conforma. Cada um sabe de si e Deus lá em cima deixa os caminhos abertos. Se ficarmos livres Dele, a fuga precisa passar despercebida.

Os maçons estão cada vez mais ousados. Juntam-se com outros ímpios e botam as manguinhas de fora. Estavam preparando uma festança, com baile e tudo, em plena Quaresma. O Juvêncio conseguiu adiar a questão e suspendeu o pagode até a Páscoa. O motivo da festa é a publicação do tal pasquim, e aproveitam para lançar a pedra fundamental de uma nova loja. Arranjos do doutor Lobato com o pessoal graúdo do Grande Oriente, decidido a puxar as almas de Lagedo para as caldeiras de Belzebu.

O mundo está mesmo de cabeça virada. A imoralidade no Tabuleiro continua solta, já tem carrocinha de pipoca e vendedor de amendoim. Os namorados entram à luz do dia pelo bambual. Ninguém podia imaginar que um lugar tão aprazível, com o ventinho fresco que balança as folhas, pudesse ter esse destino. Iniciais e corações flechados aparecem em tudo quanto é cana. Qualquer hora vou lá ver. A voz corrente é que não falta nem palavrão.

Vem do refeitório um ruído de pratos e canecas. Em vez de me acalmarem, a Rosa e a Idalina contribuem para me pôr mais nervoso. A Idalina fica absorta, de cócoras, junto ao fogão. Mas a Rosa vem me seguindo, resmungando uma trapalhada que não dá para deslindar. Mais um bruto pifão. A bebida destrava a língua, mas pode ser que tudo não passe de invenção. Diz que o Orestes fugiu foi mesmo por causa de uma pobre coitada que ele seduziu. Minha esperança é que seja coisa de gente faladeira, que a Rosa ouviu e repete. Sei o que significa esse tipo de acusação.

XXIX

Entregue aos ratos e às traças, coberta de poeira, dá pena a biblioteca neste descaso que depõe contra Lagedo. Ninguém duvidaria que foi um bacilo, o da tuberculose, que manteve à distância os gatunos. Quando entraram em Hipona, os vândalos destruíram e saquearam tudo, mas respeitaram a biblioteca de santo Agostinho. A que ponto chegamos. Até os bárbaros nos podem dar lições de reverência à cultura.

A continuar entregue às baratas, é melhor que o acervo do cônego vá se incorporar à biblioteca Batista Caetano de Almeida, em São João del-Rei. Além de pioneira e bem cuidada, ela tem raridades que não fariam má figura em nenhum grande centro cosmopolita. Lá estão, completos, os clássicos portugueses, ao lado dos gregos e dos latinos, a começar pelo Homero e pelo Virgílio, pelo Ovídio e pelo Horácio. Há uma edição de Fernão Mendes Pinto que data de 1614.

Não fosse a iniciativa do cônego, a Lagedo só teriam chegado os ventos, nunca livros como a edição de Ferdinand Denis, que data de Paris, ano de 1837. Volume primoroso, que só agora descobri, contém gravuras de fina qualidade. A que retrata São João del-Rei é muito sugestiva e se permite uma liberdade de imaginação que a enriquece ainda mais. O autor deve ter desenhado de memória, mas vê-se que guardou destas paragens boa recordação. O Lenheiro, navegável, exibe embarcações. A que retrata Lagedo também tem o seu encanto, com delicado colorido.

O Pai Fundador lia o que bem entendesse, tão larga era a licença eclesiástica a que fazia jus e lhe foi conferida. Aos seus olhos indesviáveis da boa doutrina, o proibido se tornava lícito. Lia nas linhas e nas entrelinhas. Lia o blasfemo e o herético. Retificava o torto. Às perguntas equívocas, dava resposta cabal. Pulverizava os sofismas com o cristal de sua lógica. Houve época, mesmo na Europa, em que nem os bispos podiam ler certos livros. Para terem acesso a tais textos, os próprios inquisidores tinham que ter jurisdição especial.

Por seu ilibado espírito cimeiro, ao cônego era livre até a leitura de histórias de adultério e frívolas novelas que ridicularizam a moral cristã. Não lhes falavam ao gosto, mas ao seu alcance estavam *omnes fabulae amatoriae*. Tudo conhecia, para combater o bom combate. Obras que ofendem a verdade também ofendem a beleza, já que uma e outra são inseparáveis. O que não é belo não costuma ser verdadeiro. E o que é verdadeiro é sempre belo, como já sabia Platão. Os perigos da leitura, mais do que no livro, estão no leitor.

A própria Bíblia vem sendo motivo de escândalo, se lida de través. No século XVI as monjas eram proibidas de ler as Sagradas Escrituras. Era um século unívoco, isento do materialismo corrosivo que hoje vai invadindo os ares de Lagedo. Para o leitor desavisado, a simples pena de Talião no Velho Testamento desmente a fraternidade cristã. Olho por olho, dente por dente. A linhagem do Messias vem da casa de Davi. E Davi estava cercado pelo seu harém. Abraão mente ao faraó e se une à serva Agar. Morre em feliz velhice, a despeito da concubina. E sem punição.

Cogito agora de saber se o Alemão tem condições de salvar a biblioteca do cônego. Será preciso que a venerável confraria de Santo Antônio lhe dê poderes e meios, para desde logo fazer o inventário e separar o joio do trigo. Há muita coisa que não deve ser compulsada por espíritos jejunos. Ainda outro dia achei por acaso um condenado Alexandre Dumas, e em francês: *La Reine Margot*. O Alemão, claro, não terá o conhecimento e a sabedoria do cônego, até porque não é sacerdote.

Espero que seja de fato um homem cultivado e de firme convicção católica, forrado pela boa doutrina. Se pesquisa a arte religiosa a ponto de se abalar até as nossas plagas, é porque tem mérito. Ninguém sobe a esta pedreira, no pico da montanha, se aqui não tiver missão a cumprir. Quando manifestei ao doutor Altamiro esta minha esperança, o médico sorriu. Enfim, já caçoou até do maestro Jouteux, que pode ser excêntrico mas prossegue, obstinado, a escalada sinfônica dos euclidianos sertões.

XXX

Achei um livrinho sobre são João Bosco na papelaria da Santíssima Trindade. Gostei do seu jeito sorridente, que me cativou logo na capa. João Bosco costumava ter sonhos proféticos. Foi um sonho que lhe decidiu o futuro, quando tinha nove anos de idade. Desde cedo revelou especial talento para amansar animais ferozes e para exemplar meninos insubordinados. Assim que acabou de receber as ordens, saiu pelas ruas de Turim e recolheu crianças abandonadas, a ralé das sarjetas, o malcheiroso entulho de que todo mundo foge. E aí começou a sua missão.

Olhos postos em são Francisco de Sales, João Bosco socorria a miséria que o liberalismo de Garibaldi e de Cavour ignorava. Estão hoje por todo o mundo os padres salesianos, como as irmãs salesianas, na trilha do fundador e patrono.

Daqui a pouco estarão em Lagedo e, se depender da irmã Rufina, logo chegarão ao Asilo da Misericórdia. Poderiam estar na Santa Casa e não teriam devolvido à rua a Luzia Papuda. Dom Bosco era devoto do rosário e de são Domingos, que foi quem recebeu de Nossa Senhora a devoção marial. A heresia, daninha, se alastrava e ia tomar conta do mundo. Ninguém mais sabe o que é albigense, mas o rosário já ninguém ignora.

Nada de muitas orações, mas uma única oração muitas vezes. *Multum, non multa.* Cento e cinquenta ave-marias, aí também está o magnetismo do número. Como dom Bosco, santo Antônio teve predileção pelos órfãos. Ubíquo, ilocável, foi o amor da pobreza que fez de Antônio o santo mais popular do Brasil. O pão de santo Antônio, além de alimento, é um chamado à justiça que desertou do mundo dos homens.

A mesma inspiração está na obra do cônego Lopes. Seus múltiplos saberes o aproximaram ainda mais da gente humilde, e em particular dos órfãos. Doutor em cânones, teólogo, filósofo, exorcista, conhecia sânscrito, hebraico e aramaico. Estudou as teses de Lutero e refutou uma por uma. Contestou a Reforma. Línguas vivas, muitas, eram a sua ferramenta de trabalho, ao lado do grego e do latim, que lia com desembaraço.

Sabendo a Bíblia de cor, aprofundou-se no exame das versões vernáculas. Cotejou o calvinista Ferreira de Almeida com a Vulgata. Repassou o Pereira de Almeida e chegou a colaborar com o padre Santos Farinha, cujo texto escoimou aqui e ali. Não deixou tradução sem minucioso exame, a começar pela de Jesus Maria Sarmento, de mais de um século.

Além de são Jerônimo, serviu-se das *Veterae Latinae*. Foi à Bíblia de Vatable e às demais fontes, para a conscienciosa exegese.

Íntimo do pensamento de Pascal, o Fundador não bebia por empréstimo. Sua erudição de canonista mergulhou no estudo da Penitência. Recuou ao século XIII, à *Summa Confessorum* e à *Summa de casibus penitentialibus*. De lá não trazia a penumbra, para confundir os espíritos. Trazia a luz, que espancava torvas trevas e tredos temores. Nada de probabilismo. É ou não é, a serviço d'Aquele que é o que é.

XXXI

Deu a louca na Idalina e na Rosa, cada vez mais unidas numa simbiose de mútuo caborje, e lá se foram duas das galinhas que nos deu a dona Matilde. E se outras não foram sacrificadas é porque cheguei a tempo. Não sou de ir à cozinha, nem de ficar vigiando o que lá se faz. Neste ponto estou com a avó Constância. Na cozinha só deve pôr o pé quem lá nasceu ou quem lá vai morrer. Devia ser reminiscência do cativeiro, do tempo em que ela casou e ganhou de presente do padrinho um casal de jovens escravos.

Uma boa inspiração me levou a flagrar a Rosa e a Idalina, cada uma entretida com a matança. A Idalina já tinha liquidado a sua vítima. A Rosa, porém, trêmula, se confundia toda. Não sabia se segurava o pescoço pelado, em que ia passar a faca, ou se imobilizava a galinha pelos pés. Ao me ver, se afobou mais e deixou espirrar sangue por todo lado. Censurei o que estavam fazendo, mas nenhuma das duas se importou. É calça de veludo ou bunda de fora, disse a Rosa.

Os ovos não davam para todos os que nesta casa têm fome. Melhor, então, liquidar com as poedeiras e oferecer, ao molho pardo, pelo menos uma vez na vida a esses meninos esganados. Como boa parte do sangue se perdeu, o jeito foi fazer um arroz com galinha, que os asilados apreciaram até raspar os pratos. Vai ser difícil manter vivas as outras quatro galinhas. Se por acaso vier a saber, quem não vai gostar é a dona Matilde. Mas antes assim. Com a mania do despacho, a Rosa e a Idalina iam acabar desperdiçando as aves.

Vendo os órfãos a devorar o almoço, pensei no mistério que juntou esses meninos debaixo deste teto. Insondáveis e imprevisíveis são os caminhos desses órfãos na terra. Eles resultam de uma longa, miserável e complexa elaboração. Por saber de onde vieram, ou pelo que são hoje, ninguém pode garantir o que serão amanhã. O que aos nossos olhos passa por um golpe de sorte, mais tarde pode ser visto como uma desgraça. Na cegueira de Tirésias, o adivinho, aprendo uma lição.

Todas as adversidades podem ser vencidas e servem às vezes de aguilhão, que empurra a aparente vítima para a merecida vitória. Na paz das minas exauridas, os profetas conversam entre si e em silêncio assistem às nossas aflições e ansiedades. Romeiro em Congonhas do Campo, em vão interpelei os profetas de pedra, como interpelei o próprio Aleijadinho, que me disse: o verdadeiro artista não cogita do futuro. Faz o que faz por fatalidade, porque não conseguiu fazer o que não fez.

Ninguém previu o meu futuro, continuou o Aleijadinho. Fui um menino mulatinho que, sob a escravidão, nasci ali mesmo à sombra dos meus profetas. Eu podia passar despercebido entre os que no teu Asilo estão matriculados.

Também não entreviram o futuro de um menino pretinho, órfão de pai, reduzido à indigência, e que veio a ser dom Silvério Gomes Pimenta. Tenho o propósito de trazer para o salão do Asilo o retrato do grande arcebispo, que figurou na galeria de admirações do cônego Lopes. Era difícil saber qual dos dois apreciava mais o outro, cada qual encaramujado na couraça de sua modéstia.

Caixeiro aos dez anos de idade, o menino Silvério estudava à luz do lampião de rua, ao relento. É uma esperança para esses asilados daqui. E para mim. Aos vinte e dois anos, Silvério recebeu as ordens. Escritor, orador, desceu a montanha e deslumbrou os mestres do vernáculo. Atravessou o oceano e, na Roma dos pontífices, embasbacou os ouvintes da Santa Sé com o latim que tinha colhido entre congonhas e seixos. Considerado o nosso Bernardes, exaltou essa maravilha que é a palavra, e que só não espanta porque a todos nos é comum.

Tendo tido assento ao lado de Machado de Assis, viu-se reconhecido pelo mestre que à desgraça do berço juntou a doença dita sagrada. O menino Joaquim Maria também foi pobre e órfão, o que prova mais uma vez que ninguém lê o que está escrito no livro do destino. Procuro nos olhos dos asilados alguma luz que esclareça seu futuro, mas só vejo sombras. Olho o pugilo bastante chinfrim dos meninos e me repito que somos pequenos para servir aos pequenos. *Sinite parvulos venire ad me.*

Teria perdido o juízo se ousasse supor que aqui acolhemos Nosso Senhor. Em verdade, quem acolhe em meu nome uma criancinha como esta é a mim que acolhe. Igreja é assembleia. Pequena assembleia, o Asilo é também uma família, unida não pelos laços casuais do sangue, mas pelos voluntários liames do espírito. Não posso me deixar abater pelas dificuldades passageiras. Voltarei à oração em comum. Onde alguns estiverem reunidos em meu nome, também estou no meio deles, prometeu Jesus. Quando lutavam pela obra de misericórdia e pela ação apostólica, os santos tiveram de remover os piores obstáculos.

Inácio de Loyola fundou uma companhia de órfãos. Forneceu à Contrarreforma o exército dos jesuítas, mas não teve igual êxito com a companhia em favor da orfandade. Sempre doente do estômago, Inácio experimentou o preço que se paga para recuperar e encaminhar para Deus a orfandade. Nada, hoje em dia, é tranquilo na vida dessas instituições. De certíssima certeza, só sabemos que o espírito sopra onde quer.

XXXII

A Marieta do Riachinho quis saber se tenho apreciado os queijos do Provedor. Uma ironia. Nem sabia desse novo fabricante de laticínios, que para cá nunca manda nem uma cuia de milho, um doce de casca de laranja ou meia dúzia de ovos na palha. Mas a Riachinho queria era entrar no assunto da Concórdia. Esse fazendão foi da família do doutor Lobato, o velho, que morreu de desgosto assim que a propriedade caiu no bico do coronel Antônio Pio. A Marieta foi bater com os costados por lá. Morreu na roça um seu primo e ela compareceu ao enterro.

Aproveitou para passar na Concórdia, que não via há tempos. O vampiro está tocando a fazenda com muita garra. Também pudera. Está tirando de lá lucro gordo. Tem até leite de vaca mestiçada de holandesa. A vista do dono é que engorda o cavalo, e o Provedor está crente que é o dono. Mas deixa estar, o Antoninho Pio vem aí uma hora dessas e acaba com a papeata. A morte do primo, diz ela que melhora a sua situação na demanda com a família. Por quê, não sei, nem ela explicou. Alguns dias no campo, com mesa farta, mãe-benta, cartucho, marquinhas, língua de moça, siricaia, espremidos, quindim, deram à Marieta uns quilos a mais.

Com a saia quase arrastando no chão e blusa branca alvejada com bosta de boi, mangas nos punhos, abotoada até o queixo, não demora e ela está passando por beata ou rezadeira. O nariz pontudo, cara ossuda, a pele cor de cera, a Riachinho impressiona. Querendo revelar, vela cada história que começa a contar e logo envereda por outra. Encobrindo e sugerindo, seu quebra-cabeça estava hoje pior do que ninho de guaxo, o que quer dizer que o assunto é de pouca, ou nenhuma, limpeza moral. Mas não adianta forçar, sei que ela voltou da Concórdia com macuco no embornal. E é caça grossa. O jeito é esperar.

O Provedor não se lembra de nos mandar um queijo, mas um gambá se lembra de chupar os ovos e ainda mata uma galinha poedeira. Fiquei meio na dúvida, mas o Zé Corubim, que viu o bicho, me garantiu que é dos grandes. A Rosa decidiu apanhá-lo com cachaça. Na melhor das hipóteses, ela e o gambá tomam um pifão à luz da lua. O Jonas, todo choroso, trouxe um pintinho sobrevivente para a cama, dizendo que tinha pena daquele orfãozinho.

À noite, o pinto piou como um desesperado. Tentei pegá-lo e ele escapou para debaixo da cama. Afinal consegui agarrá-lo. Amarelo, leve, frágil, dava um vigoroso sinal da sua presença no mundo. Mais um pouco e calou, no aconchego da minha mão. Senti sua pulsação, seu calor. Nada premeditado, num ímpeto atirei-o pela janela para longe.

XXXIII

A papelaria vai ser vendida a um comerciante de fora. Um português, do ramo, que deseja se estabelecer em Lagedo. Quem me deu a notícia foi o Cunha, que me viu na rua e me chamou aos berros. Quase saí correndo. Tenho horror de que gritem o meu nome, ou sequer o pronunciem em voz alta. O Cunha estava na companhia de um professor do liceu do Patriarca. Não tenho dúvida que mudaram de assunto quando me aproximei. Esse professor é anticlerical e nunca tinha me cumprimentado.

Se vai vender a papelaria, o Provedor deve estar bem de vida. Já não se contenta com uma loja de vender lápis e papel. Depois que me deu a notícia, o Cunha me pediu para não a espalhar. O negócio ainda não está fechado. Está se metendo a fogueteiro, o Cunha. Ficou evidente que se dava ares de importante e queria me exibir a camaradagem com o professorzinho.

Aflito para me retirar, percebi que no meio da rua, longe da papelaria, eu não ia conseguir nenhuma notícia da Concórdia. Prometi aparecer breve na Santíssima Trindade, mas não ousei dizer que estou precisando de outro caderno. O Cunha podia se lembrar da minha dívida e me cobrar diante de um estranho. Saliente como é, podia chegar a esse ponto para mostrar uma familiaridade comigo que de fato não tem.

Ao me despedir, apressado, o Cunha perguntou se eu ia tirar o meu pai da forca. Vai amolar o boi, pensei dizer ao sujeitinho intragável. O que vai ser dele, sem a papelaria? Lagedo está mudando. O que vai ser da imagem de são Judas Tadeu?

XXXIV

Há anos rasgo todos os retratos que encontro. *A imitação de Cristo* que tenho comigo é uma que tirei na biblioteca. Edição encadernada, com iluminuras. Hoje peguei por acaso o exemplar que há muito tempo me acompanha e dele caiu um retratinho amarelecido: estou em pé no jardim da praça da igreja, no Divino, os olhos abertos para um mundo de promessas.

O casaco parece pequeno, muito cintado, como então se usava. Mais do que o chapéu de feltro posto de maneira displicente, a calça pega-frango me empresta um ar gaiato. Tive de olhar com esforço a figura meio apagada que me faz companhia. Não há entre os dois fotografados nenhum esboço de gesto que os aproxime.

Não gostaria de reencontrar o adolescente que fui. Sei, todavia, que ele ainda sou eu, tal e qual, porque sei que sou hoje o que venho sendo ao longo dos anos. Estava então no pico da idade ingrata, e me revejo saturado de boas intenções e elevados propósitos.

O que vivo hoje em Lagedo é o futuro daquele tempo. Ao contrário do futuro dos órfãos, o meu era previsível em meu rosto consumido. Em pé no meio-fio do jardim, eu fitava o infinito e tinha o coração em sobressalto. Já estava convencido de que depravado é o coração dos homens. Ontem, como hoje, soavam na minha alma as palavras do salmo. Eu sou um verme e não um homem, o opróbrio dos homens e a abjeção da plebe. Todos os que me veem escarnecem de mim. Muitos cães me rodeiam os pensamentos e uma turba de malfeitores me cerca a alma. Antes de rasgar esse incômodo flagrante do passado, que é presente, examinei o jeito quieto e dispersivo do cavalheiro ao meu lado. Seu olhar é triste. Deve olhar para dentro de si mesmo. E foi isto o que o meu pai não suportou.

XXXV

Uma chuva de pedra, tão forte como nunca vi, açoitou a cidade. Além do prejuízo que causou às poucas hortaliças do Asilo, ficaram visíveis na fachada as marcas do látego celeste. Foi uma saraivada raivosa e barulhenta. Assustou e divertiu a meninada. A Rosa aprontou um escarcéu, à procura de uma vela. Chuva de pedra só para com uma vela do tamanho da pessoa que a acende, mais a reza de são Jerônimo.

São João da Cruz parou uma saraiva com um simples gesto de mão. O santo teve pena do povo. No Divino sempre ouvi dizer que a saraiva só para de cair se todo mundo fizer silêncio absoluto. A atmosfera devia estar hoje muito carregada. Depois que passou a chuva, a temperatura refrescou e os órfãos, aliviados, tentaram recolher as pedras de gelo na relva. À noitinha soprou uma brisa que de tão perfumada parecia vir de um roseiral. Mas a lembrança da fuga do Orestes é um acicate que não me deixa a consciência em paz.

Escrevo com letra miúda porque o caderno está chegando ao fim. Ainda não escrevi nada que prestasse. No princípio só escrevia à noite, depois que os órfãos se recolhiam. Comecei a tomar notas durante o dia e passei a escrever a qualquer hora. Um vício. A mesma cachaça que embriaga a Rosa. Tem dia que venho mais de uma vez ao quarto, me tranco e me ponho a escrever. A Idalina reclamou da minha mania de fechar a porta à chave.

Ainda assim vivo conferindo se os cadernos estão na gaveta. Às vezes, longe daqui, me bate a ideia de que podem ter sido furtados. Venho correndo verificar e a minha aflição só passa quando vejo que está tudo em ordem. A gaveta não é um lugar seguro. Ou paro de escrever, o que seria mais conveniente, ou arranjo um jeito de esconder estas notas. Tudo me passa despercebido, menos estas ninharias com que me distraio.

XXXVI

Às vezes acho que escrever me atrapalha a vida. Outras vezes entendo que é o que me segura vivo. Com um fio de tinta anoto o contraste entre o que sou e o que quero ser. Avalio a distância que vai entre o sonho e a realidade. Talvez seja isto que me dê um pouco de coerência e impeça a minha desintegração. Se não alimentasse este monólogo secreto, eu estaria ainda pior do que estou. Não tendo com quem conversar, aqui dou vazão ao que me passa pela cabeça e até, de raro em raro, cauteloso, pelo coração.

Como carmelita descalço, são João da Cruz tinha um compromisso com o silêncio e com a meditação. Por isto escreveu à madre superiora de Granada explicando por que não podia responder a todas as cartas que lhe eram dirigidas. Escrever e falar são coisas que em geral existem de sobra, dizia o grande místico. Além do mais, falar distrai, ao passo que calar concentra e dá força ao espírito. Curioso é que são João gostava muito de conversar.

Aonde quer que chegasse, nas suas constantes viagens evangélicas, juntava-se gente para ouvi-lo. Os frades o cercavam, encantados com as suas histórias e reflexões. Ele nunca se iludiu, porém, e sabia que o silêncio é essencial. O difícil, a meu ver, é combinar na dosagem certa o falar e o calar. No meu caso, quase sempre me arrependo quando falo. Se calar fortalece o espírito, como diz o santo carmelita, por sua vez falar desgasta e empobrece.

Uma pessoa faladeira é uma alma aflita, sem pouso. Essa compulsão de falar também tem o seu lado de doação. É uma ponte lançada no rumo do interlocutor. O silêncio do místico é uma coisa. Outra muito diferente é o mutismo opaco de quem não tem o que dizer. O Provedor só abre o bico para agredir e insultar. O seu silêncio é mau, de quem está tramando algum malfeito. Com o Benfeitor ou com o vigário, o que fala é só lisonja, da boca para fora. Uma tristeza é que essa lisonja rende, remunera e dá vantagem.

Santos, há para todos os gostos. Há os faladores e os silenciosos. Um exemplo de silêncio foi são João Anão. Carregava pedras o dia inteiro, sem jamais se queixar. São Paulo era um *homo loquens*. Pregava, e também escrevia, numa época em que escrever era difícil até pela parcimônia do papel.

Sem a palavra, não haveria a Boa Nova. Os evangelistas sinópticos fizeram muito bem de escrever. Só com a tradição oral, sem o testemunho dos que viveram o tempo do Messias, não é que faltasse alguma coisa a Nosso Senhor. Mas a nós faltaria, e muito. Jesus Cristo falou o essencial. E só escreveu na terra em que pisava.

Já não sei se a esta altura eu conseguiria parar de anotar. Se no princípio tinha a boa intenção de fazer dia a dia um exame de consciência, hoje não me iludo. O vício de escrever me domina e me afasta do mundo.

XXXVII

Ia caindo a noite, quando o Jonas veio me chamar. Prevenido, levei comigo o revólver. Em cima do muro, confiante, um gato assassino lambia os beiços. Acabava de fazer um banquete no galinheiro. Um tiro só, entre os olhos, lançou-o do outro lado do muro. As irmãs Santiago, que não têm o que fazer, se quiserem, que o enterrem. O padre Bernardino pelo menos nesse ponto teria gostado do discípulo.

A Rosa e a Idalina não assistiram ao fuzilamento sumário. A Rosa entra em pânico diante de uma arma de fogo, mas era capaz de me pedir para dar um tiro na velha do xale nos ombros que chega à noite, de chinelos, e sobe a escada. Nesta quadra da Quaresma, as mulas sem cabeça estão soltas. Toda sexta-feira dizem que o Cavaleiro da Capa Preta sai de uma beta funda nas encostas e se recolhe ao cemitério da Boa Morte. Obedece a um horário que tem a ver com as fases da lua.

Para evitar um colosso de pragas, como diz a Idalina, a cigana Violante deixou aqui uma reza que me dei ao trabalho de copiar. À noite, tem um tom meio lúgubre. Senão, vejamos: são Jorge montou no seu cavalo e bateu na porta do Céu. São Pedro abriu e Nossa Senhora apareceu. São Jorge pediu força para combater os inimigos. Recebeu três cruzes. Uma atrás, uma no meio e outra adiante. Se tiver punhal, vai envergar. Se tiver arma de fogo vai dobrar o cano. Sete espadas e sete sentenças. Com são Jorge ninguém me vence.

XXXVIII

Fui deitar com fome. As evocações de Marieta, no outro dia, dos doces que comeu na Concórdia me despertaram apetites desordenados. Trouxeram lembranças das vitualhas de minha infância. Creme virgem, tarecos, sequilhos, goiabada cascão. Licor de jenipapo, de tamarindo. Na cozinha da minha casa, eu olhava o tundá grande da negra que abanava o fogo, os tachos de cobre, os alguidares, as cascas de laranja dependuradas para acender o lume, as palhas de milho, a lenha empilhada, as tranças de cebola. Como esquecer um passado assim?

Preciso buscar não o mais saboroso, senão o desabrido. Devo preferir o que dá menos gosto ao mais gostoso. Optar pelo trabalho contra o descanso. Procurar o desconsolo no lugar do consolo. Ao mais, o menos, como quem não busca o mais alto e precioso, mas o baixo e desprezível. Melhor do que desejar é não desejar. E, assim, viver na desnudez e no vazio.

De manhã, o Sotero da Encarnação apareceu aqui. Ele nunca vem raspar as cabeças na sexta-feira. Cortar cabelo neste dia é maluquice na certa, diz ele, que anda impressionado com a Calu. Hoje é sexta-feira e estranhei quando o Sotero apareceu. Fez um comentário sobre a minha gravata, que está lustrosa de tanto uso. Um folgado, esse cabeleireiro. E não lhe dou entrada. Perguntou pelo Orestes e fingi que não ouvi. Falinha entra por um ouvido e sai pelo outro.

O Sotero vai se ausentar por uns dias, mas não era esta a razão de sua presença no Asilo. Não me disse o motivo da viagem, nem perguntei. No meio da conversa fiada, falou que o doutor Januário está para fora, num júri. Já não sei como, envolveu no caso o padre Bernardino. Subi nas tamancas e ele recuou, mas ainda assim insinuou que o vigário não foi à caça. Como se eu tivesse nascido ontem, tentou me explicar que nesta época não se caça codorna. Impaciente, encerrei o assunto. O padre Bernardino pode caçar o que quiser. Onça, tatu, anta, capivara ou cachorro-do-mato. Até maçom.

XXXIX

Passos indecisos, arrastados, se dirigem para meu quarto. *In nomine Patris, et Filii, et Spiritus Sancti.* Afobado, peguei o revólver na gaveta. A surpresa foi tão grande que me impediu de esconder a tempo a arma. Era o coronel Antônio Pio, que a alta hora vinha reclamar que a luz estava acesa. Eletricidade custa mais do que dinheiro, disse ele. Apatetado com a visita fora de hora, com o flagrante da arma em minha mão, pensei que o coronel se referisse à luz do meu quarto e a apaguei. Ficamos os dois nos olhando no escuro.

Mas era a luz do refeitório, que a Rosa esqueceu acesa. Pensei em repreender a Rosa, que já devia estar no terceiro sono. Acabei ficando com a culpa para mim. Passinho miúdo, o Benfeitor voltou para junto do cofre e dos seus papéis. Está abatido, desfigurado, barrigudo. Tem o olhar baço de quem não está mais aqui. Parece encalhado em si mesmo. A coincidência das duas ruínas, a dele e a do Asilo, nos pega numa hora delicada. Os maçons estão muito quietos, o que me põe a pulga atrás da orelha. O doutor Lobato é cabeçudo e arrogante. Não vai pedir desculpas ao padre Bernardino, sobretudo com o coronel assim decadente.

O doutor Lobato já se diz candidato. Para fazer o mal, não lhe falta apoio, sobretudo de fora de Lagedo. O mundo não entende uma cidade temente a Deus. Não estou longe de acreditar que o Alemão esteja a serviço das piores causas. Quem viver verá.

Ao sair, o coronel não bateu com a bengala na porta da rua, como faz sempre, para me avisar que está indo embora. Fui verificar e vi que a porta estava apenas encostada. Entrei a medo no salão, temendo dar com o Benfeitor arriado. Mas tinha ido embora mesmo. Não gosta que eu passe a chave na porta, porque tem dificuldade para abri-la. Enfim, é confiar no outro Antônio, o santo, que foi porteiro do convento franciscano.

XL

Neste silêncio sem sino e sem lua, o Asilo é um navio à deriva. Se te eximes de uma cruz, acharás outra, talvez mais pesada. Para onde quer que fores, levas a ti mesmo e sempre achas a ti mesmo. As palavras da *Imitação de Cristo* mais do que nunca se dirigem a mim.

Se a vida de cada um de nós foi tecida acima da nossa vontade, então não há mérito nem demérito. Nem pecado, nem virtude. Sei, com firme certeza, que não tracei meu destino por livre escolha pessoal. Aqui estou, depois de ter escolhido Lagedo. Mas, na verdade, foi Lagedo que me escolheu. Há o dedo de Deus em tudo, e não posso me esquecer da maneira como o padre Bernardino me convocou e confiou em mim. A missão continua a meu cargo. Para onde fugiria eu de mim mesmo? Para onde fugiria o meu coração do meu coração?

Todos dormem, no Asilo da Misericórdia. Todos dormem

em Lagedo. Saí pela rua afora, como se buscasse a mim mesmo. Aqui e ali, uma lâmpada acesa é um inútil plantão na madrugada vazia. Na certeza de não encontrar ninguém, pensei em ir até o morro da Faísca, espionar o orfanato através das janelas. Súbito, minha atenção foi despertada por um grito. Parecia vir de dentro de mim mesmo.

Quando dobrei a esquina vi a Calu. Cabeça caída para trás, ajoelhada, braços abertos. A imagem me paralisou. Ela não deu sinal de ter me visto. Em transe, dizia palavras incompreensíveis.

O medo que eu sentia de mim mesmo se transportou para medo da Calu. Uma voz tão espiritual não pode ser capaz de um grito assim desumano. Junto dela estava um cachorro vira-lata. E a alguns passos deles estava eu, o bode místico. As sentinelas da madrugada, que velam para que Lagedo ainda possa dormir em paz.

PARTE TRÊS

**O apedrejador
de vidraças**

I

Com a chuva das goiabas meio fora de hora, a água ficou cor de barro. Foi a enchente das goiabeiras, disse a Rosa. Apesar da boa doutrina do monsenhor Kneipp, é uma façanha entrar debaixo do chuveiro com o dia ainda escuro. No frio, o banho no Asilo é uma mortificação de cilício.

A dor da água nos meus ombros me fez lembrar do Orestes. Gostaria de saber se um dia vai voltar. Mesmo com o seu feitio caladão, sua presença não me era agradável. A cara fechada e o jeito rebelde, deixava sempre no ar uma ameaça. Neste ponto, seu sumiço é uma tranquilidade. Pode ser que nunca mais apareça, como o córrego na cumeeira da Coroa, que vai indo, vai indo e de repente some debaixo da terra. No terreno calcário, depois da queda, a água se infiltra por debaixo das pedras e adeus. É o córrego Sumido.

Além de não ser diário, o banho de chuveiro está enlameado. Cada órfão arruma a sua cama e dá no pé o mais depressa possível. Na primeira oportunidade, vou levar todo o rebanho à Bateia Rasa, com bucha e sabão de coco para tirar o cascão. As unhas deles estão virando verdadeiras garras.

Dizem que pelo dedo se conhece o gigante. Aqui em Lagedo é pelos pés que se pode saber quem são os órfãos. Sujos, grosseiros, abrutalhados. Não é preciso espiar acima da canela para adivinhar o resto. É o caso da Felícia. Cozinheira das irmãs Santiago, está sempre aqui por perto. Para agradar a Rosa e a Idalina, trazia broa mata-a-fome e quitanda de todo tipo, como quebra-quebra e biscoito de polvilho. Depois, pediu para matricular o filho no Asilo.

Eu disse que não, e ela trouxe um licor de pequi. Depois trouxe umas espigas de milho verde e umas goiabas. Apesar da minha cara de poucos amigos, ela insistiu e deixou comigo a cesta. O aspecto era de goiabas deliciosas, sem nenhum bicho. Deviam ser roubadas do pomar das Santiago. Os asilados avançaram nas goiabas, e não pude dar nem uma dentada.

De repente, sem mais nem menos, veio a ordem para aceitar o menino. Seu nome é Francisco. Assim que vi o moleque da Felícia, me lembrei do que dizia a minha avó Constância. Tudo neste mundo tem nome. Mas é preciso acertar. Tem de combinar com a pessoa. Tem nome de preto e de branco, de gente importante e de gente humilde. De escravo, de camarada, de criada de fora e de criada de dentro. De assassino ou de criminoso.

Até nos bichos o nome precisa assentar. Nome de cavalo não serve para cão. Nome de gato não presta para vaca. Mal entrou aqui, esse pobre Francisco virou Queimadinho. O lábio rachado, não aparenta a idade que tem. É muito raquítico. Lábio leporino é sinal de sífilis. *Morbus gallicus. Morbus indecens.* A doença francesa. Pode não ser contagioso, mas é horrível de ver. Podiam ter ficado com o menino, as Santiago, mas têm fechado o coração como a própria casa.

Velhas forretas, não sabem o que é caridade. Pior, só o Provedor, que não tem sequer os preâmbulos da fé. Não distingue o Bem do Mal. Eu é que nunca piso na soleira dessas Santiago. Com as frutas que têm em casa, apodrecendo no chão do pomar, e os doces que fazem para vender, podiam tratar a vizinhança com favores. Espumosas, amargas, pinicantes, caveiras enxaguadas, as munhecas de samambaia só aceitam a Felícia sem o filho. O menino vivia na roça com uma comadre, que já tem uma fartura de prole. Casa de pobre é assim. Sempre cabe mais um para passar fome.

O garoto tem o horrível hábito de enfiar o dedo naquela boca deformada e roer as unhas até o sabugo. São Jorge tendeu meu pedido, diz a Felícia. São Jorge e o coronel Antônio Pio, digo eu. Nem por isto o menino ganhou o enxoval que aqui davam aos novatos. Pelo contrário, o Queimadinho foi é despojado do pouco que trazia, como manda o regulamento. Esvaziou os bolsos de uns trecos de nada, e umas guloseimas que a mãe lhe deu na entrada. Se ficassem em seu poder, ia perder da mesma forma. E ele trate de dar graças a Deus de não estar aqui o Orestes. Este não perdoava novato. Era trote na certa. Mesmo na maior das misérias existem tiranos.

II

A Marieta do Riachinho veio novamente com a conversa do médium que está atraindo tanta gente à tenda espírita.

Disse que é uma boa religião. Consegui que ela calasse a boca e prestasse atenção no que eu tinha para lhe dizer. As duas americanas, as irmãs Fox, que não regulavam bem, começaram com essa mania de mexer com os mortos. Katherine, a Kate, e Margareth, ou Meg, numa noite da metade do século passado resolveram invocar as almas.

A brincadeira rendeu um bom dinheiro, como tudo para o povo de dinheiristas materialistas da América do Norte. Certo ou errado, pouco importa. Com a fortuna, as malucas foram se exibir na Inglaterra. Um dos números do circo consistia em fazer uma mesa se mover. Autêntica pilhéria. As pessoas ingênuas caíam no truque grosseiro. As irmãs inventaram um código que respondia às perguntas por meio de pancadas, uma variante grosseira do alfabeto Morse.

O desejo de ver e ouvir os mortos queridos predispõe as pessoas impressionáveis para em tudo ver a manifestação do sobrenatural. A fraude foi logo desmascarada, mas a crendice é cega. A ignorância trocou a evidência pela fé blasfema. O ocultismo e o animismo se aliaram na prática do baixo espiritismo. Em pouco tempo a nigromancia já não rendia mais. Então veio a apelação para a doutrina cristã. Foi esta a maneira de tornar aceitável, e até legal, a impostura, a empulhação de pessoas perturbadas pela morte de seus queridos, ou por seus próprios traumas emocionais.

O cônego Lopes comprovou a deslavada charlatanice de fenômenos que passavam por clarividência. A adesão era na sua maioria de mulheres. Trabalhando no escuro, o médium facilitava seus truques mambembes. À mentalização seguiu-se a telepatia. Ao retrato do ectoplasma se associou a psicografia. O espiritismo foi ridicularizado depois que a Igreja pediu o parecer da Ciência.

Mas mesmo assim o negócio se tornou cada vez mais rendoso, com a edição de livros, ou com o ditado de mensagens individuais. Vieram depois as curas, com o transe hipnótico ou histérico. Aqui em Lagedo ainda não chegaram à levitação, mas anunciam que têm esse poder. Kate Fox, a pobre roceira, jamais podia imaginar que a trapaça ia passar como sucedâneo de religião. Portanto foi decisiva a contribuição de um francês finório chamado Allan Kardec. Mas na França ninguém foi atrás de sua conversa, como aconteceu com Augusto Comte, que lá jaz no ostracismo e aqui tem até templo.

Podia mostrar à Riachinho a separata do cônego Lopes, de uma conferência que ele pronunciou em Mariana. Mas fiquei quieto, orgulhoso com a admiração da Marieta pela minha sabedoria. O pai do além-túmulo não vai ajudá-la na demanda, e em breve ela se desilude. Se insistir, dou parte ao padre Bernardino, para o bem dela. Ele vai puxar a orelha da tresmalhada. Vai mandar o Juvêncio fechar logo essa tenda de baratas. É caso de polícia.

Em alguns casos, o vigário tem empregado com êxito o hipnotismo. Com a Marieta, basta usar o método Coué da autossugestão. Diz o padre que dá excelente resultado e é uma terapia inocente. Há absolvição para o que o padre Bernardino faz.

Impressionada com a minha sabença, a Marieta insistiu para que eu cuide da Calu. Vai virar um bicho do meio da rua. Lembrei-me de quando a vi naquela noite, e disse a Marieta que não tenho autoridade nem merecimento para intervir. Já me bastam os asilados. O que for, soará.

III

Não me conformo com a impossibilidade de controlar os meus sonhos. Acordado ou dormindo, há coisas que jamais podem ter entrada num coração puro. Os sonhos são tolices que não têm lógica nem explicação. Esta noite sonhei com o sobrado de luzes acesas, em festa. O Asilo estava situado no cume do morro da Faísca. Eu me encolhia num canto, com medo que me descobrissem. Usava a mesma roupinha sureca e a gravata ensebada.

Eu queria esconder era a minha gravata. Tentava encobri-la com as mãos, mas era inútil. Todo mundo reparava. Num olhar de desprezo, a dona Dolores indagava como é que se vem para um baile com esse trapo. Monóculo em punho, vinha espiar de perto só para me humilhar. A banda atacou um dobrado e um círculo de reverência se abriu para receber dom Pedro II. Era a banda do Divino, com o Janjão de maestro e os músicos todos conhecidos.

Com a gravata me sufocando, eu transpirava de medo. O doutor Januário puxava a quadrilha. Dom Pedro, barbudo, apreciava sorridente os casais que bailavam no salão. Eufórica, a dona Dolores rodopiava com o seu par, o padre Bernardino. E eu com a minha gravata.

Alguém me tirou para dançar. Com uma cara simpática que não usa na vida real, era a Abigail. Ela passava as mãos nas minhas costas, e eu sentia o corpo da mulher com o calor e a pulsação daquele pintinho que tinha atirado pela janela.

Coisa mais sem sentido. Mas acordei disposto, com a sapituca da faxina. O bispo vem aí para a visita pastoral, e botei todo mundo para trabalhar. Horas e horas varrendo, escovando, espanando, vasculhando. O Zé Corubim, a Rosa e a Idalina pegaram no pesado.

Na fúria da limpeza, queimei alguns colchões e deitei fora uns trapos imundos que passavam por lençóis. Melhor dormir no chão duro. Os colchões tinham as manchas dos desejos noturnos dos meninos. Pobre é quem precisa mais de ser limpo, como diz Sá Jesusa. Remendado sim, sujo não. Tudo melhora com a limpeza. Até doença, metade é sujeira. Sem asseio do corpo não há asseio do espírito. A água é um presente do Senhor. Símbolo de pureza, no batismo, o sacerdote repete Jesus Cristo ao consagrar a água. A faxina me deu um sentimento de melhoria espiritual no Asilo. *Aquae omnes laudent nomen Domini.*

Foi por aí que o monsenhor Kneipp, alemão da Baviera, inventou a sua terapia. O cônego se correspondeu com ele, em alemão e latim, e ajudou a divulgar entre nós a hidroterapia Kneipp. Vida é água, água é vida. Nenhuma moléstia resiste às efusões e às abluções. Um pedilúvio ou um semicúpio operam milagres. Mesmo nosso banho enlameado deve nos fazer bem.

O monsenhor Kneipp encontrou certa vez o padre Ravignan com febre alta e afônico. Orador insigne, Ravignan tossia sem parar. O monsenhor não teve dúvida. Atirou-o na água fria, para imersão instantânea. O efeito foi imediato. O doente sarou.

Acometido de uma tristeza mortal, outro sacerdote queria desistir do múnus paroquial. Não conseguia de jeito nenhum se concentrar. Não estudava nem lia mais o Breviário. Seu destino estava traçado. Ia para o hospício público, morar com os doidos varridos. Pois o monsenhor Kneipp conseguiu salvá-lo. Devolveu-o à vida e o pôs ao pé do altar. Só água, nada mais. Água viva que dá vida.

Casos de possessão demoníaca consta que tiveram solução graças a essa bendita cura d'água. Uma mulher tomou aversão a qualquer alimento e se transformou numa verdadeira fera. Um menino gritava furioso quando ouvia tocar os sinos da igreja. O cônego Lopes deu aqui ampla divulgação destas e de outras curas do monsenhor Kneipp.

IV

Nada como o suor do próprio rosto. Faz bem ao corpo e ao espírito. Fiquei exausto com a faxina. Não é à toa que *trabalho* vem de *tripalium*. Tripalho era o relho de três peças com que se castigavam os servos e os escravos. Teresa de Ávila entendia da alma humana quando recomendava um azorrague em caso agudo de melancolia. No convento, são João da Cruz trabalhava como pedreiro. Pedreiro também foi o seu irmão Francisco de Yepes. O suor era a joia que na terra João mais estimava.

O cansaço físico não me tirou a vontade de fazer uma leitura edificante, antes de dormir. Hesitava entre o *Espelho da per-*

feição e o *Goffiné*, quando comecei a me sentir mal. Mais um pouco e eu ia botar as tripas para fora. Um andaço geral. Podia ser obra de algum maldoso. Um envenenamento. Um desgraçado maçom. Alguém interessado em acabar com o Asilo.

A Rosa já ia saindo para chamar o doutor Altamiro. Acha que pode agir por sua própria cabeça. O doutor Altamiro era capaz de estar dormindo. Segurei a Rosa e lhe dei ordem para ficar de bico calado. Falatório neste momento pode nos prejudicar. O que acontece debaixo do nosso teto deve ficar entre nós.

Luzes se acenderam. Foi um senhor susto esse desarranjo. A causa podia ser o desinfetante. Ou uma sopa que a Idalina inventou de servir à noite. Misteriosa, gosto duvidoso, não consegui saber de que era. A Rosa achou que a causa de meu desarranjo era um rato que caiu na caixa-d'água. Já uma vez houve um caso assim. Rato, não. Pelo amor de Deus, não.

A faxina não pôs a casa um brinco, mas melhorou o aspecto geral. O andaço foi um sinal. Não basta limpar por fora. É preciso limpar também a nossa natureza. O que conta é a alvura do coração limpinho. A alma precisa ser um alvíssimo lençol. Nenhuma sujeira, mancha nenhuma. Por fora bela viola, por dentro pão bolorento. Por fora muita farofa, por dentro molambo só.

V

Fui à missa das nove e levei comigo três órfãos. Só três. Estão todos uns espantalhos. A missa foi celebrada por um frade holandês que veio de São João del-Rei. Rezou depressa demais, não deu para entender nem o latim do ordinário ou o português dos avisos finais. Mas na hora da prática, uma surpresa. O padre Bernardino assomou paramentado ao púlpito e desancou a corja dos maçons.

Abusou de um vocabulário contundente. Filáucia e filateria, bazófia e gabarolice. O padre Bernardino tinha o rosto sanguíneo e queimado. Arrosta toda e qualquer ameaça. Fala grosso. Nada de ser melífluo, nem seráfico, nesta hora. Espadachim impõe respeito. Intimida. Quem não está com a Igreja, está contra a Igreja, não há escapatória. Nenhum cristão pode apoiar os maçons, seria pregar mais um cravo na mão de Nosso Senhor.

Assim que o vigário começou a verberar a conduta de nossos inimigos, o doutor Januário saiu para o adro. Está usando um *pince-nez* de tartaruga. Sem dar jeito na mulher, ainda adere a essas modas ridículas. Ficou fumando lá fora, apoiado na bengala de cedro. Uma tristeza essa cavaqueira na hora da missa. Logo os notáveis. Mau exemplo. Perdeu o temor reverencial. Ouvi a voz do juiz conversando lá fora. Tão descontraída, chega a ser desrespeitosa. Esse herege só entrou na igreja para o cumprimento de algum dever social.

Não tinha razão para comparecer à missa, a menos que lá estivesse para espionar. Está em Lagedo como barata na sopa. Agnóstico, é da raça dos bacharéis que admiram Voltaire. De volta à igreja, o doutor Januário ajoelhou-se com um joelho só. Teve o cuidado de estender um lenço no chão para poupar a calça. Na hora da Consagração, se baixou a cabeça deve ter sido de vergonha da mulher. No coro, o solo ficou por conta da dona Dolores. Devia estar de saia curta e blusa justa. Mas tive sorte de não a ver.

Tem razão a Riachinho, na sua campanha contra a decadência dos costumes. No caminho em que vamos, daqui a pouco veremos na igreja mulher sem véu. Os braços e as pernas de fora, as meninas e moças já vão perdendo o pudor. Está na hora de aparecer um novo são Jerônimo. Panfletário, arrebatado por uma santa indignação, denunciou a luxúria das damas romanas que se pintavam com insolência.

As mulheres não podem mascaradas chorar a dor dos seus pecados. As lágrimas lhes abririam sulcos pelas bochechas abaixo. Assim pintadas, o Senhor não as reconheceria, bradava o santo. O que diria se visse a dona Dolores com os cabelos soltos, prova ostensiva de mundanismo? Deus nos livre e guarde, mas Lagedo está perdendo o seu cordão sanitário. Uma cidade sitiada.

Depois da missa, o frade ouviu em confissão uns poucos penitentes. Absolveu sem entender patavina do que lhe disseram.

Passei pelo doutor Altamiro e me deu na veneta de lhe dizer que ele, sim, é que seria um bom candidato. Quase pedi desculpas pelo disparate, quando dei com o olhar de espanto com que me fixou. Louvei o sermão do padre Bernardino. Bravura de leão, disse eu. Saúde de touro, disse o médico. Deve ser a caça, acrescentou. Caça às perdizes e aos votos. Aí foi a minha vez de me espantar. Os maçons têm dinheiro, disse ele, vago. E se afastou, com um sorriso.

VI

O cônego Lopes apreciava um pedagogo francês, que foi também um santo prelado. A chave da educação está em duas palavras, dizia ele. Autoridade e respeito. Nada mais certo. Basta ver o que acontece em Lagedo. Uma órfã recolhida ao Santa Clara jamais poderia fugir com um tipo ordinário como o Orestes. Isto deve ser invencionice. Mas se de fato o acompanhou, é o caso de dizer que os dois se merecem. E que sumam de nossa vista terra adentro, até os quintos do Inferno, como o córrego Sumido.

O que diria e o que faria o cônego num caso assim? Acima dessas insignificâncias, seu mundo era outro. De santo Agostinho a santo Tomás de Aquino, a todo o vasto campo da fé chegou o seu saber. A biblioteca dá notícia de como se aprofundou na Demonologia. Livros que remontam à Antiguidade e passam pela Idade Média, pródiga em documentos e testemunhos.

Passei hoje um bom tempo na biblioteca à procura de um lugar seguro para esconder os meus cadernos. O melhor seria no meio, ou atrás da livralhada do cônego Lopes. Mas ficariam longe demais. Eu ia querer a todo momento subir até lá para conferir se estavam direitinho. Preenchi dois cadernos muito mais depressa do que podia supor. Tinha de partir para o terceiro. Dois é um número imperfeito. Par e casal. *Nunquam duo, semper tres.*

No encontro de dois, há sempre o risco do terceiro, que se insinua sem convite. Número cheio e perfeito é o três. Daí, a Trindade, o triângulo equilátero e o triângulo de Pascal. O número está na essência de todas as realidades, segundo Pitágoras. O triângulo de Pitágoras me fascina. Do vértice para a base, da base para o vértice, no meu tempo de colégio eu o repetia sem cessar na folha em branco. Era em Mariana e a minha cogitação se voltava toda para a Santíssima Trindade. Para a perfeição.

Trouxe de volta os cadernos para o quarto. Escrevo porque não consigo não escrever. Sinto em mim falta de mim mesmo. Tenho de preencher este vazio. A nostalgia da perfeição agrava a minha falha. Queria ostentar a serenidade robusta de quem dispensa a linguagem. A perfeição do silêncio. E o silêncio da perfeição. O voto de silêncio é uma imposição da sabedoria. O silêncio é o pórtico da santidade. Eu queria fazer a opção do trapista são João da Cruz, mas sem a trapa. A incapacidade de ir aos outros não é solidão. É deficiência.

Tenho vontade de rasgar o que venho escrevendo. Escrever aumenta a minha fome e me torna mais incompleto. Abri na parede grossa, atrás do Crucifixo, um buraco e escondi os cadernos. Deixo aos pés sagrados este meu pífio solilóquio. Ó Senhor, tende piedade da minha miséria.

VII

A Virgem Imaculada tem toda a razão em estar aflita com o rumo do mundo. Descrença por toda parte e volta ao paganismo. O laxismo campeia. Tudo hoje é considerado relativo, a começar pela moral. Os habitantes de Lagedo se esquecem de que estamos na Quaresma. Não é de estranhar que a maçonaria encontre terreno para a sua obra diabólica. Bem faz a dona Matilde, que vai passar a Semana Santa em São João del-Rei.

A Semana Santa para mim tem cheiro de manjericão, o cheirinho bom da erva que eu depositava aos pés do Senhor dos Passos, todos os anos da minha vida. No ano passado, o coronel Antônio Pio viajou de carro e teve o mau gosto de levar com ele o capataz de luxo. Dizem as más-línguas que o destino dele acabou sendo outro. Com relação ao Provedor, não tenho dúvida de que é a pura verdade. Fugiu da Semana Santa. Ainda agora está enfurnado na Concórdia, num retiro que nada tem de espiritual. Mas o Mal não corre só por conta da Concórdia. Antes fosse. Por toda parte desaparece a noção de transcendência. Nas bibocas mais obscuras, como nas mais deslumbrantes babilônias, o Demônio é assíduo.

O litúrgico silêncio da Quaresma cede a vez a vozes e barulhos. O rádio invade as casas. Já se foi o tempo em que se podia, daqui de dentro, ouvir um passo macio na rua, ou uma tosse mal sufocada. Morríamos todos para ressuscitarmos na Páscoa. Entre nós, nestas montanhas e vertentes, entre lapas e cavernas, sobrelevou a Ressurreição. O luto que ainda se guarda na Sexta-Feira Santa é a última prova de respeito à tradição. No Divino, ninguém ousa levantar a voz. Até as esmolas têm de ser distribuídas em silêncio.

Desde muito cedo sei o que pulsa no meu coração. Colada a mim, por baixo da minha pele, está viva a consciência da minha miséria. *Domine, non sum dignus.* O nó cego que nunca se desata. Vem da infância, como um anel de ferro que não se abre. Adolescente, fiz o meu primeiro retiro espiritual.

Dar combate sem descanso ao Pai da Mentira, *ad majorem Dei gloriam*. O padre espanhol, no retiro, repetia de trás para diante os Exercícios Espirituais. Afastar o apelo da carne e disciplinar o afeto desordenado.

Sheol, Gehena, Hades. O tenebroso Inferno. A danação, o fogo eterno. Abrasado no amor da Perfeição, o que nos cumpre é ganhar a aposta, nem que seja no último alento, *in articulo mortis*. A salvação é obra da infinita misericórdia divina. Quem, neste mundo, tem a audácia de se considerar merecedor? *Yo soy más flaca y ruin que todos los nacidos*.

A pequena imagem de Teresa de Jesus estava na capela de Nossa Senhora do Carmo, no Divino. Ao lado, nas páginas abertas de um livro, com letras apagadas vinha escrita a espantosa sentença. A mais fraca e a pior de todas as criaturas. Era uma imagem pobre e feiosa, que confirmava a modéstia da Doutora Mística. Eloquente, o pregador do retiro coloria as palavras com que Teresa de Ávila narrou a sua terrível experiência. Tomou-a pela mão o Senhor e lhe mostrou o Inferno.

Nenhuma tribulação terrena se aproxima de longe dos tormentos que Teresa viu. Mais que ver, experimentou. A mesma cloaca pestilencial e pútrida que o poeta narrou na *Commedia*. Mas Teresa lá esteve em pessoa. Desde menina se sabia eleita. Sua maior ambição era fugir de casa e enfrentar os sarracenos. Convenceu o irmão de acompanhá-la. Queria ser degolada. Queria ser mártir.

No retiro, o pregador espanhol me encheu de medo. Faltava um dia para completar o tempo de recolhimento. Três dias de pavor no Inferno. Três dias que antecipavam o Inferno e ao Inferno para sempre me condenavam. Não seria apenas uma vilegiatura, como o privilégio que foi dado a Teresa. A mim me esperava a pena, logo após o Juízo Particular. O padre explicava tudo direitinho. Está decretado aos homens que morram uma só vez e depois disto que se siga o juízo. Não é o Pai que julga, mas o Filho. Ó meu Divino Espírito Santo, o que será de mim, se a sentença for justa?

Sob o peso do remorso, massacrado pelo baraço dos escrúpulos, eu pensava em fugir. Toda a eloquência do pregador vinha direto a mim. Seus olhos fuzilavam nos meus. Debaixo de absoluto silêncio os presentes suspendiam a respiração e ali estavam como testemunhas de acusação. Era eu o culpado. Inácio de Loyola já não combatia Lutero. Queria que eu me exercitasse para a conquista de mim mesmo. Mas eu queria fugir.

VIII

Estão ainda na memória do povo as manifestações do Maligno que aconteceram no tempo do cônego Lopes. A minha intenção é apurar tudo direitinho, para saber se Lagedo não está passando por um novo surto maléfico. Ali onde não podia estar em pessoa, o Pai Fundador mandava uma oração e uma garrafa de água benta, que os devotos imploravam. Essa água não chega lá, no meio do caminho gritava uma voz sarcástica. E a garrafa caía e se quebrava.

Ainda há quem se lembre do cão da meia-noite. Toda sexta-feira da Quaresma vinha ganir ao pé da porta da biblioteca. A curiosidade foi tanta que de fora vieram dois visitantes para testemunhar o fenômeno. Queriam desmascarar a farsa. Recebidos de forma cordial, chegou a hora e os dois ouviram os passos na escada. Passos quadrúpedes.

No corredor, no andar de cima, soavam no chão como cascos. Pálido, um dos visitantes puxou o revólver. O outro não queria que se abrisse a porta. O animal se avizinhava. Até que se ouviram coices furiosos. Sereno, com perfeito domínio de si mesmo, o Pai Fundador ergueu o Crucifixo e de um golpe escancarou a porta. Negro como a noite mais negra, o cão ficou paralisado, como se colado ao assoalho. Depois de várias vezes rodopiar, recuperou o movimento e se escafedeu escada abaixo. Uma catinga permaneceu no ar.

O cônego ignorou os apavorados visitantes e rezou tranquilo o Confiteor. Depois, com o seu hissope de prata borrifou água benta na soleira da porta e no corredor. Esse foi o hissope que por sinal sumiu. Consta que, levado para Mariana, seria lá troféu digno de um museu. Um dos visitantes, tamanha foi a sua impressão que, materialista, se converteu e se fez vicentino. Entregou-se à prática evangélica e se tornou um êmulo de Frederico Ozanam.

A outra testemunha, a que puxou o revólver, não teve a mesma sorte. Diante do que viu, perdeu o juízo. Convertido ao espiritismo, fundou uma tenda. Com firmeza, o cônego compeliu-o a deixar a paróquia e a ir fazer proselitismo noutra freguesia. Acabou numa camisa de força, dando coices sem parar. Os coices eram acompanhados de chispas de fogo.

IX

Sentada na cadeira de balanço, uma vista vendada, Sá Jesusa tenta aflita me dizer qualquer coisa. Nunca foi de muita conversa, mas no sonho se esforçava para falar. Tinha a carantonha angustiada de Habacuc. A dor estampada na face, a princípio era uma mulher num passo de Paixão. Eu queria me aproximar, mas não podia me mover, ferrado ao assoalho como o cão diante do cônego Lopes. Numa tentativa de me desprender, acabei acordando. Ainda assim ouvi, bem articuladas, as palavras de minha mãe: *Corrija-se, meu filho. Preciso da sua santidade.*

Era tal e qual a voz de Sá Jesusa. O mesmo timbre sem cor. Voz grave, de beta funda, vinda do Divino. Tento entender. Examino a maneira como me chegou o recado. O mistério da Comunhão dos Santos pode me sugerir uma explicação. Preciso entender o sentido da vista vendada. Sá Jesusa me convida à santidade. A voz sem agudos me fala do cilício.

Está na hora da mortificação. São Vicente certa vez disse que é preciso odiar os próprios pais. A tal extremo deve chegar a renúncia de si mesmo. O pai de são Vicente, de modesta condição social, foi procurar o filho que era estudante. Com vergonha dos colegas, Vicente não o quis receber. Pelo resto da vida, purgou essa falta. Dedicou um especial carinho aos velhos maltratados pela pobreza. Mas o fato é que evitou encontrar o próprio pai.

Pai, mãe, podem ser apenas um pretexto para que continuemos apegados a nós mesmos. Jesus se libertou muito cedo da servidão familiar. Família, santos, sonhos, não são fáceis de entender.

 Minha mãe gostava de dizer que eu era muito feio. Vicente de Paulo era feio, tinha saído ao pai. Disse de si mesmo que era um verdadeiro bicho. A feiura do pai era a mesma da pobreza. E é essa feiura que é preciso acolher e amar. Teresa de Ávila também consta que era feia. O carmelita João da Miséria pintou seu retrato com rigorosa fidelidade. Deus te perdoe por me teres feito tão feia, disse ela. Tinha a beleza interior da santidade. Morta, diz a tradição que ficou formosíssima.

 São João da Cruz por sua vez era tão pequeno que Teresa o chamou de meio frade. O nanico enfeitou com cruzes e caveiras um recanto do cenóbio. Era um pedaço do porão, tão baixo que só de joelhos lá podia entrar. As caveiras tinham vários tamanhos, mas eram muito feias. São João da Cruz detestava que o retratassem. Escondido, um artista resolveu pintá-lo e conseguiu o apoio do superior. O retrato desapareceu assim que ficou pronto. Tendo conhecido o cárcere e o calabouço, o santo pequetito foi açoitado e até de seu superior levou pontapé. Onde não há amor, ponha amor e encontrará amor, dizia minha mãe.

X

 Sem avisar nem nada, dona Lasinha veio bater aqui e me disse que a Carolina está passando da conta. Que é preciso dar um jeito. E que tenho de falar com o padre Bernardino.

De primeiro, nem me lembrei que Carolina é a Calu. Custei a entender. Há muito tempo não via essa dona Lasinha assim por inteiro. Só a vejo, quando a vejo, meio-corpo na janela, ao lado das irmãs janeleiras. Eufrásia, Simplícia e Eulália. Têm até almofada para não machucar os cotovelos. Uma bruxa em cada janela. De quando em quando, as quatro se juntam e cortam com a língua a vida alheia.

Das quatro, só a dona Lasinha casou. Viveu casada o suficiente para entrar na herança do falecido. Sendo a mais velha, e viúva, é todavia das quatro a que mais parece solteira. É de longe a mais implicante. Veio aqui uma ocasião reclamar que os órfãos estavam furtando as mangas do seu quintal. Era um dia de calor, me lembro bem. E a velha, rente, a repetir a mesma queixa. O bispo de Hipona também furtou frutas no seu tempo de rapaz. E daí? Sabe ela quem foi o bispo de Hipona?

Devia sair dos seus cuidados, mas para nos dar não apenas as mangas, como também as outras frutas. Este ano, a figueira carregada deu figo até dizer chega. E pêssego deu para matar a fome aos porcos. Dona Lasinha cansou de fazer doce em calda, que vendeu na porta. Dar, nunca deu nada. Como se árvores pudessem ter donos. Lasinha, a parábola da avarenta. Nunca vi um mendigo à sua porta.

Por causa de um furto bobo de meia dúzia de mangas, dona Lasinha mandou suspender o muro e em cima passou arame farpado. Mas ainda era pouco, e mandou botar estrepes. Não duvido que tenha botado vidro moído no prato do marido. O finado tinha posses e dele hoje não resta nem um retrato acima do aparador. Homem na casa não entra nem na forma de efígie. Nem santo pintado, para proteger as irmãs velhuscas.

Dona Lasinha enfiou a mão no busto e sacou uma pedra, que me estendeu. Tomei distância, e recusei pegar o petardo. Ela repetiu que estão atirando pedras na sua casa. Em vez de agradecer a acolhida que demos ao filho da Felícia, quer deixar comigo uma pedra. Quando viu que eu não ia aceitar, deu um puxão no fichu e saiu pisando duro, sem se despedir. Ameaçou dar queixa ao coronel. Mesmo de longe pude sentir seu cheiro de enxofre.

A história de fato intriga. Quando o primeiro calhau quebrou a vidraça, as quatro Santiago estavam em plena novena. Ao menos rezam, essas rabugentas. Para os asilados atirarem tão longe uma pedra desse tamanho, só com a funda de Davi. Nenhum deles tem sequer um estilingue, o Zé Corubim tem ordem de confiscar qualquer atiradeira que apareça. É verdade que já achou navalha e até garrucha de cabo de guarda-chuva. Mas pelas pedras na casa das Santiago, os meninos não são responsáveis. Essa lapidação noturna tem outro autor. Pode ser qualquer um. Todos na cidade têm raiva das solteironas.

XI

Ganhamos uma partida de açúcar mascavo. Veio da fazenda da Forquilha. Da Concórdia só vem má notícia. A Idalina armou animada a trempe no forno de barro e encheu o tacho para a refinação. Bateu claras de ovo e com a escumadeira separou os ciscos. A Rosa quis ajudá-la e por um triz não provocou um desastre.

A Marieta apareceu aqui e mal tomou conhecimento do cheiro do açúcar, que pairava sedutor em toda a casa. Tinha pressa de falar sobre a novidade, um mausoléu faraônico. Estava encantada com as palavras, sim, mausoléu faraônico. Depois que a dona Serafina morreu, virou santa. A parentela toda quer ficar bem junto da canonizada, a começar pelo coronel Antônio Pio. Morada de luxo, para o mausoléu vão os avós dos quatro costados, mais o pai e a mãe do Benfeitor. Coisa mais sem sentido, mexer com esse pessoal que já está no descanso eterno há tanto tempo.

Só depois de morta a dona Serafina podia ficar quieta ao lado do marido, diz a Riachinho. No tempo de Jó os reis e conselheiros da terra fabricavam para si solidões. Solidão não é outra coisa senão mausoléu. No caso do coronel Antônio Pio, solidão em família.

Essa história de mausoléu é coisa de pagão. Entre os judeus não se usava nem ataúde, o corpo ficava à mostra até a decomposição. Lázaro foi enrolado num lençol de linho branco, só uma pedra fechava o túmulo. Maria e Marta todo dia choravam o irmão, que já cheirava mal, no sudário. Eram passados quatro dias. Tirai a pedra, disse o Divino Mestre. E então a fé removeu a pedra e à morte devolveu a vida. Jesus rezou, chorou e ressuscitou o amigo.

Todos ressuscitaremos no final dos tempos. São João da Cruz tinha o corpo perfeito e perfumado, nove meses depois de morto, quando foi exumado. De uma alvura alabastrina estavam os três dedos que usou para escrever. O dedo indicador foi amputado. Depois um pé. Mandados a oratórios, os fragmentos se transformaram em relíquias.

A Riachinho me levou até o cemitério para ver o mausoléu em construção. A estátua de mármore de Carrara estava lá, exposta para o povo apreciar. A romaria era incessante. Credo, diz a Riachinho, isso é até de mau agouro. Se o pessoal acha que o coronel está com o pé na cova, começa a falta de respeito. Um intrujão como o doutor Gualberto, uma poia, que nunca arredou uma palha, tomou coragem e inventou um abaixo-assinado. Dirige ao senhor bispo um pedido para tirar de Lagedo o padre Bernardino. É muita petulância.

Esse charlatão maçom está é com vento na cabeça. Ninguém por estas bandas vai se meter em conspiração de papel assinado. Passou o tempo, mas o povo não esqueceu o garroteado Filipe dos Santos e o esquartejado Tiradentes. Pode ser que a sirigaita assine, porque depende do doutor Gualberto, que lhe paga o salário. Nem o juiz, que é agnóstico, pode ser que assine, porque já ouvi dizer que vai sair de Lagedo. Se chegar a Mariana, o papel vai direto para a lata de lixo.

O Provedor arranjou uma encrenca na Concórdia. Rabo de saia, disse a Marieta. Eu bem que insisti, mas uma revelação desse porte ela não desembucha com detalhes. De qualquer forma, disse que é coisa muito feia.

XII

A Rosa puxou a Idalina para um despacho no Alto do Cruzeiro. Para elas a Quaresma é tempo de assombração.

Não fazem a menor ideia do que significam os emblemas do candomblé. No galo, só veem o galo, e não o símbolo da Natividade, do segundo nascimento, da ressurreição. O sincretista ignora o que seja o símbolo da meia-noite.

Ramo de arruda, dente de alho, pós e raízes, de tudo essa gente ignara lança mão. A Rosa se atreveu a me dar um ossinho branco que nem uma vértebra. Joguei fora. Se hoje aceito o amuleto, amanhã estou consultando a cigana Violante. Dizia o padre Emílio, a bondade em pessoa, que o povinho miúdo crê no que alcança. Tenho diante de mim o Crucifixo e posso rezar no genuflexório. Aqui o Demônio não encontra guarita.

Ouço a tosse renitente de um menino e me lembro do Quincas Nogueira. Os doentes são as joias da casa. No Céu, o Quincas é a joia que há de proteger o Asilo. Morreu no dia de são Bosco.

Não há chá de poejo que dê jeito nessa tosse. Deve ser o Alípio, que é asmático. A chiadeira aperta e ele não consegue dormir, com a aflição de quem quer aspirar todo o ar à sua volta. A gente ameaça sufocar, só de ver. Pedi à Idalina para preparar outro chá, mais forte. Alípio se chamava um dos quatro amigos de santo Agostinho, imortalizados nas *Confissões*. Rosmaniano, Nebrídio e Verecúndio são os outros três. Ninguém vive isolado, a menos que a solidão seja um caminho para a santidade. O Silenciário só abria a boca para louvar a Deus.

Agora ouço uma vassoura para lá e para cá. Nenhuma dúvida. Alguém está varrendo na direção da porta do meu quarto e, bem perto, estaca. Imagino uma vassoura mágica, que varre por conta própria. Se ameaço me levantar, a vassoura para. Mais uma varredura para lá e para cá, e tudo silencia. Nem sino, nem relógio, nem tosse de menino. A vassoura sumiu e a noite ancorou na mais completa imobilidade.

Deve ser um recado de algum santo, essa vassoura. Preciso fazer a limpeza moral no Asilo. Ajudar o padre Bernardino na obra de combate ao materialismo. Ajudar a Marieta a limpar o Tabuleiro. Ajudar a Calu a livrar a cidade dos hereges. Ajudar a cidade a se livrar da Calu.

Uma pessoa humilde pode entender o que diz uma vassoura. Uma alta inteligência pode deixar escapar uma mensagem. Como Tomás de Aquino, duvido da bilocação de santo Antônio e da ubiquidade de Afonso de Ligório. Catarina de Labouré pegava no pesado, e foi a ela que o Crucificado se dirigiu.

XIII

Está de volta a Lagedo, o Sotero. Quis saber quantos órfãos ainda não foram crismados. Soube por aí que o senhor bispo vem mesmo para a visita pastoral. Estamos precisando de autoridade, disse. Em São João del-Rei tocou na orquestra Ribeiro Bastos, velha de mais de um século. Fingi que acreditei. Pode é ter tocado triângulo na banda da fábrica.

Nunca chegou a primeiro corneteiro. Foi desarranchado porque não tinha futuro nem para tocar surdo. Vestindo preto da cabeça aos pés, o luto fechado contrasta com o ar empolgado com que chegou. Foi assistir o pai, que morreu na Coroa Real, rijo e alerta como este rapazelho, e Sotero apontou um órfão. Seu pai era um matusalém, que andava beirando os cem anos. Com fumo no braço e na lapela, o Sotero cobriu a frente da casa com pano preto e esperou a missa do sétimo dia. E o assunto não acabava mais.

Gosta de velório e de enterro, seja de parente, de amigo ou de desconhecido. Morte para ele é motivo de lambança e cachaça. E ainda se gaba de que ninguém ajuda a morrer melhor do que ele. Conhece todas as simpatias que levam ao último suspiro. Na sua mão nunca um moribundo deixou de ser defunto. Verificado o passamento, dá banho, barbeia e veste, se for homem. Se for mulher, também não recusa uma mãozinha. Depois aconselha e consola os parentes. Na falta do padre, puxa a reza e, se for preciso, banca o coveiro.

Assim que viu o pai desenganado, deu ao ancião leite de peito de mulher. O efeito foi contrário e lhe redobrou as forças, o velho saiu do coma. Já nas vascas, a vida teimava e vencia. O filho piedoso lambuzou então o umbigo paterno com gema de ovo misturada a farinha de trigo. E de novo nada. O agonizante recobrou o ânimo de patriarca e ordenou que lhe dessem de comer e de beber. Quanto todos achavam que não podia com uma gata pelo rabo, saiu do catre pelas próprias pernas. Recusou o leito e a morte, até que afinal, quando ninguém mais esperava, rendeu a alma a Deus.

Do pai, Sotero passou ao frio que este ano vai entrar forte. A natureza já está falando para os que sabem ouvir. O pio do anu, a cor do céu, a inquietação do gado, tudo é uma só escancarada notícia. Me perguntou se não acho uma perversidade raspar a cabeça dos meninos. Indaguei comigo mesmo onde é que ele queria chegar, mas admiti em silêncio que a qualquer hora os maçons podem ver na cabeça raspada mais um defeito do nosso regime disciplinar. O Sotero veio com uma conversa de que só devia raspar cabelo ruim. E hesitou diante do cabelo liso e alourado de Jonas, como se esperasse a minha decisão.

Muitos órfãos já tinham passado pelo cabeleireiro, quando sem mais aquela aparece inteiro diante de nós o Provedor, saído de uma invisível cloaca. Na cara opaca, vil, tinha deixado crescer um bigode de arame. No que falou, as presas de ouro lampejaram de um lado e outro da bocarra. Culote de zuarte, botas e, cúmulo dos cúmulos, rebenque na mão. Minha vontade era de lhe dizer que não estava entrando num curral.

Entre rapapés e salamaleques, o Sotero mudou o pente da máquina e chamou de volta os meninos que já tinham sido tosquiados. Raspou as cabeças a zero. Perturbado, em silêncio, sem encarar o anuviado, só então percebi de quem partira a ordem para mudar o corte. O Sotero executava o serviço e à meia-voz mastigava palavras de concordância.

Nada mais saudável do que raspar a cabeça. Questão de higiene. Evita impingem e piolhos. Ninguém está aqui para fazer cafuné em filhinho da mamãe. O Sotero multiplicava os gestos de amabilidade. Deixou cair o pente no chão. Olhos injetados, nesse momento apareceu a Rosa reclamando, reivindicando. Aproveitei para dar o fora.

Maleta na mão, a cara lambida, um quarto de hora depois o Sotero veio me procurar na cozinha. O diacho, disse ele. Podíamos dormir sem essa. Se ainda não tinha dito, estava claro que ainda ia dizer que a ideia de não raspar tinha partido de mim. Vai entregar a rapadura e a palha. Não faz ideia de que se despojar do cabelo é sinal de submissão.

Eu disse que, adolescente, Catarina de Sena desafiou o pai e deitou abaixo a cabeleira. Era a forma de provar que tinha renunciado às vaidades. Cabelo é ornato dispensável para uma alma piedosa. Fui para meu quarto. O Sotero tomou a liberdade de entreabrir a porta e enfiar a cara. Fechei a porta nas ventas dele. Estava muito ousado. A conversa desordenada é pecado.

Mas o tagarela não foi embora, apesar da desfeita. Mais tarde ainda o encontrei zanzando pela casa. Tinha o que me contar, sussurrou. O rabo entre as pernas, me jurou que não jogou sobre mim a responsabilidade, que confessou ter sido dele a iniciativa. O homem está em palpos de aranha. Como é do seu natural, saiu primeiro com umas palavras rebarbativas. Desta vez são chumbregâncias de alto coturno.

Haja paciência. Depois de verificar que não tinha ninguém por perto, ele então segredou ao meu ouvido: o réu era o Provedor. O homem não teve condição de continuar na Concórdia. Meteu-se com a filha de um meeiro e se deu mal. A menina, menor, foi violada e emprenhou. O pai é uma fera e chamou os compadres. Meia dúzia de jagunços querem beber o sangue do femeeiro.

XIV

O Provedor está de prontidão em Lagedo, para não ser apanhado numa tocaia. A menina é de família pobre, o que aumenta a monstruosidade do ato do Provedor, mas os pobres têm o seu código de honra. E se beneficiar da posição, como foi o caso, ninguém perdoa.

Agora entendo por que a Riachinho me disse que acabar com a pouca-vergonha no Tabuleiro é apenas uma das batalhas. Está à espera de que o Juvêncio mande cortar o bambual. Pouco adiante, depois da cancela, a touceira de bananeiras é outro ponto que precisa ser arrasado. A Marieta não entende que para o vigário é preciso primeiro exterminar a franco-maçonaria, uma força tentacular que tem irradiação fora de Lagedo.

Os casais que se atracam no escuro constituem um escândalo. Muito pior, sobretudo se cair nos ouvidos dos maçons, é o estupro na fazenda da Concórdia. A Riachinho deve estar sabendo da história completa. Vou lhe perguntar como vai a campanha contra os cães e os casais que se engatam na via pública. Aí ela salta para o estuprador.

Aos poucos, vou desvendando esse mistério. Chamado às pressas à Concórdia, o Cunha deve estar por dentro de tudo, é homem de confiança do patrão. A anunciada venda da papelaria ganha um sentido novo. O português que vai ficar com o negócio é uma pessoa fina, me disse o Cunha. Mas se for maçom, pode tirar o cavalo da chuva. O padre Bernardino não vai tolerar mais um herege.

O mais provável é que o Provedor já esteja planejando a volta à fazenda do Morro Grande para se entrincheirar. Com toda a pose que ostenta, morre de medo de arma de fogo. Se não tiver quem o proteja, na roça é que não vai ficar. Apelar para o sogro, o cínico não tem condição.

A dona Matilde não sei se foi posta a par dessa sujeira. Se a Riachinho não está inventando, ela teve aí um aborrecimento e sofreu uma crise de choro. Depois caiu numa grande prostração. Muito bem-educada, a baronesa vive na sua redoma, cercada de criadinhas. Para ela é um choque, lhe chegar ao conhecimento que um irmão da opa, e além do mais com encargos, tenha sido capaz de tamanha baixeza. Isacaaron, o demônio da concupiscência, não perdoa os pecadores que o deixam entrar, ainda que só em pensamento.

A nervosia da dona Matilde pode ser provocada pela dama de companhia. A Riachinho não tem dúvida de que é ela mesma que estava namorando o rapaz no Tabuleiro. Na chácara da baronesa é toda distinta. Enche a boca e quem a vê para lá e para cá pensa que é a dona da casa. Uma princesa bem enjoada, essa governanta. Odienta.

O Pai das Trevas, convidado a deixar o possesso, disse que o seu nome é legião. Ninguém sabe quantos são os grãos de areia na praia. Nem quantas são as estrelas no céu. Nem se pode contar o número de anjos na corte celestial. Houve, porém, um grupo de sábios que decidiu contar os anjos decaídos. O cálculo submetido ao cardeal de Tusculum, no Lácio, chegou a 133 306 668, numa queda contínua que demorou nove dias.

Só pode ser obra do Diabo o cerco que se fecha em torno de Lagedo. O Adversário não dorme. A Calu está certa, o seu sacrifício não será em vão. Se a sua atitude é um escândalo, santo escândalo. Com sua voz agressiva e áspera, denuncia, impreca, profliga. Pouco importa que exponha a língua quando passa alguém, ou que viva na companhia do vira-lata. Cão de Lázaro. Cão de Tobias.

XV

O Orestes foi encontrado na Terra Caída. Não sei se digo alívio ou se digo aflição. Arranjou por lá um sujeito que o acoitou. A escolta pegou o fujão e o coiteiro. Costas lanhadas, sangue pisado, manchas roxas, empolado, apanhou como boi ladrão. A Rosa lhe preparou um banho de bacia, água esperta e salmoura. Ervas, benzeduras e rezas. Não estranharei se vier a saber que chamaram a Luzia Papuda. Fecho os olhos. Já que voltou, o melhor é passar despercebido e se curar o mais depressa possível.

Tendo passado pela cadeia, vai ser difícil não transpirar a notícia. O coiteiro não sei que rumo tomou. Mal raiou o dia, o Sotero veio futricar. Já queria raspar a cabeça de Orestes, um pretexto para ver o rapazote com os próprios olhos. O Orestes ganhou mais corpo. Mas está um trapo.

A polícia sabe bater, disse o cabeleireiro. Bateu até dizer chega no órfão e no coiteiro, que ficaram sem comer desde o dia em que foram capturados. Para mim isto é novidade. Só foram presos hoje. Nessa não caio eu, disse o Sotero. O coiteiro é apicultor e arranjou um encosto para o Orestes. Acredite quem quiser, o fugitivo tinha a intenção de garimpar ouro para lá da Terra Caída. Passaram mel no corpo do coiteiro e lhe soltaram em cima um enxame de abelhas. Já o Orestes sofreu a tortura chinesa.

Quando o Sotero quis me explicar o que é essa tortura chinesa, pedi pelo amor de Deus que me deixasse em paz. Ainda assim ele quis prolongar a conversa, com notícia do Provedor. Quando me garantiu que está em Lagedo, acabou a minha paz. Nem quis saber do resto. Esse homem tem um sexto sentido para a malvadeza. Era muito capaz de estourar aqui na hora em que o Sotero estivesse me falando do estupro. Não quero mais ouvir falar nisso. Pode ser tudo fantasia e no fim pago eu o pato.

Não aguentei ver o Orestes mais do que uns poucos momentos. Está de cortar o coração, descadeirado, cheio de hematomas. Treme e sua. Primeiro ficou na alcova, mas ali ia na certa ser visto, porque passa muita gente pela porta, ou ia ser ouvido, se chorasse e gritasse. Antes que recupere o fôlego, passei-o para o andar de cima. Acabou no sótão, com o Zé Corubim de vigia.

A Rosa desce, a Idalina sobe. A Idalina sobe, a Rosa desce. Estão tontinhas, mas espero que cumpram a minha ordem. Nem pôr o pé na rua, nem abrir a boca. O menino cortou um doze, disse a Rosa. Moído assim, nem no tronco. Voltou o tempo do cativeiro, resmungam as duas. Menino coisa nenhuma, está um homem. A companheira que levou com ele, ou que seduziu, já não estava no Santa Clara. Seu nome é Romilda. Bem pensado, podíamos alegar que o Orestes passou da idade e não tem mais nenhum laço com o Asilo.

Com certeza o fariseu do Provedor estava convencido de que ninguém sabia das estripulias que anda aprontando. Prefiro que o padre Bernardino tome distância do Asilo neste momento. Assim não corre o risco de ser pretexto de exploração política. Se vir o estado em que está o fugitivo, vai direto à polícia pedir satisfação. Um episódio banal de fuga pode assim se transformar num acontecimento público de repercussão. Os maçons estão muito quietos, o que me deixa intranquilo.

XVI

Estou preso ao cárcere do meu corpo. Há uma espécie de Demônio que só sai mediante a oração e o jejum. Expulso de um homem, o Demo anda por lugares secos, procurando repouso, e não o encontrando, volta para a casa de onde saiu. E a encontra desocupada. Então toma consigo sete espíritos piores do que ele e, entrando, habita ali. E o último estado daquele homem torna-se pior do que o primeiro. Não desocupar, não varrer e não enfeitar a casa para os sete espíritos imundos.

De joelhos, faço o firme propósito e durmo com uma surpreendente facilidade. Sonho que estou diante do sinédrio, vestido de capuz, sambenito e um rico umeral. O padre Bernardino tem ao lado o padre Emílio, a quem cabe ler o libelo acusatório. Enquanto estou sendo acusado, a voz e a cara do padre Emílio se transformam na voz e na cara do Provedor.

Terminada a leitura, uma cortina se abre e aparece uma nuvem de testemunhas. Percebo de maneira confusa que lá se encontram, amontoadas, as órfãs do Santa Clara, as criadas da dona Matilde e as mocinhas que ajudavam Sá Jesusa na costura. E Silvana. O padre Bernardino me dá ordem para ficar em pé e o tribunal aguarda a minha confissão. Pecador público, estou sendo apontado à execração de Lagedo. A voz solene é do padre Bernardino. O que de fora entra no homem não o pode contaminar. As coisas que saem dos homens, essas são as que conspurcam.

O que vem das entranhas do homem, isso é o seu mais fundo segredo. A voz agora é do padre Emílio. A calma voz de bondade está ecoando ali, mas vem de longe. Vem do meu tempo de menino. Em pé, tento dizer qualquer coisa, mas um engasgo me impede. Quero explicar ao padre Emílio quem sou eu, aquele menino, mas não consigo. Com o estômago empachado, luto contra o desejo de lançar até que sou sacudido pela vomição. A boca escancarada deixa cair no assoalho uma coisa viscosa e sangrenta: um animal.

XVII

Não terá sido simples coincidência a escolha da Terra Caída para o Orestes se esconder. O lugar está assinalado por algumas histórias de possessão. Há registros feitos pelo cônego Lopes, sob sigilo, para não atiçar a fantasia dos crédulos, nem desatar a ira dos incréus.

Um dos casos mais difíceis foi o da nora de um cabo eleitoral. Não comia, não bebia e não tomava banho. Rolava de rir, pois o Demônio costuma ser bufão. Falava pelos cotovelos, mas ninguém entendia. Chamaram o doutor Lobato, o pai do incréu de hoje. Era, como esculápio, muito superior ao filho, mas não deu resultado. Recorreram a benzedeiras e rezadeiras. Mandaram buscar um charlatão de fama. Apelaram para ciganas e cartomantes.

A família entrou em desespero. Ninguém tinha descanso. Feiticeiros, mandraqueiros, pais de santo, pajés, todos tentavam o diálogo em vão. Pela Terra Caída o medo se espalhou, de grota em grota, e espantou para longe o pessoal. Os poucos abnegados teimavam em dar comida à pobre mulher. Na mesma hora a comida virava pedras que fediam a enxofre, soltavam faíscas e ateavam fogo às vestes de quem se aproximava.

No corpo da endemoninhada não havia roupa que parasse. Esquentava e num instante pegava fogo. Jogavam água em cima, a água fervia, soltava fumaça e se evaporava. Ninguém tinha coragem de encostar a mão na possessa. Nua, o fogo não lhe queimava as carnes. Abriu-se uma fístula no seu peito, sobre o coração, de onde saía um mau cheiro que invadiu primeiro o quarto, depois a casa toda, e se espalhou pela rua. Até os animais fugiram da Terra Caída, menos os urubus, que rondavam os bandos.

À custa de muito jejum e penosa mortificação, o cônego Lopes conseguiu expulsar o espírito imundo. A mulher caiu como morta e ficou desacordada setenta e duas horas seguidas. O velho doutor Lobato chegou a admitir que fosse um caso de catalepsia. A origem da possessão não foi revelada, a não ser às autoridades eclesiásticas. Era coisa de um bruxedo, que passava por um antigo crime de família e incluía a visita de um íncubo. No interior das casas e no silêncio das famílias, tem muito segredo de abelha.

Noutra ocasião se deu um caso de xenoglossia. Era a filha de um fazendeiro de boa reputação. Meio retardada, jeca da roça, a moça mal conhecia o vernáculo. Desde criança costumava ter uns faniquitos. Um dia saiu da inércia e deu um bote em cima de um cabrito.

Nasceu-lhe uma pança imensa. Quem a via jurava que estava grávida. Ela passou a falar em várias línguas, vivas ou mortas. Um padrezinho lhe dirigiu a palavra em latim e ela respondeu em latim castiço. Foi um exorcismo muito custoso para o cônego Lopes. Saiu com a batina chamuscada por um fogo que não é o deste mundo. A batina está hoje em Mariana.

A Terra Caída para mim estará sempre associada à possessão diabólica e ao Orestes. Gostaria de conhecer o sujeito que o acoitou, junto com a Romilda. Agora é que eu quero ver o entusiasmo da irmã Rufina pelo Santa Clara. Na trilha do antigo recolhimento, deixou de lado a formação moral e deu prioridade ao ensino prático. As meninas aprendem a bordar, a costurar, a cozinhar, a tratar dos doentes. Têm aulas de como servir à mesa e receber as visitas. Não lhes faltam lições que as preparam para o casamento. Só não aprendem a se defender dos canalhas.

XVIII

O doutor Altamiro diz que não quer reformar o mundo. Não se abalou quando viu o Orestes, como se o rapaz estivesse no seu natural. E talvez aquela fosse a sua verdadeira imagem. O doutor Altamiro ajeitou os óculos e se limitou a dizer que a natureza cura tudo. Aprova os chás e as compressas, os emplastros, as cataplasmas. Uma felicidade o povo ter os carimbambas e as rezadeiras a quem recorrer. Não há doença que não encontre remédio na nossa flora, diz ele. E o Chernoviz faz milagre.

Hoje espremi com um chumaço o berne da cabeça do Ladário. Não sou nenhum alfenim, mas é duro. Cabeçorra, troncudo, o Ladário só cresceu para os lados. As pernas curtas, mãozinhas de criança. Fico imaginando se alguém um dia no Divino me dissesse que eu tinha de espremer um berne na cabeça de um anão de pernas cambetas. Eu mandava internar o vidente em Barbacena.

Sei o que me custa, porque até cuspe me vira o estômago. Como a palavra que evangeliza, de dentro do homem é que vem a saliva. Nosso Senhor olhou o céu, suspirou e molhou o dedo na própria saliva, quando lhe levaram o surdo-mudo galileu. É uma coisa que me faz bem, saber que Jesus suspirou. Gosto desse suspiro antes da cura milagrosa. Milagrosa, mas que exige o elemento humano da saliva.

Melhor espremer berne que ter a meu cargo uma mendiga leprosa e beber o que ficou na bacia depois que se lavou ferida por ferida da leprosa. Melhor sentir o berne repugnante nos dedos do que sentir o halo putrefato de uma dama adúltera da nobreza.

Suores, mucos, fezes, urina. O fartum dos adolescentes na obscena flor da idade rivaliza com a aragem azeda que vem do lixo detrás da cozinha. Moscas, mofo, umidade. A aguardente da Rosa não lhe disfarça o bodum. Poeira, ratos, baratas. A inhaca da Idalina se mistura ao cheiro das ervas. E dizer que aqui já houve límpidos castiçais de prata do Porto, jarras de cristal, caixas de porcelana francesa.

XIX

Um cabecear aflito procura atravessar a vidraça. De costas, um besouro se agita no chão. Tento devolvê-lo à liberdade, mas ele escapa e voa tonto para a luz. De novo se arremessa. Até os insetos fogem da treva e preferem a luz. Com a chuva, a temperatura baixou e tivemos nevoeiro pela manhã. O tempo também tem os seus caprichos. Confinados pelo mau tempo, como besouros, os órfãos se amontoaram debaixo da coberta de telha vã.

Fui até o andar de cima e ouvi bater no telhado o peso do aguaceiro. Passei pela porta da água-furtada, mas não espiei o Orestes. Entreguei-o a são João Silenciário e estou confiante. Vai melhorando, e não há comentários maldosos pela cidade.

Jorrando das calhas podres, a água engrossava o enxurro que arrastava as folhas e os detritos. Enojado de mim mesmo, tive a certeza de que já vivi tudo isto que vejo e sinto. Se tiver de ruir, o Asilo vai ruir. Tudo é velho. Velha é no céu lavado a lua nova, que nasce para em breve perecer. E em seguida renascer.

Recolhido ao quarto, escrevi a Sá Jesusa. Caprichei tanto na letra, bordei tanto as maiúsculas, que fiquei com o punho doendo. *Eu preciso da sua santidade.* Dei notícia da missa que encomendei por alma de meu pai, na data de sua morte. Pura imaginação. Não encomendei a missa, mas me lembrei da data. *Corrija-se, meu filho.* Primeiro, quase nunca encontro o padre Bernardino. Segundo, se fosse lhe pedir para rezar a missa, era bem capaz de me perguntar de que meu pai morreu.

Agoniado, há mais de meia hora apitou o noturno. Lá vai serra acima, serra abaixo, pela bitolinha, a maria-fumaça que partiu de Lagedo. Deixar o Divino não me foi fácil. Sá Jesusa não chorou as lágrimas copiosas de santa Mônica, nem me acompanhou até o mar. Nunca vi o mar. Minha mãe também não. Sete anos se passaram e a ideia de partir me é hoje mais dolorosa. Ser afastado deste quarto. Cela de frade, de preso, de órfão. Fiz voto perpétuo. Se parar de escrever, faço também o voto de silêncio.

    Partida agora, só a definitiva. Não haverá segredo nem silêncio. Tudo será luz e as trombetas soarão. Morro de medo dessa hora, mas ao menos saberei o que é bom e o que é mau. O que está certo e o que está errado. O que estará à direita e o que estará à esquerda do Deus Pai. Preciso dos dons e dos frutos do Espírito Santo. Confio no Paráclito, que advoga a minha causa desde que nasci. Só por obra da infinita misericórdia me livro da eterna danação.

    Se tinha de passar, já passou o Cavaleiro da Capa Preta. Uma coruja piou, calou-se o sapo que no princípio da noite parou aqui debaixo da janela. Está frio o chá de erva-cidreira. Dormir do lado direito evita pesadelo, dizia a minha avó Constância. E do lado esquerdo chama a insônia. Ouço nas têmperas o baque do meu coração. Em Lagedo, nas têmporas da Quaresma é a Calu quem paga por todos nós.

    De repente, o silêncio se estilhaça como vidro. Alguém do lado de fora atira pedras nas janelas do Asilo. Com raiva e com força, está sendo apedrejado o velho casarão histórico, orgulho da grei brasonada da dona Matilde. Beijo a Bíblia que pertenceu ao cônego, e onde ele depositava seu ósculo de pureza e sabedoria. Tento olhar pela janela, para descobrir quem é o vândalo. Mais pedras são arremessadas. Pego uma delas no chão. Está quente.

XX

Satanás recorre às pedras porque sobre pedra Pedro construiu a Igreja. A rocha da verdade. Deus permite a manifestação do Maligno, mas não abandona os que se dedicam à edificação das almas. Quando cresce o número de hereges, cresce também o de mártires e santos.

Jesus perguntou aos príncipes dos sacerdotes se não tinham lido nas Escrituras que a pedra, posta de lado pelos que edificavam, veio a se tornar a cabeça do ângulo. Essa pedra é o Cristo. Rejeitado pelos sacerdotes judeus, é a pedra angular da Igreja.

As pedras atiradas contra o Asilo ficaram no chão. Os órfãos dormiam quando aconteceu o apedrejamento. A atroada tiniu e retiniu em todo o sobrado. Por um longo instante estremeceu as portas com a veemência de um tufão. Tive a impressão de que os móveis saíam do lugar e uma poderosa força atirava objetos ao chão. Eu tinha de procurar o padre Bernardino, tudo lhe relatar e pedir a sua superior orientação.

Ocupado como anda, único operário para a grande messe, o vigário podia estar ausente. O meu dever era ir em seu encalço, sobretudo depois que as pedras desapareceram. Ninguém as recolheu, disto não tenho dúvida. Estavam quentes, cada vez mais quentes, e talvez cheirassem mal, com uma exalação que a ciência não explica. Afastei a hipótese de pedir o testemunho da Rosa e da Idalina. Tampouco podia envolver nisso os órfãos. Toda discrição é pouca.

Me vi diante de uma dessas cadeiras de salão de cabeleireiro. Envergando um jaleco branco, o Sotero da Encarnação, na mais perfeita paz, acabava de aparar o cabelo do padre Bernardino. A cadeira deve ser novidade do coronel Antônio Pio, que deseja o melhor para a paróquia. A cena era muda. Como se não me visse, o cabeleireiro abria e fechava uma caixinha com talco e esponja.

Escovas, pentes, espelho manual e espelho de parede, frascos de várias cores, algodão, tudo isto na casa paroquial. Com um barulhinho irritante, o Sotero esgrimia a tesoura no ar. Os olhos cerrados, como se rezando, o vigário fez um ligeiro aceno com a mão e o Sotero puxou para baixo a cadeira. Ainda sem tomar conhecimento da minha presença, começou a fazer espuma num pote. Um perfeito artista, que conhece de cor cada um dos seus movimentos.

O padre Bernardino tenho a impressão que chegou a cochilar. Enquanto o cabeleireiro afiava a navalha, num movimento incessante para baixo e para cima, na manhã claríssima lá fora um sabiá cantou. Para cima e para baixo, primeiro raspando, depois escanhoando, a navalha ciciava suave na face do vigário. O sabiá fazia o contraponto, como se também tivesse de cor o papel que lhe cabia.

Andei até a porta e a luz da manhã me ofuscou. Ao menos o sabiá podia parar de cantar e quem sabe assim se quebrasse o encanto do cromo matinal em que me intrometi. Com um desperdício de gestos, o Sotero afiava a navalha outra vez no cote e no couro. Eu os via sem que me vissem. O vigário e o barbeiro estavam sós num salão exclusivo. Quando o Sotero passou sem cerimônia a mão no rosto do pároco, me senti ainda mais um intruso.

Pudesse sair, eu saía. Mas estava mesmerizado pela cena. Recomeçando a operação de escanhoar o vigário, estava agora evidente que o Sotero prolongava o seu desempenho. Talvez aguardasse um novo aceno, para afinal concluir. Talvez tentasse tirar uma gota do reverendo sangue para assim prorrogar o momento de bater a toalha e dar por encerrada a sublime tarefa. Na manhã luminosa, a cadeira rebaixada como um leito, o barbeiro e o sabiá tornavam fantástica a minha história do apedrejamento. Coisa mais infantil, num mundo em que o sol brilha e cantam os sabiás a sua partitura imutável. O Sotero seria o primeiro a não conter o riso de zombaria, diante da história da carochinha que eu trazia.

Reverência após reverência, recolhidos os potes, as caixinhas, os apetrechos, o Sotero da Encarnação foi saindo de costas, numa murmurante sucessão de amabilidades. De mim não tomou conhecimento nem por um instante. Ali estava a oportunidade para a conversa que me permitisse dizer tudo o que venho calando. Denunciar a conspiração do Provedor, que na sombra cogita de vender o sobrado. O casarão desabando e os órfãos ao desamparo.

Mas nesse momento deu-se um corte em meus pensamentos. Escorreguei para dentro de mim, deslizando rápido, e sumi. Não me ficou a mínima lembrança deste instante. Por mais que eu tente agora escarafunchar, nada me vem à consciência. Sei que estava lá. Sei que o sabiá ainda cantava. O padre Bernardino, então, à vontade, levou à boca sem pressa uma xícara. Depois olhou o relógio na parede e disse que tinha um compromisso.

Mas eu precisava falar. E devia sair. Ao mesmo tempo queria descobrir o que o vigário bebia. Uma preocupação frívola, mas impositiva. Pelo aroma não era café. Nem chá. Havia no ar outros cheiros, perfumes, fragrâncias. O padre Bernardino foi deixar a xícara na copa. Demorou um bom pedaço. Pelo barulho, sei que abriu o armário em que guarda suas armas de caça. Pensei que iria atirar no sabiá. Mas o pássaro tinha se calado e devia estar longe dali. Vi, então, no porta-chapéus a bengala de castão de prata que pertence agora ao Antoninho Pio.

As pedras, não. Mas podia começar pela venda do sobrado, assim que o padre me desse atenção. Foi nesse momento que vi. Vi de relance e não acreditei. O pároco, o nosso santo cura, sem a coroa. Tão prosa, mas incompetente, o Sotero da Encarnação com certeza não sabe abrir uma simples tonsura na consagrada cabeça de um presbítero, o honroso sinal que recorda a sacrossanta Coroa de Espinhos.

Alguém bateu palmas e veio subindo a escada. Mais um pouco e estava dentro de casa, com fraterno alvoroço. Sorridente, mais gordo, quase balofo, o Antoninho Pio pôs a mão esquerda no meu ombro e retomou com o padre Bernardino uma conversa há pouco interrompida. Percebi, em sua maneira, que dessa vez voltou a Lagedo para ficar. Era como se agora carregasse o cetro, o legado de pai a filho, como convém à boa ordem das coisas. A mão no meu ombro foi como um sinal para me dispensar, não um cumprimento. E então saí.

XXI

Assim que o vi, me pareceu figura conhecida, mas não o identifiquei. Ele fingiu que não me viu, o que quer dizer que me reconheceu. Está um mulatão sacudido, não sei de onde foi tirar esse corpanzil. Já se vê que o angu do Asilo não é assim tão pouco nutritivo. Songamonga, de jeito não mudou. Não encara a gente. Puxei conversa, espichei as pausas, mudei de assunto, cutuquei com perguntinhas de monossílabo e até com grunhido. Dei corda para ao menos saber como veio parar ali. Assim que ele tirou um canivete do bolso e começou a afinar sem propósito uma ripa, não tive dúvida de que ia se concentrar e entabular uma boa conversa.

Trazia na cintura uma arma, que acariciou. O cinturão estava frouxo, o coldre não comportava a garrucha. Meio torto, em pé, coçou o gogó e espiou a poucos passos o botequim. Ninguém à vista. Matar o bicho, disse eu. Num arranco, saiu sem dizer palavra. Foi num pé e voltou noutro. Com a pinga no bucho, custou, mas disse que dá conta de uns recados, faz uns mandados. Tudo vago.

Sem espantar a caça, falei do Zé da Igreja, que sumiu. Só então o Paulino me fixou um olhar amarelo e me disse que já sabe uns dobres. Quem é que aqui não sabe repenicar um sino? Até um quasímodo, pensei. Todo mundo nasce e morre ouvindo tocar sino. Mais um pouco e me contou que às vezes faz a coleta na missa. Deve furtar uns trocados, pensei. A missa que vem sendo celebrada pelo padre holandês, que vem de passagem, e some.

Paulino falou de outros padres, que ajudam e, conforme o dia, substituem o padre Bernardino. No olho direito tem uma estria sanguínea, e o olhar de um cão que percebe o dono se aproximar. Meio de banda, se virou para o lado do botequim e me perguntou se eu queria ver o vigário. Como é que pode ser esperto um sujeito assim tão bronco? Podia querer mais uma talagada, pensei. Nada disto. Estava cumprindo sua obrigação. Vigiava.

Não dá para entender por que foram desencavar esse casca-grossa, e logo para junto da igreja. Nunca que vai aprender a balançar o turíbulo. O Paulino, Deus que me perdoe, está parecendo um animal, até no jeitão quieto e ao mesmo tempo arisco. Aí pensei num macaco ajudando a missa. Deus que me perdoe, mas o bugio ia ser mais capaz de repetir duas palavras do ordinário em latim.

Tempos enigmáticos, e não apenas do lado inimigo. A dona Dolores canta no coro e domina sozinha a bênção do Santíssimo. A Calu na sarjeta. O Paulino, o latagão, o tocaieiro, que deixou o Asilo e sumiu no mundo, agora recolhe as espórtulas. Um órfão que passou pelo Asilo e recebeu aqui formação moral não guarda um traço do que lhe foi dito e ensinado. Paulino não tem na cara um simples vislumbre de infância. A impressão que se tem é que nasceu assim, compacto, duro, esquivo, escondido em si mesmo.

Como o Orestes, o Paulino nunca foi capaz de me ver como alguém que está aqui para lhe fazer bem. Conseguia me ser ainda mais hostil que o Orestes. Certa época no Divino até os cães se enfezavam quando me viam passar, como se eu fosse um anão. Um gato podia estar dormindo, era eu me aproximar e o bicho chispava, ameaçado.

XXII

Durante o ofício na matriz, uma sombra cobre o meu olhar. Os fiéis se ajoelham, se levantam, uma criança chora, uma tosse ecoa pela nave, pés se arrastam e vozes rumorejam na manifestação de fé. Um mundo de gente. A procissão do Encontro saiu atrasada e demorou demais. Não quis trazer o Orestes, não convém expô-lo em público, cheio de cicatrizes. Tomei a precaução de não ficar em evidência durante a cerimônia religiosa. É melhor a penumbra da modéstia. Agora com mais razão. O comportamento dos órfãos deixou muito a desejar. Não rezaram, olhavam para trás, se entretinham com brincadeiras impróprias. Fiquei dividido entre a devoção e a fiscalização. O José Alfredo teve uma síncope, que assustou e chamou a atenção. Devia ser o sol, mas uma beata veio logo perguntando se o coitadinho tinha comido pão no café da manhã.

Mais uma Quinta-Feira Santa. *Dextera Domini fecit virtutem.* O coração apertado, vi a fila dos fiéis na Mesa Eucarística. Sussurrada, chegava até mim a voz do padre que veio de Mariana. Podia ficar como coadjutor. Fala melhor do que o franciscano que ajudou a distribuir a comunhão. Preferi não contar os órfãos que comungaram, para não saber quantos não receberam a eucaristia. Mas eles eram gente simples, eu devia amá-los. Pés no chão, resistiriam ao suplício do fogo, se retalhados ou untados com óleo ardente.

De volta ao Asilo, tomei um susto: o Orestes tinha sumido de novo. Mas logo foi encontrado escondido no abacateiro, com a intenção, dizia, de apanhar um sanhaço. O Alípio o descobriu, mas ele se recusava a descer. Ameacei chamar a polícia e ele me obedeceu na mesma hora. Não desconfiou que eu não ia cometer essa imprudência. Era melhor para ele mesmo que morresse, mas até agora tem tido sorte com a recuperação. O Sotero tem razão, a polícia sabe amedrontar.

Dentro de mim, quando me vi sozinho, continuava passando a procissão, consubstanciando todas as procissões que acompanhei. O remoto menino vestido de anjo flanava em minha mente, entre as ruas do Divino. O carmelita descalço, promessa de Sá Jesusa, levado aos cinco anos de idade à presença da santinha feia. Ela me parecia a mais linda de todas as santas. Fiquei apaixonado por sua pureza, e Teresa de Ávila nunca mais me deixou.

Pela janela, de noite, assisti à passagem da procissão da Boa Morte, com a banda de música. Cruz nos ombros, pesadas promessas, os devotos caminhavam de joelhos. Pés, mãos, braços, cabeças, tudo se confundiu aos meus olhos e por um momento tive receio de cair, dominado pela repulsa diante dos ex-votos. *Per lignum servi facti sumus.*

Preciso me esvaziar deste mundo. Deus não se manifesta em mim, se me encontra ocupado. Escapulário no peito, opa e vela na mão, o Sotero acenou para mim. Desviei os olhos e tive um repentino encontro com o olhar da dona Dolores. Sorte madrasta. Estava vestida com uma roupa estranha, ares de santa. Irritado, tentei mas não consegui ver mais o andor do Senhor Morto.

Sábado da Aleluia. Judas devolveu os trinta dinheiros e se enforcou. Aos pés do Mestre tinha de haver um suicida. Um judas foi malhado na esquina, com a ajuda dos asilados. Não fui ver, nem perguntei quem era. Tive medo. Podia ser eu. No Domingo da Ressurreição celebrei com o fermento velho. Não removi a pedra do meu túmulo, não ressurgi com o Cristo Jesus. No símbolo do ovo, uma vida nova morreu.

Os órfãos jogaram bola na Sexta-Feira da Paixão. Lembravam uma tribo de bugres antes da chegada de Anchieta. O Orestes dominava a bola com facilidade. Era um ser misterioso. Sei que por trás da briga com o Lagartixa há toda uma longa história que temo conhecer, já me bastam alguns detalhes sórdidos. A volta de Orestes terá sido um mal. O saldo está longe de satisfatório. Mas que fazer? Pouse o Senhor no meu peito pecador os Seus divinos pés.

XXIII

Está na cidade um circo roscofe, com bichos, palhaços, malabaristas. Agora que passou a Quaresma, vai começar a função e me veio a ideia de levar os órfãos para ver o espetáculo, numa sessão diurna. Deixaram aqui hoje um papelucho. O Gran Circo Astrakan, é assim o nome, está armado na várzea perto do Tabuleiro.

Com a presença de crianças, a coação moral se exercerá contra o espetáculo da sem-vergonhice. Uma cancela foi instalada no Tabuleiro, por iniciativa da Prefeitura. Tem um propósito moralizador, e ao mesmo tempo protege os namorados.

Isso pode ser coisa do Perini. Quer agradar todo mundo, tendo em vista a eleição que vem aí. O Juvêncio segue a cabeça dele e não duvido que as carrocinhas de pipoca sejam um fato consumado. Pipoca só, não. O lugar está virando uma feira, que a cada dia atrai mais gente. E a cancela isola os casais, que contam ainda com o bambual e com o escuro. O Orestes é um que podia estar lá metido com a sua dulcineia. Não vou estranhar se amanhã souber que foi o Perini que pôs no Tabuleiro os ambulantes de guloseimas.

Levar os meninos ao circo ia contribuir para desarmar a hostilidade contra mim. Podia ser também uma prova pública de que o Asilo sobrevive em paz. Por outro lado, temo que os órfãos causem má impressão com as suas caras patibulares. Sempre é arriscado expor à curiosidade geral o meu bando de maltrapilhos pés-rapados. Do ponto de vista moral estão também andrajosos. Quando se põem em fila, parecem uma visão de pesadelo.

Enquanto me debato entre dúvidas, imagino que no Santa Clara já devem ter providenciado as entradas do circo, sem mais delongas. A irmã Rufina tem orgulho da revolução pedagógica por que passa o orfanato. O cabelo das meninas sempre foi usado *à la homme*, para não incentivar o que a princípio é apenas uma vaidade pueril, mas que depois, numa escalada incontida, se transforma em atração, sedução, pecado. Pois agora já há meninas com os cabelos compridos e até soltos.

A passagem de Marieta hoje pelo Asilo, ainda que breve, me trouxe um desconforto que desencadeou a minha dor. Preferia não saber que a dona Dolores representou a Verônica na procissão do Enterro. É capaz de tudo, essa mulher, tal o desejo de se exibir. Não ouvi o seu canto e não teria reconhecido a cantora, se a tivesse ouvido. Para a Riachinho foi um sucesso. O povo delirou. Houve gente que até derramou lágrimas.

A Verônica é uma figura que se incorporou às solenidades da Semana Santa. A intenção é piedosa e desperta emoção que em princípio pode ser positiva para o sentimento religioso. Seria preciso dizer que não passa de uma impostura, essa Verônica que plangeu e chorou na voz da dona Dolores. O papel é da doida Calu.

Outro aborrecimento que eu nem devia anotar diz respeito ao padre Bernardino. O vigário aprecia o doutor Januário e não perde vaza de levá-lo para baixo e para cima. Bom orador, contador de lorotas, o Promotor ajuda a nossa causa nessas andanças pelas redondezas. Isto não quer dizer, porém, que eu aceite ele ter ido pescar em plena Semana Santa. A lua, a água, até os peixes, tudo podia estar a favor. Mas não era hora de pescaria. Também não caio nessa de que o padre Bernardino aceitou o dourado que lhe deu o doutor Januário. No rumo em que vão as coisas, daqui a pouco vão tentar me convencer de que o padre Bernardino também foi pescar.

XXIV

Não tive coragem de dar a dona Matilde notícia da tumular tristeza que habitou o meu coração pela Semana Santa. Preferi falar de miudezas do cotidiano. O Deusdedit pisou num espinho e o calcanhar inchou. Com medo de uma gangrena, lavei o pé atingido, numa infusão de água esperta, e lancetei o edema com o canivete. Saiu um repulsivo e fétido pus. Flambei uma agulha e tirei a felpa. Quando acabava o curativo, ouvi bater forte a matraca da Quarta-Feira de Trevas. O matraqueiro fez questão de dar uma parada em frente ao Asilo.

A dona Matilde contou maravilhas da Semana Santa em São João del-Rei. A mais linda em todo o velho distrito do ouro. Na música, nos paramentos, a seu ver as cerimônias em São João superam em beleza as de Vila Rica. Ela pode fazer a comparação, porque conhece bem uma e outra, mas não conhece a do Tejuco. No ano que vem espera ir àquelas lonjuras diamantinas do Jequitinhonha. São José del-Rei, Prados, a Lage, a Lagoa Dourada, Mariana, por estas bandas nada lhe escapa.

Animada, a baronesa. Já viajou pelo Paraopeba e visitou igrejas, eremitérios, capelas que ninguém conhece. Entre Rios, Moeda, São Gonçalo da Ponte. No Belo Vale rezou na fazenda da Boa Esperança, sob o teto do Athayde e aos pés de uma Conceição do Aleijadinho. Dá gosto ver como a dona Matilde enche a boca para cantar as belezas que lembram o esplendor dos tempos do barão e do visconde. Fiquei tão entretido com a conversa que mal percebi a presença da governanta Abigail do Tabuleiro.

Indulgente, a dona Matilde insistiu para que eu fosse até o pomar chupar no pé umas jabuticabas. Não faça cerimônia, disse ela. Não aceitei o convite com medo de que a Abigail me acompanhasse. Com a sineta, a baronesa chamou uma das suas criadinhas e apareceu uma de veias azuis à flor da pele. São tantas, que não saberia dizer se essa era nova. Touca na cabeça, um vestido alvíssimo, a mocinha me serviu um café em xícara de porcelana. Não consegui esconder o tremor da mão.

Com parentes em São João del-Rei, dessa vez a dona Matilde encontrou lá uma pessoa muito instruída que a acompanhou na visita às igrejas. A descrição que me fez da matriz do Pilar foi uma verdadeira joia literária, a partir da lição que lhe deu esse parente que estudou na Europa e é um *connaisseur*. Tudo começou a partir do curativo que fiz no Deusdedit. Por uma associação de ideias, ela mencionou a tela que mostra Madalena em casa de Simão, o Leproso, ungindo os pés de Nosso Senhor. A obra é tão requintada que há quatro ou cinco anos foi atribuída a Leonardo da Vinci, com repercussão até no exterior.

Depois de falar da talha genial do nosso barroco, de ânforas e de edículas, de retábulos e de transeptos, a dona Matilde louvou o altar-mor. Anjos alados cercam a Santíssima Trindade. No sacrário está o coração da Igreja, com o cordeiro sobre passagem do Apocalipse, a dos sete selos que se transformam no teclado de celestes harmonias. Há três anjos. Um pelicano alimenta os filhotes com o próprio sangue. Tudo esplende em ouro.

O magistral violino de Japhet Maria da Conceição soou na Matriz fazendo se derramarem lágrimas dos olhos da baronesa, braço dado ao maestro Jouteux, que lhe soprava ao ouvido a qualidade do virtuose. Um preto retinto, disse ela, e um grande músico. Vai brilhar na Europa, disse o maestro. A convite de dona Matilde, Jouteux virá breve a Lagedo. Outro que virá é o tal Alemão, professor que sabe mundos e fundos. Fiquei preocupado, mas minha cabeça girou quando ouvi a baronesa dizer que surgiu o nome da dona Dolores para no ano que vem cantar na Semana Santa em São João del-Rei.

XXV

Cada qual tem o quinhão que lhe cabe, segundo a medida do seu merecimento. Dom Bosco saiu recolhendo meninos de rua e encontrou Domingos Sávio. Vinha do interior, tinha doze anos e era filho de um ferreiro e de uma costureira. Quando fez a Primeira Comunhão, aos sete anos, Domingos fez também uma opção definitiva. Antes a morte que o pecado. A religião deve ser o ar que respiramos, dizia ele. Se vocês vissem como é bonito o que vejo, disse antes do último suspiro. Domingos Sávio morreu aos quinze anos.

Farisaísmo. Nunca encontrei um Domingos Sávio. A mim me cabe o meu Orestes. De nada adiantou a tortura chinesa, já está disposto para outra. Vejo em seus olhos que busca uma oportunidade de irreverência. Está ainda um pouco pálido, o que acentua o silêncio com que me desafia. Tenho medo que ele queira tirar uma vingança do Lagartixa. Ou do Zeferino, que o denunciou.

Do Jonas, o Orestes resolveu bancar o protetor. Como vinha urinando toda noite na cama, o Jonas recebeu um castigo adequado. De manhã tem de pegar o colchão e o lençol e estendê-los ao sol. Vi hoje o Orestes ajudando o Jonas. O interesse me parece suspeito. Tanto na idade como no tamanho, os dois não têm afinidade. Segundo me contou o Lagartixa, ninguém pode chamar o Jonas de mijão. A ordem partiu do Orestes e todos, com medo, obedecem.

Não posso poupar o fujão, que voltou mais escolado. A temporada na Terra Caída serviu para lhe afiar as garras. Vou ver se arranjo um pouco de água benta com a Marieta para borrifar umas gotas no Orestes, de noite, sem que ele perceba. Ou posso aspergir sua cama, que agora está do outro lado do dormitório. Mandei retirar as camas desocupadas. Mesmo afastado, o Orestes é um perigo. Pelo visto, o Diabo não está preso na cancela do Tabuleiro. Anda por Lagedo, como anda pelo Asilo.

Marieta encarregou a Idalina de fazer umas simpatias com o Alípio. Por ocasião da última crise de asma que ele teve, a Riachinho lhe deu uma infusão de baratas torradas. O menino tomou sem saber o que era, e ela garantiu que a chiadeira ia desaparecer. Voltou agora mais forte. Prefiro não tomar conhecimento. Só não permito que apele para o espiritismo.

XXVI

No Divino, eu enfeitava uma cruz de madeira com flores e a pregava à meia-noite na porta de casa. A princípio era só no dia da festa da Santa Cruz. Mas o padre Emílio entendia com razão que todo dia é dia da Cruz. Hoje colhi umas flores brancas e outras vermelhas. Esperei a chegada da meia-noite. Rezei o Credo, com redobrada atenção em cada um dos artigos de fé do Símbolo dos Apóstolos. Modesta que seja, vale a tentativa de afastar do Asilo os maus espíritos.

A cruz na mão direita, o martelo na esquerda, não tive sorte na primeira tentativa. No silêncio da meia-noite a cruz caiu no chão e o prego não entrava no portal. O barulho fez com que algumas luzes se acendessem nas casas vizinhas e vultos surgiram às janelas. Um cavalo bufou nas minhas costas e se aproximou tanto que tive medo de ser imprensado contra a parede. Era como se quisesse arrancar a cruz da minha mão. No momento em que recomecei a tentativa de martelar, a porta bateu e me deixou do lado de fora, sem a chave.

Na rua escura, ouvindo ainda o frêmito do invisível e aterrorizante cavalo, tive os encontros terríveis da noite. Não conseguia me lembrar do Livro de Jó, nem dos Salmos. Entrei em mim mesmo com uma grande aflição e fadiga. O Doutor dos Doutores está coberto de razão. Só a Graça liberta. Beijei a cruz. Pela Graça, o medo saiu de mim. Bati várias vezes na porta, mas ninguém acordou.

Sentei-me, desolado, encostado à parede e me entreguei a lembranças. Não sei se é por causa do nome da cidade, ou se porque o povo de fato é devoto, ou ainda se porque lá todos têm em si o estigma da crucifixão, a festa da Santa Cruz do Divino não tinha igual. O povo espalhava bandeirolas de papel colorido e copinhos iluminados, também de várias cores. As cruzes eram ornamentadas e cintilantes. A banda rumava para o Alto da Cruz, os músicos uniformizados, com o maestro Janjão à frente. Leilão de prendas, distribuição de cartuchos de amêndoas, canjica, amendoim torrado, a festa tinha também o seu lado pagão de comilança. Senti fome. Bati novamente na porta.

Pensei em ir dormir na igreja, mas temi acordar o padre Bernardino. Na cidade adormecida ninguém me abriria a porta e me ofereceria um leite quente, uma cama macia. Agora só se pensa em política. A falta de piedade do povo de Lagedo não pode ser debitada à omissão do padre, nem à pouca atenção do senhor bispo. O vigário faz o que pode, atua em várias frentes, segundo uma prioridade que não nos compete discutir. Há no mundo uma crise de vocações. Já no tempo do cônego Lopes faltavam pastores e é quase certo que o rebanho fosse mais numeroso. Invoquei a proteção do cônego, e a porta se abriu. Rosa, sonolenta, perguntou de onde eu vinha, com aquela cruz e aquele martelo nas mãos. Mandei-a de volta para a cama.

    Sozinho, na sala decadente, lamentei a situação do Asilo e da cidade. O padre Bernardino não tem tempo de se coçar. Primeiro de tudo, tem de ganhar a eleição. O coronel está fora de combate. O Juvêncio é uma plasta e tem medo de ficar contra o doutor Lobato. Para ele o que importa é o armazém. Seja quem for o candidato, o peso da campanha e até o da Prefeitura vai cair nos ombros do padre Bernardino.

    Se não é conversa fiada do Sotero, o Provedor botou as manguinhas de fora e se enfeitou de candidato. No que depender de mim, não digo nem que sim nem que não. Mas deram corda demais ao vampiro. Pelo jeito, o Antoninho Pio vai deixar na mão dele as fazendas do pai. Faz lá o que bem entende. Depois da trapalhada que arrumou na Concórdia, o borra-botas morre de medo. Vive cercado de capangas e jagunços. Para minha tristeza, um plano satânico vai sendo posto em ação. Se o Provedor conseguisse se eleger, aí é que a dona Matilde mudava mesmo de lado. Moreno, coitado, cresça e apareça. Ele não se enxerga. Só porque andou pelas grotas em companhia do coronel, já quer posar de político. O povo não aceita um candidato do tipo negroide. Ainda vai levar anos para surgir um prefeito mulato. Aqui as pessoas se fingem de brancas caucasianas, ou arianas. Mas não falo nisso. Guardo a minha boca para comer farinha.

XXVII

Nenhum trabalho é desonroso, diz o padre Bernardino. E dá o exemplo, com uma disposição de servir que não escolhe tarefa ou caminho. Além do seu ministério espiritual, atua com energia nas matérias terrenas. Sustenta que toda vitória tem mérito, mesmo a vitória do Diabo. Na certa se referia aos maçons. O Benfeitor é um que lutou muito para ter o que tem. Não só o patrimônio material, que põe a serviço do bem comum, como também a autoridade moral de que se reveste a sua chefia política.

O Sotero me perguntou se vou ouvir a palestra que o Alemão vai fazer, a pedido da dona Matilde. Nem sabia dessa palestra. Sei que o Alemão fez uma conferência sobre o barroco em São João del-Rei. Pois deve ser a mesma. Pode ser no teatro, no cinema, ou até na loja maçônica. Se contar com a simpatia do padre Bernardino, lugar é que não vai faltar. Mas primeiro é preciso saber se esse meteco é católico. Se tem humildade para tocar com suas mãos grandalhonas as peças sacras.

Pensando em falar sobre o Alemão, fiz uma visita à casa paroquial. O padre Bernardino, muito bem-disposto, me recebeu com a maior cordialidade. Estava acabando de se aprontar e veio até a sala com uma escova na mão. Com o pé na cadeira de palhinha, me estendeu a escova. Não sei se ele disse alguma coisa, seja com palavras, seja com um gesto. O fato é que me fez um pedido. Ou me deu uma ordem, tanto faz. Tomou uma liberdade com uma pessoa que há anos lhe é familiar. Escovei o sapato com tal empenho que a escova escapuliu da minha mão e voou longe, bateu na janela e quebrou a vidraça, como se fosse uma pedrada.

A bruxa velha até apareceu na porta, limpando as mãos no avental. Apanhei a escova e ataquei com o mesmo afã o outro sapato. O padre Bernardino, com o outro pé na cadeira, deu a tarefa por concluída no mesmo instante. Mas da minha cabeça até agora não saiu esse lustre nos sapatos do reverendíssimo. O engraxate do padre Bernardino.

Enquanto escrevo, ouço bem perto a vassoura que varre de lá para cá. A impressão que tenho é que está trazendo a sujeira lá de fora para aqui dentro. Olho o Crucifixo com a intenção de rezar um terço e dou com ele fora do lugar. Alguém deve ter andado aqui no meu quarto enquanto eu estava fora. Não é a primeira vez que o vejo assim torto, como se o tivessem empurrado. Ou como se ele próprio quisesse se desprender e abandonar esta cela em que pratico a minha pecaminosa grafomania. Abri a janela, para renovar o ar viciado.

Com mão delicada e respeitosa, pus no lugar o Crucifixo. Para meu espanto ele caiu no chão. A Rosa e a Idalina vieram ao quarto atraídas pelo barulho e entraram em pânico. Mais tarde contaram para a Marieta do Riachinho, que veio me falar numa providência sacrílega. Tentou me convencer que a Calu é médium e podia ver se algum espírito ruim tinha jogado a Cruz no chão. Não se lembrava de minha lição de que Allan Kardec era pseudônimo de um esperto que não tinha coragem, nem mesmo de usar o próprio nome, Léon Hippolyte Denizard Rivail.

Tendo a notícia de que o Crucifixo caiu, a dona Matilde não se animou a visitar o Asilo em seu palanquim de veludo e bordados. Mas mandou a Abigail inspecionar. Para evitar o falatório, desmenti a notícia e mandei que fosse embora. Devolvi o Crucificado à sua antiga morada, na biblioteca lá de cima. Ao subir a escada, não podia deixar de me lembrar da passagem da vida de santo Antônio. Uma dia teve nos braços o Menino Jesus. Quanto mais eu me esforçava para subir degrau por degrau, mais uma força me empurrava para baixo. Como a luz da biblioteca não estava acesa, eu bracejava com a única preocupação de não deixar cair mais uma vez a peça sagrada. *Vade retro, Satan*. A muito custo consegui repor no lugar a relíquia do cônego Lopes. E caí de joelhos. Nenhuma oração, porém, me vinha aos lábios. Tentei fazer o Sinal da Cruz e senti o braço preso. Com a mão esquerda é que eu não havia de me persignar. *Absit omen*.

XXVIII

Por um natural sentimento de pudor, sobretudo diante do que me tem acontecido, deixei de registrar o comentário da dona Matilde, quando lhe contei que fiz o curativo no mijacão do Deusdedit. Verdadeiro lava-pés, sem querer imitei Nosso Senhor, disse ela. E bem na Quarta-Feira de Trevas. Fiquei vermelho ou pálido, nem sei direito. Sei que perdi a graça. Eu tinha acabado de lhe dizer que a sua casa estava com o *bonus odor Christi*, depois da romaria que a baronesa fez a São João del-Rei. Pareceu uma propositada troca de amabilidades da boca para fora. A baronesa, para dizer o que disse, é porque não faz a menor ideia de como é feio pé de gente pobre. Pé que há várias gerações pisa neste chão áspero, desde o tempo dos escravos nas grupiaras.

Levava comigo a intenção de cobrar da baronesa o casal de coelhos que prometeu ao Jonas. Na verdade ele não merece nem coelhos, nem ovos de Páscoa. Quando ia saindo do Asilo, eu o vi junto com o Orestes. Os dois estavam jogando bola de gude e de longe me pareceu que o fujão ensinava ao seu novo amiguinho como é que se faz uma bilosca. Ou como é que se quica ou repica, a ponto de quebrar a bola do outro. Essa parceria me parece cada vez mais suspeita, mas não está na hora de criar caso com o sedutor de órfãs.

O que esses meninos merecem é um bode, e bode-preto, se é que não têm um que lhes faz permanente companhia. Era no que pensava, quando a cabra berrou lá fora, na chácara, bem perto da porta em que me encontrava. Com o ar mais natural do mundo, a baronesa continuou a me contar a grande novidade. Lagedo vai ganhar uma escola profissional, nos moldes modernos, como já se faz nos grandes centros. O estabelecimento vai se chamar Charitas. Fiquei apreensivo, mas consegui mostrar contentamento e teria elogiado a iniciativa se a dona Matilde não tivesse dito o nome fatal.

As próprias trevas se misturam com a luz. A escola profissional conta com o apoio do doutor Lobato, o que quer dizer que é obra do Maligno. Daqui a pouco não se sabe em Lagedo o que é água filtrada e o que é do esgoto. O que é a fossa e o que é a sala de cirurgia. O que é ratazana e o que é coelho. Depois o doutor Altamiro me diz que estou sofrendo de uma astenia. Nada disto. Estou é cansado de pajear esses marmanjos. Não contei, ou contei, já não me lembro, a ordem que dei ao Zé Corubim. Mandei consertar a zangaburrinha, a gangorra, a barra e as paralelas.

O Gran Circo Astrakan não é tão pobre quanto imaginei. Fui sozinho verificar se podia levar os asilados. Vi as feras de verdade, os trapezistas de roupas coladas e brilhantes. Não sei como é que vieram parar neste fim de mundo. Bem dizia o meu pai que a gente do circo ninguém segura. Decidi não levar os órfãos à matinê. A natureza humana tende para baixo, já não tenho nenhuma ilusão. Esses meninos são feitos do mesmo barro, ou do mesmo esterco, de que foi feito o Paulino. Fora os santos, que têm direito a florir, todos têm direito a sofrer.

XXIX

Ora estou confiante, ora abúlico, e quase sempre à beira do pânico, na expectativa de que algo muito grave vai acontecer. Tento me convencer de que está tudo em ordem. Nenhuma explosão à vista. Olho em torno. As galinhas cacarejam e ciscam na horta. No céu alto, evoluem os urubus, como há um século atrás. Passa na rua o doceiro com o seu pregão de doce de batata. Um carro de bois geme com preguiça ladeira acima. Zumbem os insetos. Uma baita mosca-varejeira voeja à minha volta e escapa pela janela. Vem aí uma nuvem de tanajuras. Ninguém vai abalar este recanto do mundo.

Mal tinha começado o trabalho de autossugestão pelo método Coué e entrou, estabanada, a Marieta. Nem me deixou ler o exemplar da *Luz da Verdade*, que trouxe com o cuidado que teria para transportar uma cascavel. O artigo de fundo é um hino de louvor à maçonaria. O seu decisivo papel histórico durante o período colonial, durante o Império e durante este meio século de República.

José Bonifácio, o Patriarca da Independência, era maçom. Maçônica foi a iniciativa que deu a dom Pedro I o título de Defensor Perpétuo. Da primeira à última palavra, a história da nossa pátria foi escrita pela mão do Grande Arquiteto. E assim continua. Nada mais poderoso e mais rico do que o Grande Oriente. Só à sua sombra se chega ao poder. Assim é fácil abrir a escola profissional. O nome de Charitas é um desaforo. O padre Bernardino não vai permitir. Se for preciso, recorre à Justiça. Falta de respeito para com a hierarquia e para com o latim.

O que o jornaleco não diz é que Joaquim Silvério ascendeu a um alto grau na loja de Vila Rica. Traiu por dinheiro. Sim, era maçom o delator. O que vem impresso no jornal é uma patacoada só. Lobo na pele de cordeiro, é sempre a mesma falta de respeito para com as palavras santas. Luz coisíssima nenhuma. Trevas, isto sim. Negrume de breu. Fosse a candeia do Evangelho e não adiantava esconder debaixo da cama. Ou debaixo da blusa, como a Riachinho escondeu o pasquim.

Mal a Marieta virou as costas e apareceu o Sotero. Os olhos esbugalhados, me deu a folha do doutor Lobato. Encaminhei-o para o salão, fui para o quarto e tranquei a porta. Ainda bem que o retrato do cônego não está mais ali, para me ver anotando palavras do asqueroso panfleto. O Tiradentes, o duque de Caxias, todos foram maçons. Eminentes aqui fora, ao sol da glória, vieram das sigilosas sombras da maçonaria. Estava nesse ponto, quando alguém bateu à porta. O susto teria sido maior se não tivesse aparecido logo a cara do Sotero da Encarnação. Tinha pressa e queria levar o panfleto de volta. Ainda ia passar no Santa Clara. Quase lhe perguntei se ia levar o jornal para a irmã Rufina.

XXX

Sei que o coronel Antônio Pio é um homem vivido, que já passou por toda sorte de provações. Da luta pelo poder conhece todos os truques. Já foi atacado. Mas duvido que nessa altura da vida esperasse acusações tão pesadas. O perfil do Benfeitor, segundo o pasquim, é o de um autêntico bandido. Pratica a *usura vorax* com os pobres e as viúvas, na casa bancária Justiniano da Silveira. De todos os necessitados arranca juros escorchantes. Desconta com vantagem para ele vales dos operários da estrada de ferro e da tecelagem.

A falta de respeito vai ao ponto de invadir a intimidade do coronel. O jornal nega que seja sincero o seu sentimento religioso, afirma que pega vara de pálio e veste opa, mas passou a Semana Santa na fazenda da Concórdia. Em todo o texto há entrelinhas e subentendidos, insinuações e reticências, na base da infâmia por via indireta. Parece que tudo de mau que há em Lagedo é culpa do Benfeitor: catapora, sarampo, catarro sufocante, disenteria, lepra, gangrena. Os cegos nascem cegos e os surdos-mudos nascem surdos e mudos, chove de mais ou de menos, dá aftosa no gado, o capim-gordura não vinga, tudo é obra e graça do cruel onzenário.

Não sei como não culpam o coronel pelo frio ou pelo mau tempo de um dia como hoje, quase sem luz. Porque da luz elétrica dizem cobras e lagartos, a partir da concorrência, que foi ganha a poder de muita tramoia, com jagunço e tocaia. Com tanta queda-d'água, Lagedo não prospera porque a obra da nova usina nunca começa. O coronel não constrói, nem deixa construir.

O Antoninho Pio por sua vez é apresentado como o legítimo rebento da *piocracia*, ou seja, a teocracia tal como existe em Lagedo. Ninguém sabe se o Antoninho vai mesmo ser candidato, mas os maçons já anunciam que o príncipe herdeiro está em campanha. Para aliciar o voto da poeira e das grotas, não se envergonha de beber cachaça com eleitores de cabresto. E o padre Bernardino o acompanha nessas investidas demagógicas.

O jornaleco tem a ousadia de informar que está de posse de um retrato do vigário numa roda de pinguços. Além do mais, aparece à paisana e armado, quando se sabe que o Código Canônico proíbe aos presbíteros portar arma de fogo. Imaginação diabólica, a dessa canalha. Arma, sim, pode ser. Arma de caça. O padre Bernardino tem na arte cinegética um derivativo inocente, que lhe permite o contato com a natureza para um descanso do espírito.

Temo pela reação do vigário, que tem sangue na guelra. A sotaina nunca lhe apequenou o corte varonil. Não desmente o costado espanhol do avô Fajardo. Clérigo ilustre, Fajardo deixou nome lá e cá. Se não chegou a bispo foi por modéstia.

Sua legenda permanece em toda a Galiza e em particular no esplendor de Santiago de Compostela. Não tenho certeza se foi mestre, mas colaborou com o padre Júlio Maria na obra de renovação da vida espiritual. O padre Bernardino jamais perdeu de vista este exemplo que traz no próprio sangue.

XXXI

A dor me maltrata, numa das piores crises da minha vida. Não enxergo direito, ando inseguro, pisando em ovos. Se insisto em permanecer em pé por muito tempo, a tonteira ameaça me derrubar. Tenho de vir para o quarto e me medicar na medida de meus recursos. Não fosse o meu estado precário de saúde e aproveitaria para passar na papelaria da Santíssima Trindade. O Cunha deve estar impossível.

A história do retrato do padre Bernardino com os cachaceiros pode ser coisa do Provedor. Foi ele que instalou moenda e alambique na Concórdia. Agora aumentou a produção do Morro Grande. O Provedor nunca dispensou um gole de pinga. É fácil imaginar como deve andar sozinho lá pela roça. Até o Sotero já ganhou uma garrafa de cachaça de cabeça. Posso calcular o que não daria para ver o padre Bernardino levar à boca um cálice de aguardente. Não sei como o vigário ainda não mandou destruir as instalações do cachaceiro, que teve a coragem de pôr o nome de santo Antônio na pinga mais barata e, lógico, mais popular.

De olhos voltados para o bem público, o padre Bernardino pode dizer que por tratar das grandezas de Deus veio a falar das baixezas do mundo. Mas há momentos em que um sacerdote tem de fazer sacrifício. *Mutatis mutandis*, se não fosse o padre Feijó, o Império tinha gorado e poderíamos hoje estar sob o guante maçom. Por um ideal o frei Caneca deu a própria vida. Nenhum carrasco aceitou enforcá-lo. Teve de ser fuzilado. Ao lado dele, o padre João Ribeiro a se render preferiu suicidar-se.

Vivendo no século sem ser do século, o padre Bernardino segue também o exemplo dos conjurados do Tiradentes, que aqui nasceu nestas escarpas. Ao seu lado estavam o padre Rolim e o padre Toledo. No Arraial Velho, comarca do Rio das Mortes, depois de São José del-Rei, o padre Toledo abria a casa ao povo humilde. Sabiá com farinha, ou tatu com repolho, deixavam todos de lado a rivalidade na hora da jacuba que o ilustre clérigo oferecia. Jacubeiros somos todos que aqui estamos, nestas ruas cansadas, sob o teto destas casas abraçadas. Rapadura com água e farinha de trigo, jacuba não é cachaça.

Decidi que vou direto ao Juvêncio conversar sobre os mantimentos que vem fornecendo ao Asilo. Não tenho para quem mais apelar. A saca de feijão que o Provedor ficou de mandar da Concórdia passou para o dia de são nunca de tarde. Apesar de tudo, a Rosa faz o que pode. Traz de volta velhos pratos, como o feijão ferrado que serviu no almoço. Já tinha me esquecido desse recurso que deve datar do tempo em que aqui o sal valia ouro. O feijão cozido, espalhado no fundo da panela, com farinha por baixo e ovo frito por cima. Sem sal, como o angu.

Se tivéssemos a ajuda do agrônomo, o passadio com o

tempo ia melhorar. Mas o seu Vilela é um oportunista. A zanga foi puro fingimento. Já estava de língua passada com o inimigo e não me espanta se aparecer amanhã trabalhando na tal escola profissional, se é que ela vai mesmo sair. Sujeitinho enjoado, o agrônomo não gosta de Lagedo, nem da nossa gente. O sonho dele é ir para a Zona da Mata. Lá é que está o Paraíso. Formado em Viçosa, só abre a boca para falar mal das Vertentes.

Diz ele que aqui a terra é avara. O que tem guarda no subsolo. Se é que ainda tem. O solo é granito e cascalho. Os campos rasteiros recebem mal o capim-gordura. A paisagem desolada se divide entre a moçoroca e a canga ferruginosa. Só falta definir a nossa terra como um deserto cascalhento e rochoso, impróprio para a agricultura. Com esta má vontade, o melhor que faz esse agrônomo de meia-tigela é ir cantar noutra freguesia. Vá plantar batatas na ubre terra de seu rincão. Ou café na terra roxa. Ele que espere pelo futuro, e verá.

XXXII

Se não for contido pelas margens da moral, o depravado apetite da natureza humana transborda. A única força que pode conter esse oceano provém de Deus. Sem Ele, o sacrifício não tem razão, a virtude não tem estímulo, nem a moral tem sanção. São palavras do padre Júlio Maria, no fim do século passado, nas famosas Conferências da Assunção.

Se o trecho não está *ipsis verbis*, o conteúdo em compensação está cada vez mais atual. De lá para cá a situação só tem se agravado. Nem Lagedo escapa e tudo ameaça ir de roldão, com o abandono de um patrimônio que, sendo de fundo religioso, de inspiração católica, é também de caráter social. Já ninguém se prende à tradição. Daí os perigos que rondam as nossas instituições e os nossos costumes. O mundo está cheio de laços. Os ardis do Demônio.

Tantos são os que caem nesses laços que já vai passando a hora de uma forte reação. Os adversários se unem e se entendem para nos impor uma derrota que virá, se vier, mais por nossa culpa do que por mérito deles. Os maçons tomaram a frente de uma ação coordenada de fora, segundo uma estratégia que tem o propósito de anular o bastião que é Lagedo. Cego pela ambição, o doutor Lobato mordeu a isca. O prestígio que granjeou à sombra da Santa Casa, com o endosso da Igreja, está hoje a serviço de um materialismo que se pretende filantrópico e progressista.

Nunca eu poderia supor que a ousadia chegasse a tanto. Porque ele lhe extraiu um quisto há séculos, ou porque os pais e os avós foram compadres, a dona Matilde tergiversa. Esteve a um passo do franco elogio à escola profissional. Amanhã um codicilo põe fim ao usufruto. Calu é uma cruz viva no meio da rua, enquanto não a recolhem à enfermaria de indigentes ou não a empurram para Barbacena. Enquanto isto, toda cheia de música e de incenso, a dona Matilde dá a mão à dona Dolores, a solista oficial do *Tantum Ergo*.

Com o cabelo branco, pois deixou de o tingir, a baronesa descreve com encanto as procissões do Senhor Morto e do Encontro, em São João del-Rei, conta com emoção como é a imagem do Senhor de Monte Alverne ou o Cristo Inacabado, obra-prima só há pouco encontrada. Não tem ela a mesma emoção ao ver a Calu Inacabada no meio da cruz? Não tem repulsa pelos maçons?

A baronesa não sabe o que mais admirar, se a música barroca, se o orador sacro no Triunfo de Nossa Senhora. Cheia de santas ressonâncias, chamou uma de suas aias para cantar com ela o *Stabat mater dolorosa*. Trauteou algumas notas e a emoção lhe embargou a voz. E a Calu na rua, e os maçons soltos. No seu caso, a baronesa não tem a dirimente da falta de informação, ou de uma inteligência cultivada. Não se confunde com a doidivanas da Riachinho, que oscila da tenda espírita ao pacto com o Demo. Mas o padre Bernardino tem de chamar a dona Matilde às falas e exigir dela a solidariedade religiosa. *Delenda* maçonaria. *Delenda dolores*. Não há como conciliar causas opostas.

XXXIII

Pode ser cisma, mas estou vendo a Idalina com muita inclinação para o lado do Orestes. Ele também é meio índio, esse jeito casmurro de quem está sempre tramando pelas costas. Já está bom da coça, mas ainda ganha uns caldinhos e umas compressas. Até canja não lhe tem faltado. As velhas Santiago que tratem de seu galinheiro, pois a raposa está por perto.

Criada na roça, a Idalina tem solução para tudo. Ainda agora acabou o sabão e ela apelou para o barreleiro. Fez sabão em barra. Ensinou ao Jonas como arear os dentes com sabão de cinza. Uma folha de goiabeira faz as vezes de escova. A de mandioca também serve, para não deixar os molares se abrirem em dolorosas panelas.

O Lagartixa amanheceu de cara inchada. Procurei ajudá-lo, mas perdi a paciência quando começou a cuspir sem parar. Havia aqui uma porção de escarradeiras. As de porcelana e as de opalina já tinham tomado rumo. Ninguém precisa cuspir a torto e a direito. Um dia a cidade apareceu cheia de cartazes: "Cuspir e escarrar no chão é falta de higiene". Mas a maioria dos que cospem no chão e escarram não sabem ler.

O Sotero, que sabe ler, não perde o hábito de cuspir. Sempre que vê uma freira ele dá uma cusparada nauseante, leva o lenço à boca e diante da minha repulsa explica que é para exorcizar o agouro. Eu fecho a cara, desaprovando a falta de respeito para com as religiosas. Mas no fundo, gostaria que ele cuspisse ao ver a irmã Rufina.

Mestre na toleima, o Sotero só sai pela porta por onde entrou. Debaixo de escada não passa nem pelo dinheiro todo deste mundo. Foge de espelho quebrado, o filho da ignorância. Não sei como é que conseguiu raspar a cabeça da irmã Rufina. Se não está mentindo, isto aconteceu duas vezes. A cabeça raspada da freira, diz ele, é pontuda como um sino. Imagino que debaixo da corneta branca a irmã cultiva melenas, como as da Idalina. *Apage, Satana.*

Outro caso em que a Idalina me ajudou foi com o Queimadinho, que apareceu com um nódulo. Ela preparou um chá de orelha de coelho e lhe aplicou sobre o leicenço. O menino ficou bom, mas não parou de chorar. Creio que lhe dói mais ter o beiço rachado, mas quanto a isso não há o que fazer. A Idalina tenta ajudar com litros de chá de chaga, pois flor-de-chagas limpa o sangue, mas só faz chamar mais a atenção para o defeito do raquítico. O doutor Altamiro me falou de um preparado com cânfora, e recomendou uma tintura de arnica para o Queimadinho. Depois disse que uma pitada de absinto em pó dá resultado contra a melancolia.

O Jonas apareceu com dor de dente e a Riachinho, mais do que depressa, disse que era caso de boticão. O dentista aqui não põe os pés. Cansou de trabalhar de graça e ainda me disse que negar pagamento de salário é um dos pecados que bradam aos céus por vingança. Ele se ofereceu para mandar um prático que faria o serviço por dez réis de mel coado.

No Recolhimento tem cadeira de dentista, as mocinhas saem de lá e podem sorrir bonito na casa da dona Matilde. Ou na fazenda da Concórdia, acrescentou a Marieta, maldosa. Preciso tirar isso a limpo. Se tem órfã até para o Orestes, para o Provedor é que não há de faltar. O Orestes acabou arrancando o dente do Jonas, às brutas.

XXXIV

Quando levantei meu travesseiro e vi, saí correndo do quarto. O malfeitor que tramou tamanha maldade sabe da minha idiossincrasia. Não há palavra que dê ideia exata do meu horror. A cauda comprida, a boca entreaberta, a orelha rota, as afiadas presas à mostra, a ratazana morta em minha cama. Durmo sempre com as orelhas cobertas, com medo de que uma ratazana as venha roer.

A Idalina pegou o animal pelo rabo e saiu casa afora. Parecia uma festa, tamanha a gritaria e tantos os risos dos asilados. A Rosa cuspinhando pelos cantos. Anotei que o Orestes nessa hora não apareceu. Fiquei imprestável, sem coragem de voltar ao quarto. O cheiro do bicho impregnava tudo. Escapei de repousar a cabeça em cima de tal abjeção. Naquela noite dormi no assoalho.

Tentei dormir, mas não conseguia e subi. Me ajeitei no canto onde se deu o desabamento. Sentado, os pés em cima do tamborete, eu olhava a mais soturna imagem da desolação, e por entre as ruínas as estrelas. Jogada num canto, estava uma estampa velha do Cristo Crucificado de Velázquez, dramático, solitário. *Iesus Nazarenus Rex Iudeorum*, o escarnecido.

Eu queria ficar só, longe dos ratos, dos órfãos, dos homens. Tentava descobrir onde, e quando, pude repousar a minha aflição. Daí a pouco amanhecia. O Demônio não dorme. Eu nunca soube o que é ser amado. Sei o que é ser odiado. Sei que o Demônio é a ausência do amor. Ou o Demônio é o tempo?

XXXV

Primeiro foi o volante que circulou pela cidade inteira. O padre Bernardino subiu ao púlpito e repeliu as calúnias. Enfrentou o inimigo de peito aberto e chegou até a fazer ameaças que teriam sido exageradas, se não conhecêssemos o seu estofo de sacerdote. Por mais arrogante que seja o doutor Lobato, sabendo como sabe quem é o vigário, a autoridade que tem e exerce, seria inconcebível uma nova investida dos maçons.

A segunda investida veio: o outro número do jornal, com o desejo de criticar, demolir. A *Luz da Verdade*. Suprema irrisão. Está na cidade um sujeito que o Grande Oriente enviou. Não o vi, nem espero vê-lo. Uma pena alugada.

Consegui um exemplar do segundo número da *Luz da Verdade*. Li-o com cuidado e várias vezes me vi obrigado a suspender a leitura, tal a indignação que me fazia ferver o sangue. A vista me falhava, escura. A dor latejava do lado direito. Pulsava no meu olho, a ponto de eu ser obrigado a tapá-lo com um lenço molhado. Ainda assim, sem força para permanecer em pé, sem equilíbrio mental, li tudo tintim por tintim.

Há um trecho que nega a tradicional bondade do nosso povo. Diz o foliculário, com todas as letras, que somos de fato um povo cruel. Uma retórica secular é que esconde a realidade. Como exemplo histórico, menciona a escravidão, que abriu feridas terríveis em nosso organismo social. A cicatrização não se fez ainda, nem se fará senão ao longo de muitos e muitos anos. As consequências virão como uma tempestade inexorável.

Em seguida o articulista, que se assina com uma inicial enigmática, relaciona um monte de instrumentos de tortura, com a respectiva descrição e destinação de cada item. Não entendi o alcance desse rol sinistro, que explica o que é tronco, gargalheira, correntes, mordaça de ferro. Vêm depois a grilheta, a polé, o pelourinho, a peia, a placa de ferro. Seguem-se algemas, libambo, grilhões, palmatória, açoite, calabouço, cárcere privado. Calceta, chibata, vara de marmelo, chicote, relho, rebenque, bacalhau.

Ontem como hoje, diz o jornal que a crueldade passa impune pelo cortejo de seus requintes. Escravos, mulheres e crianças continuam em nossos dias a ser as grandes vítimas de uma sociedade obscurantista. Como escravos? A *Luz da Verdade* ignora a Lei Áurea, a campanha abolicionista e o gesto magnânimo da princesa Isabel. Sem nenhuma contemplação, o pasquim acusa os tiranos domésticos que, no silêncio dos lares, encobertos, torturam esposas, mães, filhos.

Depois de um amontoado de assertivas que pouco ou nada têm a ver com o Campo das Vertentes, o pasquineiro alude à infância desvalida, em particular aos órfãos. Tive de parar a leitura por um largo momento, sufocado. Mas a curiosidade foi maior do que a raiva e retornei ao texto. Falava agora sobre Electra. Na mitologia, Electra é irmã de Orestes. Podem dizer que estou vendo chifre em cabeça de cavalo, mas percebi aí uma sutil referência à pobre moça que teria sido seduzida pelo terrível Orestes.

Há um outro ponto, este explícito, quase gritante, que bastaria para me tirar o sono. Lá está com todas as letras que a polícia é especialista em arrancar ao mesmo tempo a confissão e as unhas. Pouco importa que o cidadão seja inocente. A partir daí o jornal entra numa série de argumentos de ordem jurídica e volta ao realejo da liberdade individual. Sem base filosófica, ousa discutir o problema do livre-arbítrio.

Seja como for, aí está em campo inimigo. Vem munido de suas armas. Por que Lagedo, por que agora, são perguntas que não sabemos responder. O que importa agora é pôr nessa onda um paradeiro, antes que ela nos destrua. Quando não havia uma ameaça assim, concreta, quando o rebanho estava unido em torno do pastor, a paróquia cogitou de fundar aqui uma associação para defender os ideais que inspiram a nossa civilização desde os seus primórdios. Já agora quero crer que é o momento de fundar um partido. E é o que o padre Bernardino por certo fará, com a pugnacidade que o caracteriza.

XXXVI

 Não sei por que fui cair na tentação de ler esse jornal. Foi uma longa e penosa viagem na companhia de Efialtes, o demônio do pesadelo. Devo estar um fantasma, com o cansaço estampado na face. Não apenas a insônia me maltratou. Também a angústia, a sensação de que, mais um passo, e o mundo vai explodir debaixo dos meus pés.
 Desnorteado, sem saber se queria ou se não queria fazer a barba, acabei me sentando no salão e, de olhos fechados, ouvi o falatório do Sotero. Ao me ver mudou de assunto com a rapidez de um saguim que muda de galho. Assustado diante de meu aspecto, foi ganhando confiança e enquanto espalhava espuma em minha face perguntou se eu não vou visitar o mausoléu do coronel Antônio Pio. Todo mundo já foi. A Riachinho tem ido acender velas. Ordem do médium.
 A cigana Violante abandonou a cafua de Salvaterra e armou sua barraca junto do córrego do Monjolo, a dois passos do Tabuleiro. Lugar concorrido, ela tem ali muito freguês para ler a sorte, para o desempenho de suas especialidades. Vai acabar de sociedade com a tenda espírita, que atrai todo tipo de enfermo. Gente fina, de boa família, também recorre

aos espíritos. Nesse momento abri os olhos e me mexi com impaciência. Foi o bastante para o Sotero dar fim à operação. Já tinha me escanhoado três vezes.

Aliado ao cansaço, um enjoo mortal me tapava a boca. Eu grunhia palavras incompreensíveis. *Ubicumque homo est, ibi stultitiae locus est.* A paciência é o miolo da caridade. Se não me falecesse a energia, poderia ter dito alto o latim, que o Sotero não ia entender do mesmo jeito. Ele me perguntou de chofre se eu estava preparado para responder ao ataque do jornal. Rubro, olhei a folha, em cima da cadeira.

O cabeleireiro podia ter ouvido qualquer comentário na casa paroquial. Ou teria estado presente a um encontro na casa do coronel. Quem sabe escutou murmúrios na casa bancária Justiniano da Silveira? Ou no café Java, com o Perini em pé, confiante na sua traição, o chapéu atirado para o alto da cabeça.

Não tive coragem de indagar qual era a sua fonte. Indisposto, cortei cerce a prosa fiada do cabeleireiro. Não me cabe responder coisa nenhuma. Já me bastam as minhas aflições, o Asilo no estado em que se encontra, os infelizes órfãos. Lá fora começou uma algazarra em que era possível distinguir a voz do Orestes. O Sotero insistiu em escovar o meu paletó, num gesto que, sendo automático, a mim nunca tinha destinado com tanto empenho. Tive um leve gosto do que é o prestígio de um escritor. Sendo eu um homem de cultura, ele disse, me caberia a missão de responder à *Luz da Verdade*. Mais uma bobagem do Sotero. Mas por um momento me aqueceu por dentro como um confortável cumprimento.

XXXVII

A sorte foi ter ocorrido de dia. Se fosse durante a noite, teria sido uma tragédia. O fogo começou no picumã da cozinha e num minuto o imenso espaço se encheu de fumaça preta. A Rosa, a Idalina e os órfãos, cada qual procurava controlar o seu espanto e fazer qualquer coisa. Ali estávamos afinal unidos em torno de um mesmo objetivo, presos pelo laço forte do medo.

O Orestes olhava de longe, quase sorrindo. A Felícia apareceu histérica e atrapalhou mais do que ajudou. Queria avisar as irmãs Santiago. Mas a fumaça se dirigia para o outro lado, a casa das velhas estava fora de perigo. Falei para a Rosa e a Idalina que suspeitava de Orestes. Fora ele quem ateara fogo ao sobrado. Tranquei Orestes de castigo numa cela e pendurei a chave em minha corrente com medalhinha no pescoço.

Igne nos examinasti. A purificação pelo fogo poderia ser oportuna. Assim que vi a fumaceira invadindo o refeitório, temi que houvesse outro foco além do picumã. No meio da confusão, um canto lúcido da minha cabeça repetia o número nove. Nove, assim sozinho, sem mais nada.

As nove primeiras sextas-feiras. Música, poesia, dança, fogo, tudo é número. Três vezes três, nove. Três, sempre o três, o número perfeito. Tenho que pagar o que devo e me abastecer de tinta e pena. Estou condenado a escrever, este é o fogo do meu inferno. Passar a vida escrevendo. Tenho vergonha de confessar a mim mesmo, mas foi no que pensei em primeiro lugar: os meus cadernos. Pouco importava o sobrado, O Provedor, a Rosa e a Idalina, os asilados, a Cruz. Pouco importava eu mesmo. Que se salvassem os meus cadernos. A confissão da minha insanidade, dia a dia, hora a hora.

À noite percebi que perdi a Medalha Milagrosa que trazia dependurada ao peito, com a chave da cela onde estava Orestes. Dei uma volta pela casa, fui à cozinha, passei pelo refeitório, e nada. Amanhã peço à Idalina para ver se acha, com a ajuda de santo Antônio. Ele atendeu o nosso apelo e atuou na hora do incêndio. Boa parte do seu feito pode ser creditada à Idalina, que se meteu pela fumaça adentro e foi direto ao foco de onde partia a ameaça.

A fumaça deve ter espantado os ratos. Ao menos esta vantagem, além da advertência de que é preciso mudar o rumo. Buscar a purificação, pelos meios que conhecemos e que não pomos em prática. Quando horas mais tarde o Asilo, devolvido à rotina, estalava em paz as juntas dos seus caibros, ouvi lá fora uma voz familiar. Cantava com um sustenido de desespero. *Papé Satan, papé Satan, aleppe!*

PARTE QUATRO

O nó cego

I

Era cava, sem melodia e sem linha sinuosa, dizia meu pai da voz de Sá Jesusa. Era e é plana, o que contrasta até com a nossa natureza, vales e montes que se sucedem na paisagem como notas musicais numa pauta. No sonho, como na realidade, Sá Jesusa continua impassível, sem modulação. Voz conspiratória que vem dos ancestrais do tempo do ouro. Os lábios finos, a boca fechada.

Eu tinha de deixar a clausura das montanhas, conhecer a distância. Criança, queria saber como era o mar. Está vendo a montanha?, meu pai apontava a montanha. O mar é o contrário desse paradeiro. Está do outro lado desse pesado silêncio.

Na vida, meu filho, cumpre dobrar o cabo. Não, ele dizia. Não se pode renunciar à vida sem conhecer a vida, dizer não ao mar sem saber o que é o mar. Foi esse mar aberto que mais tarde encontrei no padre Vieira. Aberto, por todas as partes.

Entre o mar e a terra, há alguma coisa que lhe impida de entrar e passar adiante? Todos vemos que não. Só Deus, como está em Jó, podia encerrar o mar nos limites que lhe prescreveu. Só o Senhor podia pôr diques ao mar, quando ele transbordava como que saindo do seio materno. A palavra do Senhor são as portas sem portas. Estando aberto o mar em todas as praias do mundo, com tais portas Deus o tem fechado e ferrolhado.

Andejo. Bebeu água em canela de veado. Mas o meu pai não parava, nem assentava a cabeça. Deixou por aí muita obra começada. Mexeu com mil e uma coisas.

Na mineração, revirou meio mundo. Queria abrir o ventre da montanha e sacudi-la. Saqueá-la. Queria ver dentro. Ver longe e fundo. Saiu atrás do tesouro que não existe, dizia Sá Jesusa e não tirava o pé da máquina de costura, ou os olhos da agulha de crochê. Quando os amigos contavam com o parceiro para o truco, meu pai tinha sumido na linha do horizonte, depois da montanha. Saía no encalço de uma festa que não existe.

Foi furtar cavalo ou acampar na beira do rio, dizia Sá Jesusa. Só lhe faltam os argolões nas orelhas. Sua cara de zíngaro, sempre afinado com o desconhecido. Um permanente exilado, em casa ou na rua. Em vão buscava sua tribo, Lauro Zimbardo Flores.

II

Vieram me dizer que o Orestes anda pensando em se matar. Chamei o Alípio, que confirmou a intenção do suicídio e foi mais longe do que eu esperava. Todo um grupo está reunido numa sociedade secreta. O Jonas é de todos o mais próximo do Orestes. Como seu lugar-tenente, está pronto também para se matar. Por enquanto não quero saber até onde a minha presença no Asilo é responsável por esse tipo de conspiração diabólica. Desde que nasci, o suicídio é um tema que nunca saiu, nem jamais sairá do meu horizonte.

Cheios de ressentimento, esses moleques têm fel no coração, não conheceram o Paraíso pré-natal. Não perdoam o destino que os maltrata desde o berço, ou desde a concepção. Responsabilizando a vida pelo que são, tomam o partido da morte. Mesmo entre eles as alianças se fazem sem amizade, na base de um ódio que se volta contra cada um e contra todos. Nenhum deles sabe o que é o próximo, porque só conhecem o inimigo. Hoje entendo a história de dois meninos que se enfurnaram no porão de uma casa e um matou o outro a frio com um canivete. Catacumba do Diabo, o porão é a boca do Inferno. Longe do sol e da luz, o manto da treva se tece fio a fio pelo Mal.

Sem que eu lhe desse um aperto especial, o Alípio me confirmou que o Orestes, o Jonas e o Deusdedit vêm se reunindo no fundo do porão. Lá vão juntando um monte de coisas. Canivetes, facas de mesa, facão, foice, tudo recolhem ao secreto arsenal. Não duvido que tenham arma de fogo. O próprio Orestes andou fabricando uma espingarda de cabo de guarda-chuva.

Vi o Orestes com o braço esquerdo passado no ombro do Jonas, como a protegê-lo. E o Jonas passar no Orestes, mais alto, o braço direito pela cintura. Esses contatos físicos não são convenientes. Perigosos como brincadeira de mão.

Em ação o Demônio das latrinas. Os pés-rapados firmaram entre si um pacto de silêncio, numa espécie de comunhão dos pecadores. A Rosa acabou obedecendo e na hora do jantar serviu feijão bichado. Ninguém tocou no prato. Decidi topar o desafio e encarei o Orestes, disposto a qualquer desfecho. O canalha não baixou os olhos.

Gente dessa laia, só com a *Sancta Ferula*. Sei que o homem desde Adão é culpa e pecado, heresia e fornicação, blasfêmia e feitiçaria, mas ainda assim me surpreendo. Não preciso consultar médico para conhecer a idiopatia que me leva a lapsos de memória. Uma alva amnésia, por exemplo, abre um buraco no momento em que decidi encarar o Orestes.

Invoco o auxílio de Nossa Senhora do Perpétuo Socorro e alterno o chá de erva-de-são-joão com o chá de melão-de-são-caetano. Quando se dirigia ao coro para rezar completas, Teresa de Ávila foi atirada ao chão e fraturou o braço. *Libera me, Domine, de morte aeterna.*

III

Como a dor, o Mal existe e sinto sobre mim o peso de seu guante. Tomei coragem e fui ver com os meus olhos. Não pude acreditar no que vi. Desenhos toscos, repulsivos. Palavras obscenas e figuras desonestas. Palavrões com erros crassos de ortografia. Não faltam sequer os três pontinhos do triângulo maldito. Entojado com tamanha salacidade, tenho certeza de que a mão de um escrevinhador se meteu entre os órfãos. Ninguém alcança essa grande abjeção do dia para a noite. O carvalho está na semente.

Na imoralíssima Corinto, são Paulo não teve meias palavras, nem recorreu à sublimidade de estilo. Condenou o convívio com o avarento e o ladrão, com o idólatra e o maldizente. Tirai do meio de vós o mau. O que comete fornicação peca contra o próprio corpo. As más conversações corrompem os bons costumes. Ninguém pode beber do cálice do Senhor e do cálice dos demônios.

Eu também penso é assim, com nitidez, sem misturar a luz com a treva. Sou o braço direito do padre Bernardino. Braço é força e poder. Braço é virtude. Aceitei um cânon, professei uma regra. Nada de casuísmo. Tenho de afastar a sombra que me persegue. Não me contemplar no espelho da vaidade.

O espelho para Isaías é um luxo de damas ricas. Instrumento da vaidade, diz o Antigo Testamento. O Êxodo conta que foi quebrando espelhos que os israelitas ajudaram a fazer o tabernáculo. Imperfeita é a imagem que o espelho reflete. Só a sabedoria é o espelho sem mácula da majestade de Deus. E é a sabedoria que me falta. Anjo da Guarda, guardai-me.

IV

O doutor Altamiro apareceu de colete, cachecol e chapéu na cabeça. Chapéu dentro de casa dá azar. Não é homem de paixões, o doutor Altamiro. Não faço fé em homem assim, mas decidi me aconselhar com ele. Preciso saber se levo ou não ao conhecimento do padre Bernardino o caso das obscenidades.

Antes que eu dissesse a primeira palavra, o doutor Altamiro me pediu alguma coisa quente para beber. Pensei num café, mas num átimo a Rosa trouxe correndo um copinho cheio até a borda. Só podia haver entre eles um prévio entendimento. O que a natureza pede não faz mal, disse o médico. Essa é da boa, gabou a preta. O cálice erguido na altura dos olhos, o doutor Altamiro fez o gesto de quem examinava uma droga medicinal. Branquinha, reflexo azul, disse ele. Escorridinha do alambique, ganhou sabor em tonel de madeira. Ele me receitou absinto. Minha melancolia não tem cura. Nasceu comigo. Morre comigo. Vem de antes de mim. Passa além de mim.

Pode ser miolo mole, mas ali estava o médico dando mau exemplo. O capataz de luxo fabrica a cachaça que degrada a vida do zé-povinho. Pobre e cachaça juntos navegam há séculos, nessa autoimolação de imóvel sarjeta. Diante da garrafa que a Rosa deixou por sua conta, ali estava o doutor Altamiro.

Ele estalou a língua e me perguntou se já conheço o moço forasteiro que está em Lagedo. O médico me contou como esse rapaz vem operando na zona boêmia. Já se confraternizou com tudo quanto é rapapé e mafabé, na aliança com as rameiras. Esse moço quer melhorar o chiqueiro, quando devia acabar com a pocilga. Para defender uma meretriz, uma noite dessas foi às vias de fato com um soldado do destacamento. Deve ser uma das protegidas do rufião.

Eu tentava em vão desviar a conversa para um nível mais alto. Triste coisa, um velho que volta as costas à sabedoria. A caduquice se mistura à jeribita. O pior foi o que disse do tal forasteiro: um espírito esclarecido. Valha-nos Deus.

V

Sigo o fio da meada. A vida não tem roteiro. Tudo permanece fiel a um comando invisível. Há um eixo, uma linha básica. O talvegue que entre os vales espera o curso do rio. Mais largo, menos largo, mais fundo, menos fundo. Garganta estreita, pedra, queda. Remanso com sombra, tempestade, cheia, água suja, água limpa. De águas tranquilas e de águas revoltas se faz um rio.

O caminho precede o rio, na linha do declive serra abaixo. O rio seca e morre, mas não apaga o caminho. Regatos ou torrentes se perdem num só abismo, em que mergulha tudo que cai. O fatal destino da queda. Os anjos caíram. Caiu Adão. Os baixos instintos. As partes baixas são as partes do Diabo.

Lá vou eu entre montanhas, pelo caminho anterior a mim. Passo indiferente pela paisagem insensível à minha passagem. Não escolhi a fonte de que provenho, como não escolhi as escarpas por que desço. Sei que lá vou indo, porque não sei como não ir. Sei dos silêncios e dos sigilos que ligam as pequenas peripécias, peça por peça, à compulsória aventura. Escolhi eu? Nanja que não. Vou recolhendo o que vejo e o que vivo, para conferir no coração.

VI

O tempo esfriou. Racham as mãos. Tenho de arranjar manteiga de cacau para não se abrir uma ferida. Como dormi mal e acordei mais cedo, mais cedo despertei os órfãos. *Benedicamus Domino*. A disciplina anda tão desleixada que há os que não esperam ouvir a minha saudação matinal. Tampouco respondem o disciplinar *Deo Gratias*. O pessoal na rua anda encolhido, passinho miúdo. Tempo de pobres mal agasalhados, com dispneia, tosse, resfriado. A morte ceifa os velhos e não poupa os meninos endefluxados.

Mãos cruzadas no peito, passam as mulheres para a missa ou para a fábrica. Mais um pouco e está todo mundo tiritando de frio. O dia escurece mais cedo e de manhã o sol não tem pressa de nascer. A neblina resiste até tarde. A geada queima a lavoura. Lugar alto é assim mesmo. Está na hora de escaldar uma infusão de eucalipto e manjerona. Fugindo de uma lufada de gume traiçoeiro, os olhos vermelhos, o Sotero da Encarnação espirrou primeiro e depois me cumprimentou. Anda obcecado com o professor. O doutor Karl, que é o Alemão. Gente de fora deixa o basbaque fascinado. Por isto louvou o gesto do rufião, que levou as prostitutas ao posto de higiene, para um exame de saúde.

Está muito benquisto entre as madalenas, porque inventou uma caixa beneficente para atendê-las. Não percebem que o interesseiro está de olho na eleição. Nem quero saber o nome desse intrujão. Espírito esclarecido, só se for para o caduco do doutor Altamiro. O Sotero não conhece os Evangelhos, nem o catecismo, mas assim mesmo tentou discutir comigo. A mais antiga das profissões aparece, sim, no Gênesis e está presente em toda a Bíblia.

O que o cabeleireiro não entende é que não há perdão para aquele que insiste no pecado. Basta ver e ouvir o que diz o evangelista, com a palavra imperativa da salvação: Vai, e não peques mais. Diante dos padres redentoristas das missões, Lagedo inteira exigiu o fim do meretrício. Basta cumprir a lei dos homens, porque o lenocínio é crime. Mulheres se arrependeram e fizeram penitência, como aconselha santo Afonso de Ligório. Era severíssimo em matéria de moral, o santo, e sabia falar às almas simples, pregava e convertia. Está na hora de chamar de volta os padres redentoristas.

VII

A Calu foi presa. O cachorro foi atrás dela. Não sei que tipo de condenados há lá agora, mas espero que não sejam estupradores. A Queda foi de fato uma *Felix culpa*. A Fé é um dom gratuito de Deus. Deus salva quem quer. Não há dúvida de que a Calu, mesmo sendo mulher, foi assinalada. Tem a bela voz que tem e está onde está. A vida é um mistério. A Calu é Carolina, nome que não consta do Martirológio Romano.

O jornal acusa o padre Bernardino de ter mandado prender a Calu. Mas foi ordem do Juvêncio. Na época de festa a prefeitura recolhe mendigos e doidos. Os tipos populares, o que jamais poderia incluir uma artista afinada e uma alma piedosa, como é a Calu. Na cadeia, brindou o carcereiro e os presos com a interpretação de *Panis Angelicus* e de *Veni*

Creator Spiritus. Maldosos, os maçons espalham que ela tirou a roupa e dentro da cela cantou nua.

VIII

Tendo tido conhecimento das calúnias e das injúrias que os maçons iam assacar contra a Igreja, o coronel Antônio Pio mandou cortar a força do prédio em que funciona o jornal inimigo. O Perini, logo quem, foi tomar satisfação. E foi com o sobrinho calabrês, que agora vende também entulho e aterro, as duas únicas coisas que por estas bandas sempre foram de graça. Na hora de vir para cá os carcamanos eram fiéis católicos, para ganhar passagem, ajuda e terra. No que se aprumam, largam a lavoura para os capiaus que de sol a sol, na enxada, estão presos ao velho cativeiro do campo.

De barriga cheia, os mal-agradecidos engrossam o rebanho das ovelhas negras. Nem todos, é verdade. Maçons e carbonários, vieram unidos pelo segredo, com aversão ao que chamam de ultramontanismo. Garibaldi chegou a lutar deste lado do oceano, como se sua fosse a nossa causa. Veio treinar para do lado de cá guerrear o papa, no combate de Cavour aos Estados Pontifícios. E nisto teve a ajuda dos exércitos luteranos, que odeiam o papa.

Os turcos, os fenícios, não vão por um caminho diferente. Rompem o comércio e dominam a praça, na mercância do essencial. Atravessadores, a roça não é com eles. Na fiel balança levantina o quilo tem novecentos gramas. Não sabem que *quilo* vem do grego *kilias* e significa "mil". Se se dizem católicos, não têm pároco nem bispo à vista. Maronitas, são de outro rito e outra terra, de outra língua e outra cultura. São metecos, como diz a dona Matilde com o desprezo que só a baronesa sabe pôr na voz.

O Juvêncio, que pelo lado materno é Xafik, está cada vez mais sumítico. Arroz e feijão nos vêm das fazendas do coronel Antônio Pio, mas o Provedor está sempre disposto a mandar uma saca a menos. O povo de Lagedo não é um aglomerado de pamonhas e sabasquás de rabo. Quando correu a notícia do desaguisado, uma montoeira de gente foi para a porta do coronel Antônio Pio. Chefe é chefe. Autoridade não se inventa do pé para a mão. O Benfeitor fez um apelo pelo desarmamento dos espíritos, mas um grupo exaltado partiu à noite para a sede da *Luz da Verdade*, por sinal que de luz apagada.

Ninguém invadiu o prédio às escuras, mas umas poucas pedradas apagaram a fachada da loja Progresso & Fraternidade. Maior estrago fizeram as pedras aqui no Asilo e hoje tenho minha dúvida se não foi coisa dos maçons, estumados pelo Provedor na gana de vender o sobrado. Tudo ficou em segredo. O negócio é a alma dessa gente. Serenados os ânimos, parte do bando tinha por força de passar pela rua do doutor Lobato. Era o caminho. Um passante deu viva ao coronel Antônio Pio e morra ao Perini. Foi o que bastou. O mestre, trinta e três graus na maçonaria, sacou o seu 38 e atirou da janela contra o que chamou de multidão ensandecida. Quem diria, o doutor Lobato a dar tiros, como um jagunço.

IX

A discórdia se instalou em Lagedo e não tenho cabeça para cuidar das obscenidades. Os órfãos estão de orelha em pé. Só hoje vim a saber que a escaramuça deixou um ferido. Passou pela Santa Casa e de lá saiu com a cabeça enfaixada. A Riachinho diz que o ferido é um cabra da Concórdia, que está na cidade a serviço do Provedor. Quem fez o curativo foi a irmã Rufina. É o tal negócio que de fato pode ser um embuste.

Com o Perini à frente, os maçons juram que os tiros foram de pólvora seca. O doutor Lobato bancou o isento e telegrafou às autoridades. Com o apoio do Juvêncio, deu a sua versão dos fatos e pediu a vinda de um delegado especial. Mas o inquérito policial foi abafado. As coisas podem se complicar para o Antoninho Pio. Os maçons mobilizam o Grande Oriente. O que todo mundo espera é que o prestígio do coronel não vai ficar abalado por causa de uns tirinhos à toa, ainda mais de pólvora seca.

Coçando a careca, com o ar de quem não tem nada a ver com isso, o doutor Altamiro quis saber o nome da menina que foi violada por um dos nossos asilados. Quase caio ao chão diante da calma com que ele fala uma barbaridade desse calibre. A política às vezes dá um nó difícil de desatar, diz. Até parece que não sabe do que é capaz o padre Bernardino. O pastoreio religioso apura o conhecimento dos homens e confirma uma liderança que, com objetivos superiores, pode ser útil na hora da crise.

Do ponto de vista formal, o longo convívio de séculos entre a Igreja e o Estado só terminou com o decreto republicano da separação dos poderes. Mas a vida é mais forte do que os decretos. Escolhido pela Coroa, sagrado pelo sucessor dos Apóstolos, o antístite servia a Deus e a César. Ao anel do bispado se juntava o brasão da nobreza. No devotado serviço a Deus e à Pátria, Mariana enfrentou com galhardia toda sorte de desafios.

Atacada de dentro, intramuros, por forças demoníacas, a Diocese venceu a simonia, a libertinagem e o laxismo. Coibiu o abuso na cobrança dos dízimos e das conhecenças. Nestes vales e montes, a lavra das almas sempre se fez de maneira a confundir o amor de Deus com o amor da Pátria. Dom Viçoso foi um exemplo na luta contra o agnosticismo e os desmandos do regalismo, ao mesmo tempo que reduziu a maçonaria à sua insignificância.

Por ocasião da Questão Religiosa, ninguém ousou tocar na autoridade de dom Antônio Ferreira Viçoso. O galicanismo nunca piou. O século XIX descria da vida contemplativa. O selvagem individualismo açaimou a cobiça dos onzenários. Depois do *Syllabus*, o lobo se cobre com a pele do cordeiro e tenta sempre novas investidas. Quando Pio IX convocou o Concílio Vaticano, em represália de inconcebível audácia a maçonaria convocou em Nápoles um anticoncílio maçônico.

Santo Agostinho escreveu que os homens viajam para admirar as altas montanhas e não olham para dentro de si mesmos. Neste momento não olho para dentro do Asilo da Misericórdia, com medo de encontrar o que sei que me espera. Vou ler os salmos penitenciais de Davi e tratar de agir o mais depressa possível, sem dó nem piedade. Mas não me sai dos ouvidos o que ouvi da boca do doutor Altamiro. Se não está caduco, é coisa muito grave. E o sujeito de quem falou só pode ser o Orestes.

X

O seu Vilela não resistiu com as vantagens com que o Perini lhe acenou. Ninguém promete mais do que o Perini. Sabe nome e sobrenome de um por um dos eleitores até nos cafundós do judas. Por onde passa, cumprimenta gatos e cachorros. Nesse ponto é diferente do Antoninho Pio, que me viu na casa paroquial e não me abanou o rabo.

De forma indireta, a arruaça dos maçons nos trouxe o benefício de uma visita do padre Bernardino. Pena que tenha sido rápida como um relâmpago. E eu ainda perdi tempo, para buscar o livro da confraria. Queria lhe mostrar a última ata, que escrevi com a pena Mallat. Ele rubricou sem ler e passou adiante, com as instruções sobre um boletim que vai ser impresso. Enquanto falava, dois meninos lhe tomaram a bênção sem recitar o *Laudetur*.

Achei que a Rosa tinha visto dobrado, mas verifiquei que estava certa. Além do Paulino, que é como a sombra do vigário, veio também o Alemão. Mas subiu direto ao andar de cima, o que me pôs impaciente e aflito. Não gosto dessa invasão da biblioteca do cônego Lopes. Foi o próprio padre Bernardino quem mandou a Rosa encaminhar o professor. O Paulino ficou encarregado de trazer umas tantas grosas do tal boletim, que é uma resposta ao moço que está colaborando com o doutor Lobato. Um bobo, disse o vigário.

    O café chegou tarde. A Idalina demorou demais se paramentando com um avental novo que não sei onde arranjou. Aliás uma palavra conspurcada pelos maçons, avental. Nenhuma pesquisa profunda ou descansada leitura veio fazer o Alemão. Subiu, desceu e partiu. Deve ter ido ver o espaço que vai ocupar na biblioteca. Já encontrou o padre Bernardino à porta, pronto para seguir viagem. Suas últimas palavras me confortaram. Tem um programa de ação para o Asilo da Misericórdia, mas vai primeiro derrotar na eleição essa canalha. Nas urnas ou fora das urnas. Por incrível que pareça, perdi mais uma oportunidade de tirar a limpo minha dúvida sobre a tonsura do padre Bernardino.

    Espero que o vigário me dê maiores esclarecimentos sobre o boletim que vai botar na rua. Será uma peça de eloquência evangélica. Vítima da prepotência militar positivista, quem o saudou foi Carlos de Laet. Veio se refugiar em São João del-Rei. Católico de fibra. Fiel ao trono e à Igreja. Conheceu a deserta São José del-Rei e lá muito estudou e meditou, levado pelo suave poeta Bento Ernesto, glória destas gloriosas vertentes. À sombra das igrejas barrocas é que está a liberdade de pensar e de louvar a Deus.

XI

    Lagedo pode enlouquecer. O Perini candidato é um absurdo. Pior é que vai ter o apoio dos protestantes e dos espíritas, umbanda etc. Tudo farinha do mesmo saco. Não são numerosos, mas podem arrastar a gentinha humilde das fábricas e os camaradas que nas fazendas mal sabem assinar o nome. O alistamento que vem sendo feito pelo Perini é outro absurdo. Se depender do tal rapaz esclarecido que ajuda o doutor Lobato, povo é a cigana Violante e a Luzia Papuda. Daí para baixo, pois conta com o meretrício e com os libertinos do Tabuleiro, que reivindicam o direito de se engatar na rua, como os cães. O Perini deve ter lhes garantido também a luxúria pública dos gatos em cima dos telhados.

Há no passado muitos exemplos de coletividades que enlouqueceram, a partir da ruptura do pacto social que mantém os laços do convívio civilizado. O aparecimento de falsos profetas, ou de santos de fancaria, é um péssimo sinal.

O cônego Lopes analisou um caso de possessão diabólica que atacou toda uma vila durante sete dias e sete noites. Ninguém dormiu. Por sete horas seguidas todo mundo berrava e se movimentava, no maior atropelo. Nas sete horas seguintes reinavam silêncio absoluto e total imobilidade. A cada sete minutos uma criança devia ser sacrificada. Foi um caso típico do que o povo chama de fogo de santo Antônio, porque só o nosso orago tem força para estancar a doideira coletiva, com a ajuda de um bom exorcista.

XII

A assuada em frente à casa do doutor Lobato tirou o Asilo da Misericórdia da berlinda. Se não fosse a sórdida exploração que os maçons fizeram em torno da Calu, eu já teria ido vê-la. Ao sol e à chuva, noite e dia, ela dá testemunho da loucura da Cruz. Não me importaria de enlouquecer, se fosse este o preço da Fé. Excêntrico é Nosso Senhor Jesus Cristo, que todavia é o centro de todo o universo e o ponto de convergência de toda a vida espiritual. Distante dessa vida passa o prestígio que chega a este mundo depois de circular pelas caldeiras de Belzebu. Em toda vitória mundana o Demônio é sócio majoritário. Se tudo está nos planos de Deus, que tudo ordenou, inclusive a desordem, é preciso ver as coisas por trás das coisas. A cigana Violante está morando numa loca à beira do rio das Velhas. Sua alma, sua palma.

XIII

Por ocasião do Advento, Sá Jesusa armava o presépio e todo dia era preciso levar uma palha para amaciar o berço em que ia se deitar o Recém-Nascido. A cada palha correspondia um sacrifício para preparar a vinda do Menino no meu coração de menino. Mas nenhum sacrifício atenuava a íntima certeza da minha miséria.

Não procurava mais uma palha, nem a pena de um beija-flor. Não buscava mais, como os outros meninos, a asa de uma borboleta ou a pétala de uma rosa. Queria era me dar o prêmio da dor. Catava espinhos e abrolhos para tingi-los com o meu próprio sangue. Dia após outro, ia compondo a minha secreta coroa de espinhos. Parar de respirar até o iminente sufocamento. Não comer. Não matar a sede. Enfiar a felpa debaixo da unha. Desejar o encontro com o cão hidrófobo ou com a cascavel venenosa. Sonhar com o ouriço-cacheiro e os seus pérfidos acúleos.

Eu estava pálido e triste. A tensão da minha vida oculta me denunciava. É hereditário, disse uma voz. Eu era feito de segredos que nem o meu anjo da guarda conhecia. Eu tinha nascido para morrer na penumbra da sala, como minha irmã.

XIV

Estava examinando a parede abaulada que começou a ruir atrás da cozinha, quando a Idalina veio me dizer que alguém batia palmas na porta da rua. Achei estranho uma visita pelo simples desejo de conhecer o Asilo da Misericórdia. Não podiam escolher momento mais infeliz. Simulei estar ocupado e ofereci resistência, mas o homem insistiu. Afável, porém teimoso. Disse e provou que tem um interesse especial por obras sociais de origem religiosa. Citou um grande número de associações pias que já percorreu.

O conhecimento de outras instituições acentuou a minha aflição, para não dizer humilhação. Com um sotaque chiado, fala com desembaraço e é mais perguntador do que criança especula. Dirigi-o para os locais mais decorosos, como o salão de reuniões. Leu com atenção a placa em homenagem ao coronel Antônio Pio e me pediu para ver o cofre. Se não fosse o jeito, quase brincalhão, que pôs no pedido, dava até para desconfiar. Eu também gostaria de ver o cofre por dentro, respondi. Mas não tenho a chave, nem sei o segredo.

Sentado com toda a pachorra, me fez indagação atrás de indagação. A que horas os meninos se recolhem e a que horas acordam. Se é lícito conversar durante as refeições. Aqui, exagerei um pouco. Há meses, os órfãos não têm o *Deo Gratias*, que é a licença para quebrar o silêncio. Quando lhe disse que todos aqui são conhecidos pelos próprios nomes, acrescentei que no Orfanato Santa Clara as mocinhas são identificadas por um número. Isto era no tempo do Recolhimento, mas não atualizei a informação.

A Rosa e a Idalina se levantaram à sua passagem, e ele fez um ar de espanto. Criados e órfãos ficam em pé, expliquei, em sinal de cortesia. Deve ser um costume que data da Idade Média, ele disse. Gostei de sua curiosidade sobre as práticas piedosas. Ele disse assim mesmo: práticas piedosas. De novo não contive algum exagero, como dizer que fazemos a leitura diária do Martirológio.

Nesse exato momento vi um menino que eu tinha esquecido de joelhos. Fechei depressa a porta da alcova, despachei o moleque e consegui não responder quantos são agora os órfãos matriculados. Entre tantas perguntas coerentes, uma bobagem: se a Calu trabalhou aqui. E já veio mais afirmando do que perguntando. Como sabe da existência da Calu? Desse jeito, daqui a pouco está mais popular do que a espírita Manuelina dos Coqueiros. Sobre os salários, eu não podia adiantar nada. Perguntasse ao Provedor. Os dois servidores mencionados, o doutor Altamiro e a Riachinho, serão remunerados no Céu, se lá chegarem.

Aproveitei para tecer generosos louvores ao Provedor, que ele acolheu com aprovação e quase secundou. Quando pediu para ver o livro de visitas, a fim de deixar as suas impressões, quase lhe exibo o livro de atas, para apreciar o talhe de um bom calígrafo. Quanto a visitas de parentes dos asilados, têm vindo menos agora, porque temos uma safra de meninos oriundos do meio rural. Inventei na hora esta resposta, que me pareceu muito plausível. Quanto ao padre Bernardino, tem vindo sempre. Respondi no caso com uma restrição mental. Isto é, tem vindo sempre que pode e é a alma da casa. Aboliu, sim, os castigos físicos e não é verdade que um dos nossos internos tenha sido seviciado.

Queria ver a biblioteca, mas não insistiu. Falou do doutor Karl com uma familiaridade que me surpreendeu, mas neguei que o Alemão esteja frequentando o Asilo. Grande cabeça. Por um momento fiquei sem saber de quem se tratava. Ainda era o Alemão, que concluiu a pesquisa em São José del-Rei. Pediu desculpas por qualquer impertinência e na porta me repetiu o nome. João Augusto, para servi-lo. Está na cara que não é gente daqui.

Ainda bem que os órfãos se escafederam por aí, como ratos quando se abre a luz. Estão cada vez mais decididos em me evitar. Ainda mais na companhia de um estranho. Nem um instante deixei de pensar no porão. Mas por que diabo o forasteiro quereria ver o porão? Todos os porões se parecem. O nosso, na parte mais escura e mais inacessível, está entregue às mais grosseiras obscenidades. Uma verdadeira cloaca latrinária.

XV

Impresso em papel ordinário, bem inferior à *Espada de Fogo*, está na rua boletim sob a invocação de são Miguel e Almas. Tudo muito sublime. Quem o trouxe foi o Paulino. Reproduz trechos de são Jerônimo, de santo Agostinho e do nosso padre Antônio Vieira. Deste, uma parte do Sermão de Santo Antônio aos Peixes. A mais alta e a mais copada árvore da boa retórica. A palavra que tem vida e a vida que é palavra.

O que chegou aqui foi um restolho de poucos exemplares. O boletim não correspondeu à minha expectativa e me transmitiu um certo mal-estar. Parece que o lançamento se fez com estrondo. Filhas de Maria e congregados marianos se reuniram no coreto e, com banda de música, iniciaram a distribuição do panfleto, numa noite festiva para a qual não fomos convidados.

O boletim não toca no Asilo da Misericórdia. Está todo voltado para o Antoninho Pio e sua campanha. Numa língua cheia de circunlóquios, há uma nota que se refere à fuga do Orestes e à órfã que o acompanhou. Quase digo que ele seduziu, mas nessa nota há muito mais eufemismo do que notícia. A menor não saiu do Santa Clara, mas de um grupo que fazia a sua iniciação profissional sob as ordens de uma pessoa respeitável como é a dona Abigail. Respeitável, pois sim. É a dama de companhia, aquela purgante.

Convocados pelo Alípio, quatro ou cinco meninos se dispuseram logo a distribuir o boletim. Fingindo que conhecia o plano de distribuição, acertado antes com o padre Bernardino, dei instruções para que fossem para os lados do matadouro e das fábricas de tecelagem. Não sei até onde esse público de baixa extração vai se interessar pelo boletim. E até onde vai entender o artigo de fundo, que é de evidente autoria do padre Bernardino. Para falar aos pobres, a linguagem deve ser mais chã, sem o exuberante luxo que ostenta.

Na mixórdia eclética e sincrética de tantos erros, a maçonaria serve ao cosmopolitismo judaico, na vertente do relativismo filosófico. Por trás do evolucionismo maçônico, está o espírito revolucionário que desafia a autoridade e prega a anarquia. Uma coisa que eu ignorava, mas que está dito, é que a maçonaria portuguesa tem ódio ao Brasil. Há anos, pelo centenário da Independência, esteve nos festejos o presidente António José de Almeida. Pois era um agente maçom, ajudando a tentativa de rachar a barca de Pedro. Um grande orador, posto a serviço de causa tão vil.

XVI

Pince-nez de tartaruga, o doutor Januário vai pedir à Justiça que feche as casas de alcouce, onde impera a jogatina. Quem me disse foi o Sotero e presumo que o padre Bernardino esteja por trás da iniciativa. O que não sei é se é oportuno. Há momentos em que convém guardar silêncio. *Iesus autem tacebat.* Receio que, abrindo muitas frentes, a nossa causa fique mais exposta aos assaltos do jacobino ateu. A porneia demoníaca do porão por enquanto está fora de foco. Se vier a furo, vai ser um tumor. Não é sem razão que tenho observado um grande número de urubus pousados no telhado.

Está na hora de raspar os cabelos da tropa, disse o Sotero, com a ponta de nostalgia que guarda do seu tempo de soldado. Deve ter uma sólida razão para se antecipar, porque nunca trabalha na sexta-feira. Cortar cabelo na sexta-feira dá azar. Enquanto abria a valise e dispunha seus apetrechos, o cabeleireiro achou jeito de tocar na calúnia soez contra o Benfeitor. Será pulverizada no próximo número da *Espada de Fogo*, disse eu. Aguarde e verá.

Como o Sotero me tem na conta de um homem culto, deixei escapar um brocardo latino, que ele não pescou. *Aures habent et non audiunt*. Ainda que sem muito propósito, o latim lhe impôs um respeitoso silêncio. Depois olhou de um e outro lado, espichou o pescoço como se sondasse mais longe o ambiente e, levantando-se na ponta dos pés, soprou no meu ouvido o imundo cochicho. Olhos congestionados, sempre maneiroso, me garantiu que está tudo confirmado. Lastima dizer, mas o coronel é o pai da criança. Com perdão da má palavra, cara de um, focinho de outro. Filho natural nasce assinado. Sim, senhor. Cuspido e escarrado.

O Sotero da Encarnação parecia uma catadupa. Depois enguiçou como um disco quebrado. Fora do tálamo. Estou cansado de saber que o concubinato é tão antigo quanto a mulher. Mas nem por isto se pode levantar um falso contra o Benfeitor. O Sotero estava, porém, com a cachorra. Se o menino é cristão, não lhe pergunte quem o batizou. Tampouco quem é o padrinho. Ao fechar a valise me deu um tapinha nas costas e encostou o indicador nos lábios. Estou passado, mas, se entendi bem, o padrinho não é outro senão o Provedor.

No meio da noite acordo inquieto. Tateio no escuro a cama e não sei de que lado está a cabeceira. Pedaço de abismo sem nome, retorno a mim pela porta larga do medo. Filho natural. O cochicho sinistro me repete que o padre Bernardino contratou um capanga. Um camarada de olhar tão duro que desconcerta qualquer um. Concluí logo que era o Paulino e não dei importância ao mexerico. Mas de madrugada isso se torna mais um dado apavorante. Um sino toca e me diz que estou em Lagedo.

Vim pela Cruz, e é a espada. Carisma indelével, a pessoa do sacerdote é sagrada. Agredir um clérigo é caso de excomunhão. *Anatema sit*. Sá Jesusa gostaria de me ver ordenado. Eu não era um menino igual aos outros. Quando começaram a me chamar de Canhotinho, minha mãe se opôs. Tinha horror ao meu mancinismo. Reguadas e pimenta-malagueta me tornaram manidestro. O meu pai me incentivava. Podia ser canhoto e não devia ser padre. Sá Jesusa aprontou um escarcéu. A Maria Vizinha me pegou escondido e me apertou contra o seu busto seco.

Morreu a Maria Vizinha. De noite, no escuro, não consigo acreditar que não vou ver mais a Maria Vizinha. Não é o sobrado que está ruindo. É todo o meu mundo que se desmorona.

XVII

Os filhos das trevas estão mais destros do que os filhos da Luz. Com um papel acetinado e boa tipografia, os maçons soltaram o seu volante mais depressa do que se esperava. O que me surpreende é que está menos mau do que eu podia supor. O elogio da colônia italiana e da colônia árabe, por exemplo. Não são turcos, nem carcamanos. Não são latachos, nem rabatachos.

A discriminação ofende a palavra evangélica. Só que o padre Bernardino não a praticou, como não a praticou a *Espada de Fogo*. Se existe má vontade a respeito, nunca foi posta em letra de fôrma. Os espertos maçons, porém, se defendem de ter sido acusados. Exaltam a contribuição do Islão para a cultura universal e lembram que os nossos turcos, na verdade árabes, são tão católicos, ou mais, do que as beatas da missa das cinco.

Todo português tem um mouro sentado na sua alma. Trabalhar como um mouro é expressão que vem desse tempo. Portugal é mais árabe do que europeu e mais africano do que ibérico. A tese é duvidosa, mas astuta. Os algarismos arábicos e a álgebra não deixam ninguém esquecer a contribuição árabe. Já a Itália é o Mediterrâneo. A nossa civilização é grega e romana, antes de ser cristã. Agostinho, bispo de Hipona, bebeu em Platão e é, a seu modo, romano. Ambrósio, mestre de Agostinho, é de Milão. Francisco é de Assis, Antônio é de Pádua. Ou Padova, como diz o Perini. Está na África o deserto místico em que Teresa de Ávila buscava o algoz sarraceno. Primos entre si, árabes e judeus são nossos primos. Somos árabes e somos judeus. Roma é Paulo evangelizando os gentios. A Igreja é católica porque é romana.

Como diz o doutor Altamiro, nós podíamos dormir sem essa. O doutor Lobato mal assina o próprio nome com aqueles garranchos de médico, a que junta os três pontinhos da fé maçônica. Alguém está por trás dele, para produzir com tamanha presteza o ardiloso volante, distribuído à larga por Lagedo e por toda a região. O bom triângulo do nosso sangue. Até o título é provocador.

Agora é esperar. O padre Bernardino tem resposta para qualquer sofisma. E sabe que não pode perder a eleição. Há entre eles um impostor que joga com algum conhecimento de nossa santa religião. O vigário tem a seu favor dois grandes santos onomásticos, Bernardo e Bernardino. Além do vigor e da astúcia do urso, que estão na etimologia do seu nome, ele conta com a Verdade.

XVIII

Foi uma cilada. Ainda bem que o impedi de subir à biblioteca. Mas de tudo dá notícia, como se tivesse visto com os próprios olhos. Pelo que descreve, foi da sala à cozinha, do porão ao sótão. Lá está na *Luz da Verdade*, tintim por tintim. Abusou da nossa hospitalidade e da minha boa-fé, esse arruaceiro a soldo do doutor Lobato. O rufião. Só depois me dei conta de que, ao se despedir, imprimiu no meu pulso direito o típico cumprimento maçônico.

Com uma bizantina destinação entre o sacerdote e o político, volta à calúnia contra o coronel Antônio Pio e chama a casa paroquial de casa de armas, com jagunços de guarda. Os jagunços são o Pé-de-Chumbo. Ridículo. A falta de respeito vai além de toda medida quando chama o Asilo de hospício medieval, sujeito a um regime ultramontano. O Quincas Nogueira morreu como indigente e foi enterrado à socapa, sem um único dobre de sino. Dessa vez pelo menos acertaram o nome do menino, hoje um mártir que intercede por nós no Céu.

O foliculário se atreve a dizer que não combate o clero nem a Igreja, mas um simples cura que representa o atraso e o despotismo. Com sibilina filáucia, fala de padres e frades que engrossaram as fileiras maçônicas e pregaram na cátedra dos pedreiros-livres. Um certo cônego, Januário Cunha Barbosa, tinha com os seus companheiros um código de iniciados que falavam no medonho abismo, nas tempestades, nos ermos e nos mistérios da ordem.

Depois de exaltar Hipólito José da Costa, pioneiro do jornalismo e maçom da linha inglesa, o sicofanta, apedrejando a verdade, afirma que a Igreja foi escravagista até a undécima hora. E a Abolição, claro, foi obra da maçonaria. E aí, repete sovados aleives. Mas o que me intriga é como soube que a santa de marfim sumiu. Só faltou dizer que era uma bela Nossa Senhora da Conceição. E citou outras preciosidades que se extraviaram, como o relógio de colunas de porcelana, uma joia de Limoges, e o anel de cônego do Pai Fundador. Não falou no crucifixo de marfim que também sumiu, ou foi rifado numa festa de são João.

A calva lhe fica à mostra quando procura desmerecer o sobrado. Seus balcões de ferro forjado não são autênticos, assim como não são originais as janelas, que perderam as treliças. O informante nada entende da nossa arquitetura colonial. Exagera de maneira superlativa o mau estado do casarão. Vou sugerir ao padre Bernardino que indague de público qual carreto tem feito o caminhão do Perini. Misturando a patuleia das fábricas com o alto meretrício, e tudo regado a muita pinga, Deus queira que não seja do alambique da Concórdia, o caminhão já está em plena campanha eleitoral. Esse João Augusto só me crivou de perguntas para me fazer de bobo. Já entrou aqui com todas as respostas à sua moda.

XIX

O cônego Lopes costumava dizer que, com a mão na Bíblia, ou em qualquer código, desde o de Hamurabi, um homem sem compromisso moral pode defender qualquer tese, por mais absurda que seja, e é capaz de lhe dar aparência de verdade. O número de papalvos é infinito. O sofisma é uma arte diabólica. Os maçons mentem e sofismam com o maior descaro. Reabrem em Lagedo a controvérsia fundada em aldravices há muito desmascaradas. Dizem, por exemplo, que a aliança do altar com o trono produziu um rosário de horrores.

Onde a fé e a política se misturam, logo se acendem as fogueiras e perecem as vítimas do *crê ou morre*, dilema de todos os fanatismos. Invocando os exemplos de Galileu e Giordano Bruno, reeditam o vade-mécum de insolentes ateus, ou no mínimo de lentes agnósticos que não são dignos da beca e da toga que vestem. Fruto da leitura indigesta de Voltaire, essas verrinas passam pelo infiel Renan e vêm desaguar no ceticismo sardônico de Anatole France. Deviam, isto sim, contar como morreu Voltaire. O infame cortesão do poder, bajulador de monarcas, pegou do vaso noturno e sorveu de um ímpeto as próprias fezes.

Acusado de defender o *status quo*, o padre Bernardino é chamado de Pina Manique, o cruel sicário de dona Maria, que reprimiu os maçons e os adeptos da Revolução Francesa. Não estou longe de crer que a sua mão de ferro não seria um anacronismo em Lagedo. O doutor Lobato está enganado se pensa que pode ganhar a eleição com a pena alugada desse bobo que quer discutir o Iluminismo. Ainda hoje a Riachinho me disse que o povo está ficando muito espirituoso, porque, na base do ora-veja, não aceita mais o cabresto. Na hora da onça beber água, quem tem voto é o coronel Antônio Pio. Grite quem quiser contra o bico de pena e as atas falsas. São coisas do passado. Enfim, como também dizia o cônego Lopes, não há absurdo que não tenha o seu filósofo.

XX

Os bons de um lado, os maus de outro. À direita do Senhor, os que lhe são fiéis. À sua esquerda, os que o insultam. Anjos se compadecem das dores do Salvador. Os da esquerda levantam o braço ameaçador, o braço direito, e formam um tumulto que vitupera o Inocente Imolado. Os da direita são santos varões e piedosas mulheres. A estampa representa o terrível, o medonho Juízo Final. Na sua majestade, o Filho do Homem porá as ovelhas à sua direita e os cabritos à esquerda.

Na matriz do Divino, os homens ficam à direita e à esquerda ficam as mulheres. Já na igreja das Mercês, as mulheres têm lugar na frente da nave. Os bancos de trás, em menor número, estão reservados aos homens. Os homens são mantidos à distância e no entanto são eles que têm o poder de consagrar e de absolver. A tentação veio pela mão de Eva, por certo a sua mão esquerda. Que mão Abel ergueu contra Caim?

Se os irmãos se desentendem e se matam desde que o mundo é mundo, não é de estranhar que o Orestes e o Jonas tenham se engalfinhado como duas feras. Da estreita amizade que os uniu para o pior, passaram ao ódio visceral. A briga é apenas um pequeno trecho que abre o caminho para Sodoma e Gomorra. A depravação pode ter ido mais longe do que eu presumo. Melhor fora que atassem uma mó de atafona ao pescoço e se atirassem ao mar. Crescem no porão os sombrios cogumelos do Mal.

Pelo que me adiantou o Alípio, já não tenho por que procurar um inocente nesse soturno sodalício de sodomitas. Santo Agostinho fala do que conhece, o pecado da infância. Para que os Santos Inocentes fossem inocentes e santos, foi preciso que Herodes os fizesse mártires. Lá fora, cada vez mais públicas e arrogantes, altas vozes querem dominar Lagedo. A maçonaria é o *mysterium iniquitatis* de que fala são Paulo. Aqui dentro, tresanda a matéria orgânica em putrefação. Já nem sei se devo investigar. Ou se é preciso apurar até onde vai o pecado contra a lei natural. O amor socrático dispensa a colaboração da ajudante do Diabo.

XXI

 Mal percebi que a mão de leve no chapéu era um cumprimento. Ia distraído, absorto. Precisava andar para não sufocar, depois da interminável insônia no calabouço do Asilo. Em vão tentei rezar. Encontrar uma saída. Não tinha, nem tenho, com quem falar. Podia chamar o Orestes, mas a conversa com o Alípio me paralisou. Eu queria saber e temia saber. A verdade do homem é uma guerra. A mulher de Jó teve horror de seu hálito. Mas Jó tinha três amigos, com quem podia se lamentar. Elifar, Baldad e Sofar.

 Na manhã clara, o céu de um perfeito azul, era o Isidoro que me saudava, tendo a seus pés o colorido canteiro de gerânios. Mais do Céu do que da terra, o preto Isidoro cumpria sorridente a sua rotina. Ainda outro dia eu o vi de joelhos na igreja de São Gonçalo, o chapéu roto em cima das pernas dobradas. Santo Isidoro é o padroeiro da leitura, mas o seu xará na certa não sabe ler. Nem precisa. Está velho e crê em Deus, com a mesma inocência do seu tempo de menino.

 O jato d'água tinha reflexos de prata na manhã de sol. Há um homem justo em Lagedo. Não peca nem uma, nem sete vezes por dia. Sodoma pode ser poupada diante da cândida simplicidade de Isidoro. Não há ninguém no jardim. Nenhum passante.

 Voltei da rua e tomei um chá de papoula, que me deu a desgraça de um sonho. No pouco que dormi me vi regando as flores do Isidoro. A mangueira ora na mão direita, ora na esquerda, eu ia borrifando água pela ordem das cores, até que o jato parou num ponto e se recusava passar adiante, por causa de um par de pés virginais, que pertenciam a alguém de rosto velado. Pés de anjo, na coroação de Nossa Senhora, até que o rosto se descobriu. *Adiutrix Diabolii*. Os pés nus de Silvana.

XXII

Não é apenas o porão do Asilo que está transformado nas estrebarias de Augias. O rio da luxúria começa lá fora, na cidade, e invade os domínios do cônego Lopes. Passa também por mim, porque até agora não tomei nenhuma iniciativa e ainda lavo as mãos. Tenho de tomar as providências que o caso exige. Sei de que lado está a Verdade.

Não posso repetir o exemplo de meu pai, que hesitou entre todos os caminhos e acabou como acabou. Se os sonhos tivessem lógica, é com ele que eu devia sonhar, e não com a Silvana. Tenho de me livrar da companhia indesejável da concupiscência. Ela se infiltra, obstinada, e pode levar a gestos de desespero. O cônego Lopes estudou alguns casos que considerou mórbidos, mas que não me parecem sem propósito.

Um deles é o do jovem luterano que se converteu ao catolicismo e se sentiu chamado para a vida sacerdotal. Num dia de maior exaltação, se mutilou. Atirou pela janela as partes genitais e prosseguiu em segredo a sua rotina de seminarista. Levado à presença do seu diretor espiritual, tinha certeza de ter defendido a sua vocação religiosa. Queria se voltar para a vida mística.

Perto do Divino, num lugar conhecido como Restinga do Vira-Saia, um menino fez coisa parecida. O fato se passou no seio de uma família piedosa e só se explica com a intervenção do Adversário. Não sei o que aconteceu dali por diante com o menino estropiado. Sei que na época entendi o seu gesto e não me envergonho de dizer que o entendo cada vez mais.

Não entendo é o gesto do meu pai. Aparecia e desaparecia, mas não dava sinal de inquietação metafísica. Muitas vezes voltava animado de uma viagem e assim permanecia até partir de novo. Podia amanhecer tristonho sem razão aparente e passar dias e dias trancado, sem dar uma única palavra. Amarrou o bode, dizia Sá Jesusa, sem tomar conhecimento da presença de Lauro Zimbardo Flores.

Eu estava em Mariana quando tudo aconteceu. Chamado às pressas, não cheguei a vê-lo morto. Sá Jesusa não deixou abrir o caixão. Eu não precisava ver a máscara mortuária do pai que vivo só vi de passagem. Soube depois que ele já tinha feito uma tentativa frustrada, debaixo de uma árvore na praça da Matriz. Ninguém lhe perdoou o exibicionismo e talvez o fracasso.

O velho Lauro Flores andava bastante eufórico, segundo ouvi aqui e ali. Nunca perguntei às claras e nunca a história me foi contada já não digo com lógica, mas ao menos com princípio, meio e fim. Na sua lida de costureira, Sá Jesusa não queria o marido à toa dentro de casa. Ela mesma o enxotava para a rua, para a jogatina. Tinha ganhado no carteado uma pistola que era o orgulho de um sargento de passagem pelo Divino.

Nunca sonhei com meu pai, talvez porque o seu gesto extremo me parece muito mais um sonho. Calibre 45, o tiro derrubou em seguida um manequim. Lauro Flores tinha ido à alfaiataria e nada indicava que ali ia cessar o seu destino. Não deixou herança. Legou dúvidas. Logo depois, apareceu grávida uma das moças que ajudavam Sá Jesusa. A menina abortou e sumiu.

XXIII

Se eu não escrevesse, já tinha desaparecido. Não saberia quem sou. O mundo só existe escrito. Este é o perigo de escrever. Até hoje não sei se o padre Bernardino sabe ou não do suicídio de meu pai. Às vezes acho que sim, porque os párocos se informam. Não entregaria o Asilo da Misericórdia a um desconhecido. Caráter sem penumbra nem meias-tintas, o vigário nunca tocou de frente no assunto. Eu gostaria de lhe indagar sobre a possibilidade do arrependimento no minuto final. Entre apertar o gatilho e disparar o tiro, cabe a eternidade. Até aí, vou eu.

A Igreja não faz acepção das pessoas. Todos são filhos de Deus. Entre tantos que são chamados, qualquer um pode ser eleito. Não havia impedimento no Código Canônico, no que diz respeito a ser filho de suicida. Havia, sim, reservas quanto a certas doenças. Mas não é o suicídio consequência de doença grave e congênita? Se eu fizesse a vontade de Sá Jesusa, teria de passar por um exame rigoroso. O alcoolismo e o jogo são antecedentes que contam. Na verdade, porém, nunca passou pela minha cabeça a ideia de tomar ordens. *Domine, non sum dignus.* Sacrificando-se, o meu pai pode ter contribuído para me afastar do pior.

Onde Deus constrói uma igreja, o Diabo ergue uma capela. A frase é de Lutero, que desde cedo viveu atormentado pelo Maligno. Lutero se fez monge, mas a obsessão do pecado nunca o abandonou. Dos sete pecados capitais, pelo menos três figuram na sua biografia. O orgulho, a luxúria e a ira. Rebelado, feriu o sagrado princípio da obediência.

O horror de Lutero à penitência está na base de toda a sua doutrina herética. Reduziu a três os sete sacramentos. Duvidou sempre de sua contrição e decretou o fim da confissão auricular. Entregou a Deus a salvação das almas. A justificação pela fé foi o caminho que encontrou para negar a santidade. Zwinglio e Calvino nadaram nas mesmas águas. Mas foi Lutero, com seu temperamento arrebatado, que rachou o mundo, a civilização e a barca de Pedro. Não, a barca de Pedro, não.

Indignado, uma noite Lutero atirou no Maligno o exemplar da Bíblia que estava lendo. O catecismo luterano viria mais tarde a ser escrito com a colaboração desse escuso companheiro de cela. Hipersensível, o homem que quis reformar a Igreja sofria às vezes um colapso de sua poderosa energia. Imóvel, sentado numa poltrona, não dava uma palavra. O Juízo Final o assombrava, como no seu tempo de menino. Penso no horror de Lutero à penitência. E com mais horror penso no mistério da apostasia.

XXIV

O anel de ferro. O instrumento de tortura dos escravos, na garganta. Nó cego. Cada vez mais forte, sinto na garganta essa mão que me impede de falar. Se não reajo, acabo sufocando. Venci o receio de não me sustentar em pé e decidi reunir os órfãos para uma conversa franca. Ouvi minha consciência, e basta. Qualquer que fosse o resultado, eu precisava de romper o cerco a que me condenei. Dei ordem à Rosa e à Idalina para se manterem à distância. A Rosa está parecendo a criada de são Gregório Magno, que uma vez engoliu o Demônio.

Quando optei pelo andar de cima, pensei só no espaço mais discreto e mais amplo. Mas lá está o crucifixo do cônego Lopes. Todos estavam presentes. Assim que peguei o Orestes pela orelha, ninguém teve dúvida de que o encontro era para valer. Santo Agostinho afirma que a adolescência é nefanda. Sabe do que está falando.

Quando o padre Bernardino me deu o revólver, confiou em mim. Não me considera um desequilibrado. É verdade que desconhece o meu atual estado de espírito. Cansado, insone, sujeito a permanente opressão, tenho tido ausências que me preocupam. Mais de uma vez tomo banho e tenho de voltar ao banheiro e pegar na toalha molhada para me certificar de que tomei banho.

O meu maior medo é de apagar no meio da rua. Saí em busca da Calu, que foi solta e está fora dos muros, no alto do Cruzeiro. Já não incomoda ninguém. De tanto vê-la de passo da Paixão em passo da Paixão, todo mundo deixou de enxergá-la. Agora a Marieta do Riachinho diz, assustada, que a Calu está levitando. Os anjos são imponderáveis. A Calu pesa na minha consciência.

Ninguém sabe em que língua a Calu está falando e cantando. Por isto podem trancafiá-la de novo, ou mandá-la para Barbacena. Tem tido febre, vômitos e dores no braço onde, toda sexta-feira, aparece uma cruz, depois de forte efusão de sangue. Como foi tuberculosa, a peste branca pode apanhá-la de novo, agora que o frio vai entrar para valer. Se eu não for, ninguém vai cuidar da Calu. A dona Matilde não tem vergonha de ir de liteira pedir a bênção à Manuelina dos Coqueiros. Uma cabocla ignorante. Era melhor que fosse à cigana.

Se me perguntassem por onde eu tinha andado, eu não saberia responder. Quando vi, estava diante daquele antro, como um asno diante do palácio. A imagem não presta, porque o asno é um santo animal, que transportou Nosso Senhor, e aquele chalé nada tem de palácio. A fachada é rebocada, com um balcão no meio e duas janelas de cada lado. Em cada ponta do telhado, na frente, aparece um abutre de asas abertas, no bico um galho de acácia.

No centro, num florão rococó aparece um triângulo com o que devia ser o nome da loja. Mas não está escrito "Progresso & Fraternidade". O dístico de feitio comercial está substituído pela mais nobre palavra do vocabulário cristão, Charitas. De tudo se apossam esses fanfarrões. Depois de escrever que Pitágoras foi maçom, que Euclides foi maçom, que maçônica é a geometria, só falta dizer que Adão fundou a primeira loja no Paraíso. Têm o atrevimento de afirmar que, sem os pedreiros-livres, não existiriam os monumentos de fé que são as catedrais. Tudo bazófia. Mas fica patente que Satanás vive no encalço dos santos e dos mártires. Abominando a Cruz, está obrigado a segui-la até o final dos tempos. Entendo agora por que o doutor Lobato quer construir uma nova sede, que já chama de templo. Mais uma palavra conspurcada. Vê com inveja as belas igrejas que são testemunho da nossa fé. No alto das torres, os sinos dão notícia permanente da santa religião que governa Lagedo. A cobiça argentária do Provedor, aliado aos maçons, não há de pôr abaixo o sobrado. A grande ameaça não vem de fora. Está aqui, no porão.

XXV

As cabeças raspadas a zero, os trajes andrajosos, ali estava a minha comunidade. A que me coube, na misteriosa partilha que independe de escolha e de participação. Afastados alguns móveis pelo braço do Zé Corubim, formou-se um espaço que era como um claustro. Abri a reunião com palavras do Apocalipse. Invoquei o espírito do cônego Lopes, que expulsou o Cão. Agora estava de volta. Como não tínhamos a ajuda do cônego, devíamos nós mesmos enfrentar o Adversário. Se o teu olho direito te serve de escândalo, arranca-o e lança-o para longe de ti, porque é melhor para ti que se perca um dos teus membros do que todo o teu corpo seja lançado ao Inferno. E se o teu braço direito serve de escândalo, corta-o e lança-o para longe de ti. Porque é melhor para ti que se perca um de teus membros do que todo o teu corpo vá para o Inferno.

Todos de joelhos me ouviram discorrer sobre a disciplina circular. O grau de podridão tinha chegado a tal ponto que era preciso adotar a autoflagelação. Só assim poderíamos recuperar a pureza, naquele ambiente que guarda uma reminiscência do odor de santidade do cônego Lopes. A um passo da biblioteca, a ruína material era apenas um indício do que ocorria no plano moral. Lá embaixo, no porão, é que residia a grande ameaça.

Um a um, todos vieram, dóceis, até a um passo de onde eu me encontrava. Com a mão na Bíblia, aberta no Livro de Jó, diante do Crucificado, todos juraram dizer a verdade. A desordem instalada em Lagedo, ameaçada pelos maçons a própria organização social, não me era fácil manter com lucidez a ordem que eu tinha elaborado na longa vigília de minha angústia. Ali estava, pois, disposto a salvá-los.

Procurei reproduzir a prática do padre Bernardino sobre o Inferno, de portas abertas para recebê-los. Eu levava a intenção de lhes dizer que tinha chamado o cabo do destacamento policial, para a hipótese de ser necessária a sua intervenção. Não precisei, porém, desse recurso. Mais do que um policial imaginário, todos viam com seus próprios olhos a minha disposição irada. Talvez o meu descontrole, de que eu mesmo não guardo perfeita consciência. E viam o revólver, com que os ameacei. E um a um, à queima-roupa. Com o Orestes me demorei mais, num requinte que teria sido grave risco se a arma estivesse municiada.

XXVI

O doutor Altamiro não altera a voz. Passa de uma notícia a outra como se dissesse que vai chover. O doutor Lobato conseguiu a vinda de um delegado especial. Homem chegado ao Grande Oriente, não vai tratar do inquérito em torno dos tiros do doutor Lobato. Vai cuidar de coisa mais alta. Se houver eleição, o pessoal vai ter de fiar mais fino. O Alemão continua revirando os arquivos, em busca de partituras. Tem encontrado verdadeiras obras-primas, com a ajuda da dona Dolores. O maestro Jouteux não se interessa pelo barroco. Está mergulhado na composição de sua sinfonia.

 O doutor Altamiro se recusa a acreditar que eu não soubesse do desaguisado entre o padre Bernardino e o Provedor. Está ainda sob sigilo, mas incrível que não tenha chegado ainda ao Asilo da Misericórdia. O próprio vigário vai na certa me comunicar. Mandará um emissário, ou virá em pessoa. A encoberta rivalidade explodiu. Tinha de explodir. Faz tempo, o Provedor tomou uma carraspana e caiu escornado. Coisa antiga, na fazenda da Concórdia. À vista de testemunhas, o padre Bernardino acordou o pinguço com um vidro de amônia que lhe chegou ao nariz.

 O homem nunca perdoou a humilhação. Engoliu, guardou, à espera de uma oportunidade para o revide. O episódio veio agora à tona e o Provedor, esquentado, o seu tanto bebido, perdeu as estribeiras. Na casa paroquial, veja só. Velhas raivas silenciosas puseram à mostra as presas de ouro. Dito o primeiro palavrão, digamos doesto, fica difícil voltar atrás. O padre Bernardino não podia esperar tamanha audácia.

 E o doutor Altamiro repete as injúrias, como se enumerasse as endemias mais comuns no meio rural. Nada o perturba. Tudo isto faz parte da administração do Diabo. Seu padreco politiqueiro, disse o Provedor. E aí? Aí o padre arregaçou a sotaina, meteu a mão no bolso e sacou a arma. Se não atirou, agradeça ao Paulino, que apartou a briga. De joelhos, diante da arma, o Provedor implorou. Jurou que vai embora de Lagedo, para junto da família. Não vende mais papel aos maçons. Não vende mais nada. O medo empurra para longe. É só um tempinho e pronto.

Quando o padre Bernardino voltar de Mariana, já está tudo resolvido. Foi lá chamado pela Cúria. Há várias questões pendentes. O senhor bispo virá apascentar o rebanho. Sabe unir o que está separado e a paz será restabelecida. A concórdia conta com o apoio do coronel Antônio Pio, que por sinal não anda nada bem. Pressão alta. Há lugar para todos em Lagedo.

O doutor Altamiro passa adiante, como se não mudasse de assunto. Se já conheço o professor, devo ter visto que é um homem culto. Tem cara de apóstata, não tem? Um dia o mundo ainda vai falar destas nossas Vertentes. Pena que Lagedo não tenha recursos para um trabalho técnico de gabarito. São João del-Rei também não tem. Terá de ir mais longe. Leu todo o Voltaire, o Alemão. Conversa em francês com a dona Dolores, que arranha também o inglês e canta em italiano. Os dois se entendem. A música congrega. A solista e o Alemão, veja só, num belo dueto.

XXVII

Os ratos e os gambás do sótão estão mais limpos do que essa cambada de moleques. Até o Jonas, pombinho arrulhando no porão com o Orestes, há três dias e três noites. Não basta falar. Tenho de castigá-los. Já pedi à Idalina para ir pegando os escorpiões que encontrar. Por muito menos, uma onça de ouro de contrabando dava direito a três escorpiões. Se não me tivessem faltado as forças, teria recorrido à palmatória. Vou pôr todos em fila e na minha vista o Zé Corubim vai se encarregar de aplicar o corretivo. Duas dúzias de bolos. Uma em cada mão.

O Diabo pode não ter assumido ainda, mas Deus já largou o leme de Lagedo. Houve tempo em que o ouro borbotava. Na topografia agressiva, a fé ergueu ermidas, igrejas, oratórios, capelas, passos e cemitérios. Moço, o Tiradentes saiu a mascatear. Desceu depois o Caminho Novo e trouxe do mar, mais que um sonho, um delírio. Exauriu-se o ouro. Montes e montes de cascalho entulham as almas, numa aridez que não nos permite rezar. Voltados para a dor, pedimos um paraíso de torturas. Não posso dormir sem ter a certeza de que o padre Bernardino mandou restabelecer a tonsura. Um clérigo em Mariana, diante da Cúria, sem a coroa, é impensável.

O que acontece é bom, diz o doutor Altamiro. Já o Sotero da Encarnação vem até o Asilo, tão retirado do mundo, para dizer que o João Augusto vai soltar um volante que é uma bomba. João Augusto é um visitante traiçoeiro, a pena alugada pelo doutor Lobato. Vai conseguir o inquérito com o delegado especial, garante o fígaro gamenho. O que dizem por aí é que não vai haver eleição. Os pescadores de águas turvas estão perdendo tempo. Ninguém vai quebrar a paz e subverter a ordem em Lagedo. Nem aqui, nem em lugar nenhum. O povo quer autoridade, decência. E vai ter.

Sá Jesusa nunca precisou de ajuda. A Maria Vizinha morreu, a minha mãe não escreve mais. Não sei como vai se arrumar sozinha. A idade conspira. A vista falha. O ouvido fica duro. As juntas doem. Quando a avó Constância casou, ganhou duas negrinhas cativas, mas o cativeiro foi abolido. Uma delas é a Fabiana, que está lá no Divino até hoje. Podia ajudar Sá Jesusa, a ingrata. Preto, quando não borra na entrada, borra na saída. Pode ajudar, mas não sabe escrever.

Não consigo parar de escrever. Vou arranjar um código, como Leonardo da Vinci. Dispunha o que pintava em forma de pirâmide. Pintava para o Sumo Pontífice, em louvor de Deus. O bobo do João Augusto deve achar que era maçom. Em cima da cama estigmatizada de Teresa Neumann foi posto um triângulo de força. A Calu fala de trás para diante, como Da Vinci escreveu sete mil páginas do seu diário. O segredo é tão essencial quanto a respiração. Não devia ter mencionado a morte de meu pai. Uma vez escrito, o fato deixa de ser secreto. O silêncio se rompe, acaba se expandindo, como um gás que toma a forma do que o contém.

Entendo a dificuldade de Lutero com a confissão. A polícia arranca as unhas, mas nem sempre arranca a confissão, agarrada no fundo da alma como a raspa no tacho. O Alípio achou com o Jonas um bilhete do Orestes. A letra caprichada teve a ajuda de alguém. O Orestes não faz nada limpo. Alguém pegou na sua mão, ou escreveu por ele. O apedrejador. O escrevinhador noturno. Terá saudades do Asilo, diz o Orestes, o Inferno deixa saudades.

XXVIII

O coronel Antônio Pio sofreu um derrame. A notícia se espalhou depressa. Até o doutor Lobato deu uma trégua e mandou visitar o chefe político. O Perini não o viu, mas compareceu, respeitoso, à casa do Benfeitor e deixou os votos de pronta melhora. Agora é que Lagedo perdeu mesmo o leme. Saí desatinado em busca de uma notícia que não fosse tão rigorosa. O susto e o medo deixavam abertos os caminhos da especulação. Cada versão mais pessimista do que a outra. Eu queria distância do Sotero, de seu hálito podre. Recolhidos à sombra da jaqueira, de onde víamos o solar do coronel Antônio Pio, o cabeleireiro pela primeira vez me contou que sabia de tudo pelo Cunha.

Vendo sem ser visto, a uma cautelosa distância, o Sotero foi dos últimos a ter estado com o coronel, pouco antes do derrame. Há tempos viu a morte na nuca do coronel. Desde que foi chegando à idade em que se impõe às velas amainar, o Benfeitor fraquejou, na suja aliança com o Provedor. Aliás, derrame coisíssima nenhuma. Foi tiro. Tiro de espingarda de caça. O chumbo entrou no baixo-ventre. Só por isto não morreu na hora. O Cunha sabe de tudo. E o que não sabe, suspeita.

O Cunha esteve na fazenda da Concórdia e viu com os olhos que a terra há de comer. Amores ancilares, na cumplicidade com o Provedor. Serralho. O padre Bernardino partiu para Mariana. Enquanto o pau vai e vem, folgam as costas. O Provedor contava com a proteção do coronel Antônio Pio. E aí sobreveio o derrame. É a versão oficial, para dar tempo ao tempo. Como os dentes dos ratos, as presas do Provedor não param de crescer e crescem em forma de cinzel.

Nunca perdeu uma parada, porque nunca bateu de frente. Sempre é possível tirar partido da escaramuça e voltar mais forte. Há sempre um recomeço para quem não quer sair do jogo. Logo agora que o padre Bernardino engrossou, o coronel se ausenta, no derrame. Foi tiro, cochicha o Sotero da Encarnação. Lá vai o Cunha, aflito, conferir com o seu Anfrísio. Vai dizer e fazer tudo o que seu mestre mandar.

Caminha ao mesmo tempo pelos dois lados do rio. O Benfeitor já vinha arrastando os pés. Já não era o mesmo homem, com a frouxa papada e os tremores que vinham aumentando. O João Augusto já preparava sem emoção o necrológio. Não podem tapar o sol com a peneira. Derrame coisíssima nenhuma. E tem rabo de saia nisso, com a cumplicidade do Provedor. Anfrísio, o seu nome é Anfrísio. Assenta bem na covarde ambiguidade. Sem o leme do Senhor, Lagedo navega à deriva em seu oceano de pedra.

XXIX

Visitar os enfermos é obra de misericórdia. A dona Matilde fazia questão de me ver. Enquanto a Rosa e a Idalina tinham mão nos órfãos, eu fui à casa da baronesa.

A trepadeira jasmim esbanjava perfume até na rua. Casa rica cheira bem. Numa escala monótona, o piano nota a nota ia e vinha no mesmo solfejo. Tudo era paz e rotina na casa de dona Matilde. A criada novinha não deu sinal de que me conhecia. Fechou a porta na minha cara mas voltou daí um minuto, assim que o piano silenciou.

A baronesa não devia dar essa intimidade à dama de companhia. Uma serviçal não pode maltratar o piano da baronesa num batuque tão primário. Mas a dona Matilde parece aérea, fora de seu natural. Sim, o padre Bernardino viajou. No mesmo tom corriqueiro, dá notícia do coronel Antônio Pio. Por enquanto não convém espalhar. Está sendo embalsamado por um médico que veio de fora. Suas últimas vontades e disposições vão ser cumpridas à risca.

Quem não tem mulher, fique sem. Pois sim. Melhor e mais honroso é a viuvez. O adultério e a fornicação devem ser evitados. O viúvo deve se privar dos prazeres ilícitos. Não é tempo de atirar pedras, mas de juntá-las. Lançada a pedra fundamental da nova usina elétrica. O padre Bernardino saudou de improviso o Antoninho Pio, que tomou jeito e vai continuar a pia obra do pai. Aba, diz a Calu.

Nada há oculto que não venha a se descobrir. O que será apregoado nas trevas será dito às claras. O que se falou ao ouvido será apregoado sobre os telhados. A dona Matilde tinha recebido pouco antes o rufião João Augusto. Estava pronto o libelo acusatório. As obscenidades, que abafei. Omissão e conivência, numa vida dúplice. Envenenado na calada da noite, o canzarrão das irmãs Santiago me acusava.

O lava-pés em que me tomei por Nosso Senhor Jesus Cristo, na Quarta-Feira de Trevas. Trancado no quarto, trancado em mim mesmo, o meu horror à vida era agora manifesto. Cães, ratos, gatos, gambás. Bichos de pena e de pelo. O seu Roque da Mutuca tinha razão. Loucura de tronco. Vinha de longe esse legado do sangue. *Corrija-se, meu filho. Eu preciso da sua santidade.* Grita lá fora Adremelec, o demônio em forma de pavão. Mas não me engana. A criada clarinha me leva até a porta. Foi uma assim, a Romilda, que o Orestes seduziu.

XXX

Antes de mim, chegou ao Asilo a fatalidade. Não foi difícil ao Jonas encontrar o revólver no meu quarto. As trevas subiam do porão e impunham seu império. A pequena mão se alonga e segura a arma. A um passo, dormia o Orestes. Tinha decidido se suicidar. Ia dormir agora para sempre. O tiro reboou pelo sobrado e estremeceu os vidros partidos de baixo e de cima. Assustou os ratos. As irmãs Santiago chegaram à janela, assustadas.

O Orestes tinha feito um pacto de morte. Ia se matar com a órfã que carregou na fuga. A Romilda. Tomada a decisão, podia repartir com os companheiros a hóstia do seu segredo. Tinha escolhido ser vítima de si mesmo. Antes de mim, entrou o alvoroço no Asilo da Misericórdia. O raio sabe onde cai, como sabe sobre quem cai. No alto do Cruzeiro, a Calu canta um hino que sai das entranhas da terra. Todos estamos órfãos, mergulhados na mesma solidão. Maio não trouxe ainda uma vez a flor da inocência, azul e branca. Sétimo ciclo de sete anos e nenhuma flor. Sete anos, idade da razão. Idade do pecado.

XXXI

O doutor Altamiro olha distraído um beija-flor parado num cálice de lírio-amarelo. Veio me trazer um envelope com os atrasados que não cheguei a pedir ao coronel Antônio Pio. Uma ninharia, mas me é devida. Não quero nada pedido. Se é meu, que me seja dado. A Rosa serviu ao doutor Altamiro um gole da branquinha.

Abandonadas pelo Divino Espírito Santo, as cidades enlouquecem. Vêm aí os padres salesianos. Um santo educador, dom Bosco. O doutor Januário já estudou o caso do usufruto. O sobrado vai ser demolido. Depois dessa tragédia, não há como se opor. As apólices não rendem bastante, os haveres encolhem. Dona Matilde aprova, porque é para o bem de Lagedo. Mateus, primeiro os teus.

Saiu o doutor Altamiro, chegou o novo padre coadjutor. O padre Teófilo confiava mais em si mesmo do que em Deus. São Luís um dia mandou um padre descer do púlpito. O rei-santo percebeu que o pregador falava e ao mesmo tempo se admirava. Não tem espelho em que se mire a vaidade. O padre coadjutor se sente cheio do Espírito Santo. Com a voz clara e jovial, está certo de que sabe o que deve me dizer.

É preciso cavar o pequeno espaço que lhe é dado, pois é aí que se dá o encontro com Deus. O Senhor dorme no fundo de nossa miséria. Não adianta tentar fugir para fora de nós mesmos. A prisão nos persegue. Estamos amarrados ao nosso próprio cadáver. Carregamos conosco o homem velho que somos. Não se faça de pior do que é, meu filho. Quem se faz de pior se desfaz das fraquezas que lhe pertencem. A culpa excessiva é orgulho. Cuidado para que a soberba, mascarada de humildade, não penetre no seu coração.

A culpa sem compaixão é orgulho. Peca contra o Espírito Santo quem se entrega ao desespero de seu inferno interior. Ninguém pode ser o seu próprio juiz. Não se maltrate. Ninguém, nem padre, nem confessor, tem o direito de perturbar o seu silêncio. Não julga, apenas absolve. Quem não tem piedade para consigo mesmo, peca contra a essência de Deus. Nega o que há de mais alto, porque nega a Esperança.

Mocinho, mãos transparentes, quase femininas, o coadjutor dispensa a estola e nem cogita da confissão. Não precisa ouvir. Todos os penitentes estão desde já perdoados. Os loucos e os iluminados falam apenas o essencial. A Calu repete sempre as mesmas palavras. Aba. Aba. Aba é pai. Somos todos órfãos. Estamos todos exilados, na solidão que vem de longe e não tem remédio.

XXXII

Saí por onde o muro abaulou e cedeu. A ruína me ajudou, na hora da partida. Desci até a estação. Na mesma calçada, sombrinha aberta, vinha a Marieta do Riachinho. Não foi preciso evitá-la, porque ela entrou pela primeira porta ao seu alcance. Comprei a passagem e não tive de esperar quase nada pelo trem. A maria-fumaça já resfolegava. Atirei fora o envelope em que o coronel Antônio Pio me fez o favor de mandar os meus atrasados.

Trêmula, mas caprichada, vi pela última vez a letra de

ancião do Benfeitor, no sobrescrito. Sr. Laurindo Soares Flores. Asilo da Misericórdia. Sabe dar valor ao dinheiro, o Benfeitor. Daí a pouco, serra acima; serra abaixo era a estação do Mosquito. Podia arranjar um cavalo, ou ir a pé. Um olho cego, o outro quase perdido, Sá Jesusa não espera pelo filho. Sabe que a sua hora está próxima. Nunca indagou nem pediu respostas. Resignada, não se lamenta. O meu pai está na Danação.

Reencontro o que deixei. Vejo o que sempre vi. Na parede da sala, o relógio. O Sagrado Coração de Jesus e de Maria. O pequeno Crucifixo. Sinto a ausência da Maria Vizinha. *O beata solitudo.* Quem está só, está mais perto de Deus. *Mea culpa, mea culpa. Mea maxima culpa.* Senhor, eu não sou digno de que entreis em minha morada, mas dizei uma palavra e minha alma será salva.

Com a sua voz de mina exausta, Sá Jesusa vai falar da filha que morreu criança e no Céu espera por nós. *Deus charitas est.* Sempre é tempo para recomeçar. Agora sei que procurei a Verdade. Mas nunca amei de verdade.

Posfácio

Enigmas de *O braço direito*
Ana Miranda

Uma das certezas que podemos ter, ao fim da leitura deste extraordinário romance, é que estivemos vagando por uma das mais brilhantes cabeças que nosso país já teve. Este livro é um presente que o Otto Lara Resende nos deixou, um momento de contato com a sua passagem pela existência humana, sua memória, sua imaginação, sua visão de mundo. É uma oportunidade de estarmos ainda com ele e nos deixarmos adentrar por sua magnífica inteligência.

Os mineiros são conhecidos por seu laconismo, seus silêncios, talvez por viverem entre as altas montanhas que cercam as cidades mineiras e causam uma sensação de isolamento, o que os torna enigmáticos. E demonstram sua eterna desconfiança, resultado provavelmente de um nascimento histórico denso, violento e fervoroso, sob rígidas leis da Monarquia, em que era preciso se dissimular para sobreviver, em que o ouro se escondia nas rochas e nas madres dos riachos de águas cristalinas, e viajava em esconderijos, por estradas que se perdiam entre matas tão densas que não se via o céu. Mesmo nascido e criado nas profundidades mineiras, o Otto era, ou parecia ser o oposto disso. Aberto, alegre, fazedor de amigos, cultivava a filosofia de conhecer todas as pessoas possíveis. "Falo a língua de todo mundo. Não há vida humana que não me interesse", escreveu.

No meio das pessoas, seus olhos brilhavam, seu peito arfava, o entusiasmo era visível. Em algumas fases de sua vida saía todas as noites ao encontro de amigos, de conhecidos ou de gente a quem iria conhecer. Amigos disputavam a sua presença, convidavam-no, ele era uma atração fascinante nas tardes e noites, nas rodas, nos jantares, nos debates de intelecto e discernimento. Onde estivesse, todos o cercavam e o ouviam, suspensos, ou emocionados, ou às risadas. A presença do Otto era um encanto, uma luz. Todos o queriam.

Amante de frases, Otto expressava-se por sentenças brilhantes, antológicas. O dramaturgo Nelson Rodrigues, que o admirava extraordinária e obsessivamente, chegou a sugerir que alguém o seguisse por onde fosse, com caneta e papel, anotando suas frases. Eis uma pequena mostra:

O mundo foi criado por Deus. Mas quem o administra é o Diabo.

Positivamente, não posso ser apresentado a Satanás: como André Gide, sofro a tentação de entender as razões do adversário.

Deus é humorista.

Há em mim um velho que não sou eu.

Ultimamente, passaram-se muitos anos.

O homem é um animal gratuito.

Como pai, me considero, modéstia à parte, uma mãe exemplar.

Não sou alegre. Sou triste e sofro muito. Dentro de mim há um porão cheio de ratos, baratas, aranhas, morcegos, escuro, melancolia, solidão.

Essa última frase parece vir de encontro a um dos mistérios da obra literária de Otto Lara Resende: por que razão um homem alegre, luminoso e comunicativo concebeu um romance tão sombrio, pessimista, com uma sensação de encarceramento, beirando o trágico? Ele mesmo disse que, ao escrever literatura, tendia para a tragédia.

Ao Otto, nunca lhe faltou coragem para enfrentar a natureza humana. Em seus livros vemos quadros soturnos, histórias pungentes sobre a crueldade humana, a indiferença, o desespero, as condenações, exclusões, humilhações, aflições, dores, o desejo de morte, a opressão causada por incompreensões religiosas, e toda uma visão desalentada da humanidade. Grande parte de seus personagens são crianças ou adolescentes. Talvez Otto Lara Resende tenha escrito sobre a sua verdade interior mais profunda, e isso se represente pelas memórias do menino que ele foi. A infância deixa sulcos em nossa alma, como um campo lavrado.

Dizem os versos de Fernando Pessoa:

A criança que fui chora na estrada.
Deixei-a ali quando vim ser quem sou;
Mas hoje, vendo que o que sou é nada,
Quero ir buscar quem fui onde ficou.

Essa teria sido a busca de Otto em sua literatura. A procura da infância. Reencontrar quem ele foi, onde quer que tenha ficado. Olhar com os seus olhos de menino. "Uma criança vê o que um adulto não vê", acreditava Otto. "Tem olhos atentos e limpos para o espetáculo do mundo".

Em 1922 ele nasceu na linda cidade mineira de São João del-Rei, que surgiu no começo do século XVIII com o nome de Arraial Novo do Rio das Mortes. Encravado numa região riquíssima em ouro, o arraial foi oferecido ao rei d. João V, e assim recebeu o novo nome. Durante, e mesmo após o período colonial, teve um percurso de guerras, tensão, violência, como deveras ocorre às povoações dos Eldorados. E uma intensa religiosidade, que permanece pelos tempos adentro. Em São João del-Rei foram construídas algumas das mais majestosas igrejas de Minas Gerais, com o desenho tortuoso das volutas em pedras cinzentas tão altas que pareciam ir até Deus. Imagino a sensação do menino Otto a olhar as torres das igrejas, construídas com a força do braço escravo; a se sentir observado pelos olhos quase vivos de santos barrocos; sua sensação de pequenino, diante de altares cobertos de ouro, sua alminha sob a opressão da voz dos padres a descrever hordas infernais, a nomear e condenar pecados, pressagiando o inferno aos transgressores e o céu aos virtuosos.

Os sinos ressoavam pelas ruas, deixando transparecer o jugo da igreja sobre a vida dos moradores da cidade, que deviam sair de casa para ir à missa, às festas religiosas, às procissões. A cada tipo de repicar, de repetir, de toque, as pessoas eram informadas sobre onde seria realizada uma solenidade, o momento de sair, se houve uma morte ou nascimento, a hora do funeral, do batizado... "Terra onde os sinos falam". Onde as cerimônias religiosas eram as grandes festas, quando os cristãos ritualizavam a Quaresma, a Semana Santa, em cortejos que reviviam o martírio de Cristo. A ressurreição. O Advento. Em dias alegres o chão das ruas era coberto de tapetes de flores coloridas e areia, formando pinturas também com um sentimento religioso.

Cada casa, um mistério; as janelas se abriam apenas para as luminárias ou as mantas de celebração. Costumes das famílias eram regidos pela Igreja: o que e quando deveriam comer como alimento, a hora de acordar anunciada pelo toque dos sinos, a hora de rezar. O Ângelus, o Deo Gratias, o Laudemus Deo, as penitências, os dias de jejum e oração, tirar o teço, acompanhar a Via-Sacra, acompanhar as catorze estações da Paixão. Deviam rezar de manhã, à tarde, à noite. Havia novenas, terços, rosários, as refeições eram prenunciadas por uma oração de agradecimento, as conversas à mesa iam dos acontecimentos da família, da crítica ao comportamento, às tarefas ditadas pela Igreja. Padres e freiras se vestiam com hábitos que os distinguiam, causando um respeito que se misturava ao temor. Todos deviam fazer doações religiosas, participar de irmandades, ao passar diante de uma igreja deviam se benzer com o sinal da cruz, desde crianças aprendiam a lista dos sete pecados capitais para não cair em tentação, e os mandamentos, para que fossem obedecidos. Viviam sob uma luz espiritual constantemente irradiada, que criava sombras onde deviam se ocultar algumas verdades incontornáveis.

* * *

A política disputava com a religião. São João del-Rei foi um dos berços da Inconfidência Mineira, quando os conspiradores se uniram a favor da libertação do jugo colonial. A vila de Otto seria a capital mineira ao final do movimento, segundo determinação dos conjurados. Os moradores participaram intensamente desse e de outros momentos da história política, como a Revolta Militar de Ouro Preto, em 1833, a Revolução Liberal, em 1842, e os golpes de 1930 e 1964. Além de seu fervor religioso, Otto teve sempre uma intensidade política, nas crônicas escritas em páginas de jornais, mas, sobretudo, nos editoriais e nas matérias. Sua vida como jornalista lhe exigia conexões com a política. E são justamente a religião e a política a matéria de seu romance. Mas a leitura mais profunda revela que a religião e a política são apenas o contexto para uma visão da natureza humana. O amor, a ambição, o poder, o ódio, a traição, a vingança, a inveja, os sentimentos humanos perpassam as páginas deste romance, numa narrativa franca, madura, sábia, de olhos experimentados.

Vimos que *O braço direito* se passa no Asilo da Misericórdia, num arraial fictício que Otto chama de Lagedo, na área de mineração do ouro em Minas Gerais. Quem conhece a história da Misericórdia sabe o peso que teve na sociedade colonial brasileira. Era uma irmandade que reunia poderosos e ricos para um trabalho de caridade — cuidar de órfãos, viúvas, prisioneiros e enfermos — mas com a intenção de tomar da Igreja o domínio de alguns privilégios e se apossar de parte do poder social dos padres.

A cidade imaginária de Lagedo possui características da aldeia de onde veio Otto Lara Resende — o isolamento entre montanhas, o sentimento de solidão, um jeito desconfiado, o guardar segredos, o dever de ajudar os necessitados, a religiosidade intensa e constante, o sentimento do mundo. Lagedo é dominada por uma camaradagem que se compactua entre o coronelismo e o clericalismo. O livro nos mostra disputas de poder, humilhações, hipocrisias, avarezas, injustiças, crueldades, doenças, mortes, o mal, enfim. Impressiona, no correr da leitura, como o romance vai penetrando nos segredos daqueles moradores, de um em um, e nos levando por um mundo espantoso, dilacerado entre o pecado e a virtude. O conflito maior é entre católicos e maçons; estes, tomados como hereges amigos do Diabo, pretendem acabar com o orfanato, conforme ruminações do protagonista. Há também uma contínua ameaça de protestantes, espíritas, ateus que precisam ser combatidos pelos católicos.

O fascinante narrador do livro, Laurindo Flores, vai contando a sua sofrida existência entre os órfãos, enquanto desvenda o dia a dia dos moradores de Lagedo. Parece estar pagando inconscientemente o fato de não ter podido salvar um menino de afogamento, lembrança antiga que o atormenta. "Quem não é filho de Deus é enteado do Demônio", ele diz, mas com sua sutileza percebe que, no segredo inviolável daquelas almas, os personagens contêm em si as duas, ou mais entidades. Flores é um filósofo angustiado, observador, que se entrega aos mais graves pensamentos. Se por um lado tem uma disposição firme e constante para a prática do bem, por outro é capaz de matar gatos afogados, descarregar tiros em uma porca que comeu os próprios filhotes, apossar-se de um crucifixo que pertence ao acervo do asilo, permanecer frio diante do infortúnio dos meninos órfãos, sem nenhum gesto de afeto, mostrando uma crueldade incompatível com o sonho de ser santo. Santidade encomendada por sua mãe. Com lucidez, Flores percebe o mundo e a si mesmo em minúcias, sem compaixão, e essa consciência ele transforma em palavras escritas que desvendam abismos de uma "realidade". Por trás de suas inquietações éticas e religiosas, seus pesadelos, seu encanto pelo sinistro, ele esconde um senso de humor sutil, refinado, e realiza uma abordagem racional desse universo. Não se comove, nem pretende comover quem lê seu diário. Tudo faz parte da vida, da rotina, é a tradição dessa pequenina cidade, é o mundo. Mas o mundo deveria ser diferente, e essa constante luta entre o que o mundo é, e o que deveria ser, constrói os paradoxos de Laurindo Flores.

De manhã, quando a serraria começa a funcionar, estridente, a vida palpita no arraial de Lagedo. Um curió canta, um homem passa vendendo galinhas-d'angola, xícaras se enchem com chás de funcho e salva, o perfume se espalha na fumaça, ao canto do galo recomeçam as brigas da cidade, os medos, as rusgas. Tudo se constrói sobre as ruínas do passado. "Sou um sobrevivente sob os escombros de valores mortos", dizia Otto. A pobreza dos órfãos, que andam com um pé calçado e outro descalço, ou de botinas cambaias, paletó e calça desencontrados, usam pijamas andrajosos, cabeças rapadas, lhe causa revolta; mas sua vida entre meninos pobres é tomada por ele como "matéria-prima para a ascese e a mortificação". Mais do que o desígnio de amar a Deus, estendendo esse amor aos humanos, o zelador busca a redenção de sua alma. O sofrimento é o caminho da santidade. À noite, o vento assobia como que chamando o Capeta, enquanto o narrador numa cela escreve seu diário, na companhia do crucifixo arrastado de uma sala lacrada pela Cúria. Em noites de insônia, Flores registra especulações sobre o silêncio, o segredo, a santidade, numa linguagem primorosa para criar a atmosfera, e que é, afinal, a própria linguagem do romance.

Nascido, como São João del-Rei, no ciclo do ouro, o arraial de Lagedo recria os antigos sobrados com balcões e sacadas da infância de Otto, as belas igrejas barrocas em que o menino rezava aos toques do sino, a praça, os jardins, os pés de manacá, os salões com móveis de madeira pesada, jarras de porcelana, espelho de cristal veneziano. Neblinas e solfejos. O casarão do asilo é desse tempo, e está prestes a desabar como se desabasse a tradição vinda desde os primeiros desbravadores, uma chusma de aventureiros, ambiciosos, fidalgos, funcionários, heróis, escravos e destituídos. O sentimento religioso orienta a trama do romance; o tempo é marcado no compasso do calendário cristão: Advento, Dia de Reis, Natal, Cinzas, Quaresma. O material usado por Otto Lara Resende para construir este livro é uma compilação do Evangelho, de ideias da teologia, pensamentos de Teresa d'Ávila, de santo Agostinho, são Jerônimo, Teresa de Jesus e João da Cruz, *el brazo derecho de la santa*, da história religiosa, e de suas próprias recordações. Laurindo Flores gosta de contar as vidas de santos nas quais tenta se espelhar, e aí sentimos a influência dos flos-santórios que Otto adorava ler. Mesmo a expressão "o braço direito" tem ressonâncias religiosas. Em alguns lugares, como na cidade espanhola de Toledo, encontra-se uma imagem de Cristo na cruz, com o braço direito tombado, ressignificando diversas lendas. O braço direito caído seria uma indicação que Jesus faz da verdade, da aprovação, da aceitação de algo, ou para dar a absolvição.

Mas vimos que não é apenas de religião e de política que Otto constrói seu romance. *O braço direito* nos fez visitar assuntos correlatos, como jansenismo, numerologia, espiritismo, assombração, magia, agouro, vidência, superstição, anticlericalismo, possessão demoníaca, quebranto. "Sem um olhar sobrenatural, não dá para entender a existência de tantos destinos rotos e obscuros", diz Laurindo Flores.

As histórias que Flores conta vão nos mergulhando num mundo tenebroso. Relembrando, aqui: um homem come um rato vivo para que um desafiante pague a sua cachaça; um gato selvagem é morto diante de muita gente, preso numa armadilha de pregos que o despedaça aos poucos, enquanto estrebucha, envenenado; ou aterradores processos de exorcismo. São causos da infância de Otto, que registra em *O braço direito* uma outra Minas Gerais, a que sobrou do *auri sacra fames*, tão fascinante quanto a do sertão rosiano, e bem mais misteriosa e soturna. O medo de pecar, a ameaça do inferno, a ascese, dominam as mentes, como nos tempos áureos da Inquisição. Mas existe a bênção da vida, do sonho humano, da fé, da manifestação divina, em um cotidiano de melancolia, com o costume das demoras, o prazer das pequenas coisas, de conhecer toda a gente da cidade e saber seus segredos e, acima de tudo, o prazer de ler e escrever; tanto para o narrador, que é um leitor incansável, como para o próprio leitor do livro, que desfruta da palavra narrada com arte.

No casarão arruinado, que poderia ser vendido a qualquer instante, torneiras pingando, janelas emperradas, chaves que sumiram, o orfanato "guarda risos e lágrimas", diz o narrador do livro. "Abrigou vidas felizes, mais ou menos públicas, e desgraças ocultas sufocadas no silêncio". Meninos desventurados, tratados aos safanões, surras e cascudos, recebem assistência, mas sofrem a hostilidade da população. Meninos banguelas, caolhos, manquitolas, atarracados, tomados pelo fogo do desejo, descreve-os o narrador, que deles cuida e com eles se irmana. Vestidos de molambos, "o mais bem-nascido é filho da ventania e neto da trovoada". Passam por tragédias, como a de Boi Manso — o menino assistiu à morte da própria mãe que se envenenou e ateou fogo às vestes; ou a de Zeferino que, aos três anos de idade, caiu numa fossa e ficou corcunda. Vivem num ambiente controlado com severidade, sempre descumprindo as normas. Têm uma existência dolorosa, mas, ao contrário da orfandade na literatura de Dickens, não são protagonistas; aparecem quase como fantasmas, desamparados, sombras opressivas que vagam no asilo, nas noites e nas ruas. Lembram os nossos meninos e adolescentes entregues à cidade, ao abandono, a entrar e sair de instituições judiciais.

O coronel Antônio Pio, chefe político da região e Benfeitor do asilo, lerdo para falar e andar, surdo, desfigurado, "encalhado em si mesmo", que viola uma menina na fazenda Concórdia; o Provedor ambicioso, dono de terras; o padre Bernardino, caçador, com um fraco por armas de fogo, hipnotizador, sempre envolvido em rusgas e pequenas desavenças; a Marieta do Riachinho, que dá as notícias da cidade e frequenta uma tenda espírita; a bela Calu, que fala sozinha, se desnuda na praça diante do chafariz, entra em transe de madrugada na rua e desempenha a função do coro grego; dona Matilde, a virtuosa dama de linhagem, baronesa que mora num palacete e se dedica à benemerência; esses e tantos outros personagens que já conhecemos tão bem compõem um universo intenso, num tom direto, sem nenhum excesso de lirismo ou imaginação, que contrasta com a irrealidade das situações. São inquietantes, perturbadores, inesquecíveis.

O braço direito pode ser lido pelo viés do sentimento e pelo da razão. Há um mundo oculto, que assusta, suspende, e nos leva por catacumbas da Igreja e catacumbas do tempo colonial, percorridas por avantesmas. Um labirinto sem saída. Um horizonte sinuoso, intransponível. Por outro lado, há uma linha contínua de graça, senso de humor, enlevo; e o fascínio da narrativa, quando ouvimos a confiável voz de Otto por trás de tudo, com seu jeito de rir e chorar ao mesmo tempo.

Na sua ficção, vemos uma concepção da humanidade como um bando de opressores e oprimidos, que se oprimem mutuamente. Otto usa um orfanato como símbolo do mundo. Todos os humanos somos órfãos. Ele conta que escreveu esse romance sem nunca ter entrado num orfanato. Mas, quando menino, na sua cidade serrana de São João d'El Rei, ficava do lado de fora olhando um orfanato de meninas, que mantinha as janelas fechadas. Ele imaginava as órfãs vestidas de camisolão, como no poema de Manuel Bandeira. Foi o que mais permaneceu em suas lembranças da infância: o primeiro e único romance de Otto tem origem nas fantasias daquele menino a olhar o orfanato de meninas, um enigma poético.

Outra sensação que nos traz a leitura deste romance é a de um texto irretocável. Uma narrativa que beira a perfeição. Cada frase parece ser um diamante lapidado. Otto sabia que esta era a sua obra-prima, embora tivesse já publicado extraordinários livros de contos. Podemos dizer que é um livro de uma vida inteira. Um livro "poderoso e estranho", como disse Antonio Candido. A maioria da busca de Otto existia como uma revoada imaginativa, servia como um fundamento invisível, porque a linguagem do livro é mineira, porém universal, adequada a um narrador letrado, com clareza e penetração de inteligência, que encontrava nas leituras uma fuga ao confinamento. As frases curtas, em trabalho de ourivesaria, demonstram o senso prático de um homem que precisa organizar o mundo, dizer com nitidez o que vê e pensa. A impressionante atmosfera do romance exala também das expressões que às vezes soam tão singulares, e da dicção criada por Otto, que brilha em cada frase. Em *O braço direito*, Otto exerce a sua extraordinária arte de compor frases, e talvez a sua obsessão em reescrever as páginas tenha relação com essa sua arte. Todas as frases precisavam ser perfeitas, essenciais, antológicas. Eis algumas frases do romance:

Em toda parte há espíritos descontentes. Unanimidade, nem no Paraíso.
Do zero ao infinito, tudo é mistério.
O que tem de nascer, nasce.
Notícia boa não se escreve.
Nada mais ofensivo que o silêncio. A indiferença.
Sem passado e sem presente, perdi a realidade.
Em cada objeto um silêncio pulsa.
Cada um de nós tem sua alma individual, constituída de um inviolável segredo.

O livro fala desse inviolável segredo pessoal, e parece a todo instante perguntar: por que fomos feitos assim? Uma criança certa vez definiu a igreja como um lugar onde as pessoas vão perdoar Deus. Talvez tenha sido o que almejou Otto, em seu romance. Perdoar a Deus. Se pretendia escrever uma obra-prima, ele o conseguiu, plenamente. *O braço direito* é um romance precioso, livro de uma vida inteira, um livro único, originalíssimo, repleto de significados, construído com o mais pungente amor pela literatura. Pela vida. E pela humanidade.

Sobre *O braço direito*

Conforme escrevia este livro, Otto Lara Resende pensou em vários títulos possíveis: *Os asilados*, *O grande órfão* e *O inspetor de órfãos*. O romance seria publicado com o título *O braço direito* em 1963, pela Editora do Autor, e venceria o Prêmio Lima Barreto. De suas cinco edições, a segunda sairia pela editora inglesa Andre Deutsch, com o título *The Inspector of Orphans*, em 1968. A terceira edição foi publicada pela Editora Sabiá, em 1971. A quarta, pelo Círculo do Livro, em 1991. A última, póstuma, saiu pela Companhia das Letras, em 1993, com a colaboração da escritora Ana Miranda, que teve acesso a anotações deixadas pelo autor.

1ª EDIÇÃO [1993] 2 reimpressões
2ª EDIÇÃO [2019] 1 reimpressão

ESTA OBRA FOI COMPOSTA EM ELECTRA PELA SPRESS E IMPRESSA
PELA GRÁFICA BARTIRA EM OFSETE SOBRE PAPEL PÓLEN SOFT
DA SUZANO S.A. PARA A EDITORA SCHWARCZ EM ABRIL DE 2022

A marca FSC é a garantia de que a madeira utilizada na fabricação do papel deste livro provém de florestas que foram gerenciadas de maneira ambientalmente correta, socialmente justa e economicamente viável, além de outras fontes de origem controlada.